三晋百部长篇小说文库

科学遴选 权威论证
高峰展示山西长篇小说创作实绩
久经考验 再度锤炼
全面囊括中国当代小说山西经典

冈 夫 / 著

草岚风雨

山西出版传媒集团

北岳文艺出版社

图书在版编目（ＣＩＰ）数据

草岚风雨 / 冈夫著. — 太原：北岳文艺出版社，2015.8
ISBN 978-7-5378-4171-9
Ⅰ.①草… Ⅱ.①冈… Ⅲ.①长篇小说－中国－当代
Ⅳ.①I247.5

中国版本图书馆 CIP 数据核字（2014）第 296506 号

书　　名	草岚风雨
著　　者	冈　夫
责任编辑	史晋鸿
装帧设计	张永文

出版发行	山西出版传媒集团·北岳文艺出版社
地　　址	山西省太原市并州南路57号
邮　　编	030012
电　　话	0351-5628696（太原发行部）
	010-57427288（北京发行部）
	0351-5628688（总编办）
传　　真	0351-5628680　010-57571328
网　　址	http://www.bywy.com
E－mail	bywycbs@163.com
经 销 商	新华书店
印刷装订	山西人民印刷有限责任公司

开　　本	710×1000　1/16
字　　数	266千字
印　　张	19.5
版　　次	2015年8月第1版
印　　次	2015年8月山西第1次印刷
书　　号	ISBN 978-7-5378-4171-9
定　　价	48.00元

《三晋百部长篇小说文库》组织机构

策划

杜学文　张明旺　王宇鸿　梁宝印

专家审读小组

主任: 杨占平

副主任: 续小强

成员: 吕新　晋原平　张石山　王西兰

毛守仁　王春林　孟绍勇

编辑出版办公室

主任: 杨占平

副主任: 续小强

成 员: 古卫红　陈学清　闫珊珊　王保忠　潘培江

序：现代化进程中的山西文学

杜学文

从传统社会向现代社会的转化是人类发展进程中的重大课题。每一个国家、每一个民族都将面对，难以回避。个人，作为社会的组成细胞，也同样如此。这并不以我们自己的意志来转移。综观世界各国，在这种转化的进程中，都有了不同的选择，并表现出各异的特色。但总的来说，还是目前我们称之为"发达国家"的率先实现了现代化。其成功的转化有诸多原因，但从文化的角度来看，与其自然环境的特殊性、农耕文明的不发达，以及突出的个人奋斗精神、重利思想、实用主义等有极大的关系。而目前世界上的欠发达国家或发展中国家，则在向现代化转化的历史进程中，又表现出各自不同的特色。就中国而言，在其漫长的历史进程中，农耕文明得到了充分发展，并达到了最为繁荣的境界。现在的发达国家在转型早期的生存压力等表现得并不明显，从而一种自给自足、自得其乐的生活方式逐渐固化。向现代化转型的原生性动力并不强大。从某种意义来看，中国实际上进入了一种人类最美好的发展境界，那就是，依靠劳动来创造财富，与大自然和谐共处，有剩余的时间来体验人生的乐趣等等。中国从传统社会向现代社会的转化主要靠外部的强力推动。就是说，因为先发国家对财富、权力、欲望的强烈追求，在吸纳了东方文化，其中非常重要的是中国文化之后，骤然表现出突飞猛进的发展状态。其商业首先得到了快速的发展。特别是依靠对海外市场的分割，使过去形成的传统的世界市场在大航海时代变得更加活跃。同时，工业技术得到了快速的进步。人类的新发明成几何级数增长。新技术的出现使社会生产力得到了空前的解放，物质生产表现出前所未有的丰富。而与之相应的是社会制度的进一步变革。一种能够服务新的生产力发展的社会管理系统逐渐建立，并在血与火之中不断完善。在这样的变革转型中，东方古老的中国受到了西方先发国家的强烈冲击。传统的农耕文明与新发的工业文明之间出现了严重了错位，并引发了控制、占有与反控制、反占有的残酷斗争。中国从农耕文明的辉煌顶峰跌落，中国人开始睁开眼睛看世界，并反思自身文明存在的问题。在外力的冲击下，中国不自觉地开始了向现代化转化的历史进程。一代又一代的中国人筚路蓝缕、奉献牺牲，前赴后继、求索奋斗，就是要重新找到国家独立、发展、进步的正确道路，实现民族的复兴。在不同的历史时期，他们承担了不同的历史使命。不同的人们从自己所从事的事业中为这样一个艰难而宏伟的目标做出了自己的贡献。而中国的文学，同样没有疏离民族的历史追求，甚至在许多关键的历史时刻，承担了开启民智、传播思想、激发斗志、重塑文明的历史重任。在这样一个艰难的充满了探索的转型进程中，中国人民表现出了自己最大的智慧与韧性。一直到新中国的建立，才基本形成了主权统一、独立自主的现代国家形态，并以超人的勇气与奋斗精神、惊人的创造力与发展速度迈向现代化。在这样一个伟大的转化进程中，中国虽然经历了失败、屈辱、挫折，但终于创造了他人所没有的成就。而我们的文学，正是这一历史的亲历者、推动者、表现者。就山西文学来说，是中国文学的重要方阵，当然也是这一历史的组成部分。其努力与贡献非常突出。

　　首先是推动了现代汉语的大众化，为现代汉语从知识阶层走向普通民众，并使二者有机结合做出了积极的贡献。在中国追求现代化的进程中，经历了一个从"器"到"道"的转变。所谓"器"，就是中国人在最初以为是西方发达国家的技术、器物先进，因而倡导"洋务运动"，开办现代工厂，引进西方设施，等等。这些努力从历史发展的必然来看，当然是非常重要的。但是，事实很快证明，仅仅引进西方的先进技术并不能解决问题。之后发生了制度层面的改革，包括推翻清王朝，建立立宪政权，仿效欧美三权分立及选举制度等等。但是，这种形式上的制度变革没有使中国强大起来，反而使中国成了一盘散沙，四分五裂。于是，更多的人开始反思中国的文化。一方面，对中国传统文化中的落后部分进行批判；一方面引进国外的思想如无政府主义、新村主义，包括马克思主义等等。新文化运动成为当时风生水起的社会思潮。从今天来看，其对中国传统文化的批判有许多过激之言。但是如果我们回到具体的历史场景，就会感到这些批判背后所表露的急切心情及历史合理性。在新文化运动中，一个最为突出的问题，也是最为重要的成果就是把中国人使用了数千年的文言文转化为白话文。从文化发展传承的角度来说，以文言文为代表的中国书面语言具有其重要的历史价值、文化价值、文明意义。可以说，文言文的简洁、精炼、典雅，以及其表情达意的丰富性，是世界上任何语言都难以企及的。这也正是其生命力之所在。但是，从历史发展的现实来看，文言文也具有非常严重的局限性，难以适应现代社会的发展要求。首先是缺乏精确性。由于中国传统文化中思维追求整体感、人文感、艺术感，中国的语言缺少对事物的准确表述。这种特点虽然具有非常强烈的人文色彩，以及超越了具体现象的整体感，但是与现代工业技术发展中对事物精确性表达的要求有很大的距离。语言的背后体现的是思维方式。如果语言难以体现精确性要求，人们的思维同样将不能适应时代发展的要求。其次是书面语言与口头语言的分离。虽然任何语言都会表现出书面与口头的差别，也就是说，人们不可能把口头语言照搬为书面语言。但这种差别在汉语中表现得尤为突出。这就是作为书面语言的文言文与口头语言的"白话"之间的区别。这种区别使更多的普通民众与书面书写脱离，对开启民智、提升大众的文化素养产生了障碍。而现代化的实现并不仅仅是少数"文化人"的事，而是全民族的事。因此，语言的变革，使之更能够适应现代化的需要就成为一种时代的必然。20世纪的新文化运动，除了其在价值观方面的追求如"科学""民主"等之外，对语言的解放也是一种非常强烈的期待。一些有识之士率先放弃了对古代汉语的使用，积极采用白话文来构建现代汉语。这其中，出现了许多具有代表性的人物，如鲁迅、胡适等。今天我们仍然能够感受到鲁迅的语言中存留有古代汉语的元素。这是中国语文从古代汉语向现代汉语过渡的典型表现。而胡适等人则努力使自己的书面语言更加通俗化、口语化，也显示出某种过分倾向于白话的特点。另外一些具有欧美留学背景的人则企望借鉴外来语言对中国的语言进行改造，因而出现了许多非常欧化的表达方式。就中国现代汉语的成熟完善来说，这些努力都是非常珍贵的。但是，真正使新生的现代汉语从古代汉语中出走，并吸纳了民间语言的丰富、生动的特质，使之成为一种既有古代汉语的节制、典雅，又有民间口头语言的生动、活泼，从而使现代汉语能够成为一种具有完整的语法体系、鲜活的表现力，以及体现民族语言特色的"现代汉语"形态，则是以赵树理为代表的作家们做出了重要的不可忽略的贡献。

就赵树理个人的创作而言，其早期也是走欧美语法特色浓重的路线。但是当他发现这条路难以被普通民众接受后，其语言表达发生了转化，开始更加注重民族语言与现代性的融合。他的语言生根于中国古代汉语与民间语言的丰厚土壤。在保持语言典雅品格的同时，至少从这样两个方面进行了努力。一是更多地吸收了民间语言的表达方式，使普通民众能够走进这样的语言，使用这样的语言。也正因此，他的语言表现出非常鲜活、生动的状态，使语言的活力大大增强，表现力得到了拓展甚至突破。二是他的语言在规范性方面进行了重大的努力。一方面剔除了民间语言、方言中粗俗的、生僻的元素，使之更加典雅、庄重，另一方面，他保持并强化了以北方方言为主的结构形式，使之在语法形态方面更加完善严谨。所以，今天我们读赵树理的作品，其语言的流畅、生动、鲜活仍然非常突出。可以说，在中国现代汉语出现、发展、完善的进程中，赵树理做出了不可跨越的贡献。当然，这种贡献不可能是他一个人完成的，而是在特定历史条件下，由包括他在内的一大批作家共同努力，并在一代又一代作家的接力中实现的。赵树理丰富了现代汉语的表现力，并使这种获得新生的语言成为广大民众自己的语言。这后一方面的贡献更为重要。因为如果一种新生的语言难以得到民众的认可，其生命力是非常值得怀疑的。可以这样说，如果没有这些作家的努力，中国的现代汉语很可能成为一种"精英"的语言。也就是说，很可能成为一种少数有"文化"的知识分子的语言。这不仅将使语言的普及受到阻碍，也将因为得不到大众的认可而导致中国现代化的迟滞。

山西的作家受赵树理的影响甚深。除了创作理念、题材选择等方面外，在语言的运用上也同样如此。这也就是说，从赵树理以来的几代山西作家不仅坚持了赵树理的创作方向，也共同为中国现代汉语的进一步完善、发展做出了努力。尽管今天我们可以说，这些作家个人的成就不同，在语言表达方面风格各异，但是他们有一个共同的特点，即在坚持语言的民族化方面都进行了非常积极的实践。进入新时期，随着改革开放的不断深化，各种创作观念竞相显现。山西作家虽然与全国的创作相比更多地表现出固守的姿态。但是新的创作手法、元素等也在自觉不自觉地借鉴当中。其中就语言表达的追求而言，大体表现出两种特点。一种是仍然坚持语言表达的民族风格，并随着时代的发展变化使之更加丰富生动起来。他们的语言，不仅缘于题材选择的民间性、地域性，以及人物、故事的原生性，更缘于吸纳了民间语言的鲜活元素，在叙述、描写等诸多方面更多地体现了植根于本土的语言活力。另一种虽然也注重题材的地域性选择，但在语言表达中更多地呈现出一种开放的意识，比较侧重吸纳外来语言中的合理成分。如修辞的繁复，语句的长结构，象征意象的频繁使用等等。虽然这两种追求表现出各自不同的倾向，但他们随着时代的发展而推动现代汉语不断进步的努力是一致的。

需要我们重视的是，山西作家在自己的创作中表现了中国文化的原生态及其变化。这种原生态不是指文化最初形成的形态，而是指数千年来一直呈现出来的未经现代化浸染、改变的文化。从某种意义来看，它已经成为生活在这样的历史环境中每一个人不自觉的潜在意识，并支配着人们的思想与行为。文学的表达虽然是语言与形象的表达。但是隐藏在语言与形象背后的却是生成这种语言与形象的文化。如果一种文学性的描写没有隐晦地展示出某种文化及其价值观，我以为就是一种表面性的甚或肤浅的描写。山西作家在自己的创作中表现出一个非常突出的特点，即对自己生活的土地、家园有一种执着的关注。而就山西这一地域来说，其文化又具有某种典型性。这就是生根于黄土高原的农耕文化。在中国现代化的进程中，一个非常艰难的任务就是要改变这种文化，使之蜕变为一种新的文化：现代化。这一过程是非常艰难的，也是非常痛苦的。数千年的农耕劳作，已经形成了一种自足的完善的文明体系。但是，就在这种文明体系达到顶峰的时刻，我们突然发现她已经不能适应现代化的要求。于是，开始不自觉地改变自己。这一过程伴随着战争、灾难、屈辱、失去国土与家园等等。在经受这种外在考验的同时，还有我们内在的情感、思想、精神等诸多方面的考验。一方面，救亡与重生成为一种时代的必然使命。另一方面，精神与文化的重建、新生也面临着更大的挑战。就前者而言，山西作家的创作并不是真正的重点。而后者却是其在描写社会变革进步中隐藏的中心。山西是中国最早开始工业化、现代化建设的地区。但是我们很少能够看到山西作家所描写的这方面的作品。而曾经作为抗日战争敌后根据地中心的山西，实际上也没有太多的文学作品来表现。反倒是有许多作品在这样的社会背景下来描写当时的人们如何生活，并参与了这一影响世界文明进程的历史。可以说，这些作家们表面上看起来对社会变革更关心。但是一到拿起笔的时候，就情不自禁地流露出他们对于特定文化及其价值观的不自觉的关注。这实际上成就了他们，也局限了他们。如果就当代文学而言，最早的表达在于农民群体的觉醒。他们感受到了时代的变化，并参与、推动了这样的变化。比如小二黑，虽然具有了杀敌英雄的身份，但作家所要说的却是旧的文化观念，以及由此形成的生活方式对人性的伤害——当然是从爱情的角度切入的。作家的贡献不仅在于表现了时代变化中人性尊严的重新确立，更重要的是，作家生动地再现了这种旧的文化制约在人们劳动、生产、生活、情感，以及社会关系诸多方面的表现。也就是说，作家不是把一个关于追求自由恋爱、自主婚姻的故事作为一种孤立的现象展示出来，而是生动地表现了这种文化观念在旧的生活方式中的普遍性，以及其荒谬性。也就是表达了必须改变这种文化观念的必然要求。这当然是非常符合时代需要的，也是中国在现代化进程中必须跨越的。在山西作家的创作中，相当多地表现了劳动者——当然主要是农民，以及农民出身的、具有农耕文化背景的其他身份的人们对劳动的热爱，对土地的执着，对家庭的重视等等。从历史的层面来看，这些内容都构成了农耕文明的重要组成部分，也是这一文明能够发展、生长的原动力。但是从时代的要求来看，这种文化又成为那些最终必然要离开土地，不再是农民的人们内心世界与精神领域的时代痛苦。比如在改革开放之后，工业化的浪潮漫卷一切。在最具现代化特点的大型露天煤矿当工人的吴福却难以适应这种快节奏的标准化的生活方式。他无限怀恋地回到了自己的家乡。但是家乡已经不再是曾经的家乡，吴福也不再是过去的吴福。他身跨两界，无所归依，内心充满了痛苦。这是一种时代转换、文明更替的痛苦，是一种具有重大典型意义的内心再现。而在现代化程度日益加深的历史时期，农村也已不再是传统意义的农村。农民也不再是仅仅从事农业生产的农民。更大的市场与财富吸引了更多的农民，城市成为新的生活中心。虽然从某种意义来看，城市化可以作为现代化程度的一种标志。但是城市化也同时带来了传统文化的消失、传统生活方式的改变，以及传统人际关系的新建。老甘，这个仍然坚守在内心世界的"过去的农村"中的农民，痛苦地怀恋着昔日活色生香的农村及农村的生活。但是，过去的一切似乎已经义无反顾地过去了。他的农村已然不再。如果说这样的农村随着市场化程度的提高有新生的希望的话，也与过去的农村大不一样。老甘的痛苦同样是一种时代的痛苦，是我们在走向现代化进程中不可回避的痛苦。当然，山西的作家也描写了这种进程中人们的希望、新生，以及由此而来的快乐、自信。宋老大进城送公粮时那种发自内心的自豪感、主人感，那种终于直起了腰板的幸福感将永远感动我们。而在首都打工并学会说普通话的小雪也动人地透露出新一代农民美好的未来。

山西的作家们也企图从比较宏大的层面来揭示中国文化的品格，以及由此而反映出来的中国精神。这些描写不在意于对现实生活具体人事的再现，而是企图通过某种具象化的人事具有隐喻意味地表达作家对民族性的理解。他们营造的人物生活环境不太具体，而是具有某种概括性，超越了具体的、实指的时间、空间。其中人物的行为，以及由这种行为所表现出来的文化内涵、价值选择体现出一种超越了具象的恒久性。由此可以使我们领略一种民族的生存状态与价值操守。其中的一部分作品甚至具有进行人生意义、价值意义探求的哲学性努力。这时，作家关注的不再是现实生活中具体的人事，以及其中透露出的社会文化内涵，而是超越其上的价值追寻。在临危受命的戴夫人身上，作者赋予她民族人格最为优秀的内涵。她不仅具有一般人所可能具有的大局观，以及人性的智慧，而且作为生命个体，她具有了一种古人所言的"浩然之气"。她在漫长艰难的商旅途中，没有感受到生命的渺小，而是站在太行山顶吟诵前人的诗篇。她感受到的是生命的博大、伟岸，以及大自然的神奇、浩渺，是一种天人合一、物我两忘的至高境界。这不仅是她个体生命的壮美华章，也是民族文化中价值体系的完美内化。张马丁的遭遇则从另一种角度表现了不同文化短兵相接所引发的一系列事件，以一种宏阔的视野描写了文化境遇背后各异的价值体系之间的交锋、错位、融合。还有许多作品通过对具体人物生命境遇的描写，表现了具有历史意味的在潜意识中特定价值观支配下的民族精神世界。

　　读山西作家的作品，事实上也可以看到中国从农耕文明的顶峰跌落到重新崛起，实现现代化的历史进程。在当代文学中为数不多的抗日战争题材的作品中，我们可以看到以中国北方农民为主的人们如何从屈辱中觉醒、抗争，并取得了历史性意义的胜利。抗日战争的胜利，不仅仅是军事的胜利，而且是中华民族在经历了无数的失败、屈辱之后终于走向独立、自主，重新以一个文明民族的形象自立于世界民族之林的标志；也是中国在经历了种种探索，尝试了不同发展道路之后，终于表现出走向正确发展道路，迈出实质性转型步伐的标志。

尽管一直以来我们都有这方面的创作，但是具有宏观性、历史深刻性的作品还不多。新中国的建立是中华民族终于在百余年的努力之后有了自己独立政权的大事，也是中国开始以超人预料的成就向现代化迈进的起点。山西的作家以自己敏锐的笔触描写了这一关键时刻中国普通人内心世界的喜悦、自豪，以及对未来的憧憬。还是在 1949 年 10 月 1 日，诗人高沐鸿就创作了诗歌《这是我们人民自己的胎生》，为新中国的建立而欢歌。之后的一系列文学作品生动地表现了站起来的普通民众内心世界的巨大变化，特别是其人格世界的变化。他们实实在在地感受到了新社会的进步，以及当家做主的自豪。他们不仅在经济上得到了解放，在政治上得到了翻身，而且在精神世界上发生了积极的蜕变。一个新的时代带来了新的发展与进步。也正是这些作品成就了这个新文学史上一个最具典型意义、产生重大影响的文学流派——"山药蛋派"。他们有共同的创作追求，有共同的题材选择，有以赵树理为代表的领军人物。这个流派出现的意义，不仅仅是属于文学的，更是属于中国文化的。他们在尊重并表现中国优秀传统文化价值观的前提下，呈现在这种价值体系影响下中国民众，主要是农民如何生活、生产、思考、发展。读这些作家的作品，不仅使我们能够了解到特定历史时期中国发生的事情，而且将使我们了解中国人是怎样的一种生活方式，中国人在新的历史时期发生了怎样的变化。在 20 世纪 70 年代末、80 年代初，山西的作家们非常敏锐地感受到时代将要发生的巨变。这种感受不是源于理性的分析研究，而是源于他们对现实生活的关注与热爱，是他们从具体的生活中感受、发现了时代变革的动力。其中有他们对极"左"路线的批判，以及对中国变革发自内心世界的呼唤。这首先是已经成名的一批被称为"老作家"的人们走上了历史的舞台。而另一批将在中国文学园地表现出勃勃生机的作家以自己的敏锐发现了生活的变化。至 20 世纪 80 年代中期，以《当代》发表一组山西作家的作品为标志，文学"晋军崛起"成为中国文坛的一个重要事件，引起了广泛关注。这批作家一进入文坛即表现出不俗的活力，显得生龙活虎，风生水起。他们首先成为对极"左"路线的批判者。通过一系列生动的、充满生活意蕴的人物形象来揭示中国曾经走过的弯路，以及即将出现的变革。而后，出现了一系列呼唤改革的优秀作品。一些小说被改编为影视作品，在当时传媒欠发达的条件下产生了极大的轰动效应，甚至有万人空巷之叹。其中的朱克实、李向南、李高成等成为新的历史条件下拨乱反正、推进改革的典型人物。这些作品既是文学的，更是时代的、历史的。它们表达了中国人内心深处希望变革的期待，也呼唤着一个新的历史时期的到来！

中国的改革是中国从传统的农耕文明出走，迈向现代化的重大事件。随着改革开放的不断深化，中国表现出强劲的发展态势。同时，也遇到到了许多需要解决的问题。一方面是现代化程度的不断提高，另一方面是这一进程的艰难演进。一个时期，那种充满浪漫主义色彩的乐观情调被现实生活中的艰难前行所生发的复杂性代替。改革并非一帆风顺，充满了困惑、曲折，有许多困难需要智慧与勇气来克服。这一时期，山西的文学创作沿两条主线展开。一方面是直面现实，表现新的发展时期人民的智慧力量，及时代的进步，如农村改革，国企改革，全球化背景下的商业博弈，以及反腐倡廉、环境保护、民主选举、基层生活、重大事件等等。总的来说，山西文学表现出社会的艰难进步，这种进步首先是积极的、正义的、人民的力量战胜了消极的、不义的、损害人民利益的力量。同时也表现出了中国传统社会在时代的发展进步历程中逐渐变化：如传统农村的式微与新盛；农村人口向城镇的转移；土地的工业化、商业化等等；商品经济的蔓延，城镇化的发展；以及身处其间人们内心世界的彷徨、痛苦、选择；人对土地以及建立其上的生产生活方式的依恋；对改革进程中传统国有企业的情感等等。从这些作品中，我们可以观察、感受到中国正在发生的翻天覆地的变化。另一方面，许多作家企图从超越现实的具有形而上意味的层面来探求中国的民族精神。一些作品甚至具有了某种哲学性品味。他们可能借助于某一历史事件，或者设计一个与现实生活隔离的故事来表现自己理解的民族精神。这一类作品可能表面上与现实生活没有直接的关联，但是对我们认识民族文化、民族品格具有积极的意义。事实上这些作品为我们提供了一种思想文化资源，是对现实生活中剧烈变革引发人的价值观的迷茫进行的某种文化性指引。它不涉及现实问题，不为我们思考感受现实生活提供具体的形象。但是，为我们提供观照现实、解决现实问题的精神力量、价值选择和思想资源。这其中也有一个如何认识人生、如何认识民族、如何面对个人价值的问题。

总之，不论是对现实生活的直接表现，还是以隐晦的笔法对现实生活提供精神资源，都可以看到山西作家对社会生活、人生价值的一种积极的态度。他们试图以自己的描写来表达某种具有积极意义的思想内涵，为今天的人们提供精神力量，以推动中国社会的发展、进步，以及在历史蜕变中人的完善。这些努力也可以视为是在现代化进程中对民族精神的一种回顾与追寻。读山西作家的作品，可以使我们从一个侧面感受到中国走向现代化的历史进程。

山西作家在艺术创造上也进行了积极的努力。就山西文学的当代面貌来看，表现出一种从一元向多样的发展态势。当代山西文学受以赵树理为代表的"山药蛋派"影响甚重。一代一代的作家不仅受到这一流派作家关注现实生活、关注社会民生的创作理念的影响，而且在表现手法上也多承续这一流派。因此，直至改革开放前，山西文学基本呈现出一种"山药蛋派"式的一元状态。但是，进入改革开放的新时期后，这种局面开始发生变化。一些人更注重语言描写、心理表达等等。不同于"山药蛋派"风格的作品开始大量出现。首先是题材选择表现得更加多样，其次是表现手法更加多样，再次是创作观念也呈现出多样化的格局。山西文学终于形成了从一元走向多样的创作态势。那些坚持以农村为主要创作题材的作家们也积极地吸纳了其他的表现手法，使农村生活的表现领域大大拓展。另一方面，山西也出现了典型的所谓"现代派"小说。心理结构、借鉴侦探小说手法的"悬念"结构、无情节结构、意象结构、寓言式结构等等次第登场，宏大叙事与个人化叙事并存一体。这些作品有的已经产生了比较大的影响。无论如何，他们都是山西作家对文学自身进步的积极探索。

从某种角度来看，山西文学似乎为我们呈现出了中国走向现代化的百年变迁史。这不仅表现在人们广为关注的小说创作之中，同时也更加丰富地表现在文学的其他领域，如诗歌、散文、戏剧，以及逐渐从散文文体中独立出来的报告文学及传记文学之中。当我们追寻这种变迁的历史时，不能割断由山西而表现出来的中国五千年文明史。山西是华夏文明的主要发祥地，从远古以来，这一文明代代相传，承续不绝，其中涌现出众多的仁人贤士。作为个人，他们有自己所处的具体的历史环境、成长条件，对人类文明的进步做出了自己的贡献。但是，作为一种文化现象，他们似乎勾勒出中国文明发展进程的历史脉络。在他们身上体现了中华文明的历史贡献、价值选择，以及思维模式。对他们进行研究，并用传记的方式表现出来，使今天的人们了解并感受他们所具有的闪光的人文价值，不仅对今天的改革发展具有积极的意义，对我们现代化进程中的文明重建同样具有非常重要的意义。这将首先使我们看到历史发展进程中文化的影响力，进而使我们能够进一步确立文化的自信心与自觉性。在这些如星光一般闪烁的先人身上，我们将体会到中华文化的魅力、价值和绵延不绝的生命力。承续山西文学的精神品格，创作出新的能够表现时代精神的优秀作品，是我们这一代人的使命。而对五千年文明发展进程中那些曾经做出突出贡献的英杰才俊进行文学式的描述，也将是我们传承民族精神的一种努力。因此，组织编辑出版山西文学"双百工程"，有着非常积极的现实意义。

这一"工程"包含两个序列三个方面的内容。一是"百部长篇小说"，其中一部分是已经发表出版并产生了较大影响的现当代小说。通过集中编辑出版，可以使我们比较全面地回顾审视山西文学某一方面的成就与贡献。另一部分是新创作的长篇小说。其目的是推动山西长篇小说的不断繁荣。把它们列入这一工程，即是对文学发展的新推动，也可以延续已有的成果，使人们看到山西文学创作的最新成就及更加生动的面貌。二是"百部山西历史文化名人传记"。山西的报告文学近些年来表现出非常活跃的态势。不仅参与创作的作家比较多，出现的作品比较多，而且产生的影响也比较大。其中一些作家应该说是中国报告文学领域的领军人物。同时山西也是华夏文明的重要发祥地，在五千年的文明发展历程中涌现出许许多多的对中华文化发展进步做出重大贡献的英杰先贤。以传记的方式把这些先人在中华文化发展进程中的贡献表现出来，有助于我们重新认识中华文明对人类的重大贡献，有助于我们进一步追寻中华文化的精神、操守、品格，并使我们从先人的风采中找到自己前行的楷模和动力，激励我们推动中国的改革发展进步。所以，这也就成为我们的一种责任。相信通过这一努力，既将促进山西文学的进一步繁荣，也将进一步增强我们的文化责任，重塑我们的文化形象，展示中华民族在漫长发展历程中表现出来的精神力量与智慧，为实现民族复兴的中国梦做出积极的贡献。

第一部

风雨鸡鸣起舞时,南冠胞与旧相知,童心老去未曾改,可唱新风慷慨词!

思往事,乱如丝,前尘来路恍迷痴,欲寻剑气冲霄迹,蝶梦还追草上飞。

——《鹧鸪天》(作者题记)

1

一九三一年五月间。

北平市纷纷扰扰的街道上,走着一个普普通通的青年人。

这人大约二十三四岁。穿一条竹布长衫,戴一顶窄边遮阳草帽,脚上着一双白帆布胶底系带便鞋。瘦长条的个子,微微高仰的头,有着一副安稳的眼神,看上去风度潇洒,仪态从容,很像是一位饱学的青年学者。

经过那些花花绿绿的大商店和一些大呼小叫的小摊贩,他都要停停脚,似乎还有兴趣研究一番似的,但也没有搅混进去。

傍晚的炎热还没有消退。当他踱到一个相面摊子跟前的时候,那个面团般的相面主人,正袒露着一个大肚子,坐在一把被撑得满腾腾的竹圈椅子上打盹,紧挨不远,一个瘦骨伶仃的卖卦先生,赶过来向他打招呼:

"先生,占一卦吧。看您天庭饱满,地阁方圆,鼻直耳垂,眼风不露,久后必成大器;只是眼下印堂不亮,眉宇间隐隐有一道晦气。在下不才,为您破除破除……"

这青年学者心里好笑,嘴里却不得罪他:

"谢谢你,我自己来破除吧。"

一面说,一面点头笑笑,离开卦摊。

这时候,在前面不远处一条巷口上,出现了一个怀抱娃娃的小姑娘,小姑娘穿一件粉底蓝条的花格子布衫。紫檀色的圆圆的脸,看得出她蓬勃的生命力,正在一天天向着青年期飞跃地发展了。不能说她很美,但她伶俐俊俏,特别是那一双山猫似的眼睛,随着两条齐肩的小辫子左右一甩,就仿佛把她所要看的一切,一件也不拉地摄入她眼仁里去了。

在离巷口几步远的一块空地上,小姑娘把那个小娃娃放在巷口的一边,自己又迅速地退到巷口的这一边,"哎,哎,哎"地教那个小娃娃学走路。

"来、来、来,走、走、走。"

小娃娃摇晃着那两条肉乎乎的短腿蹒跚着,她就拨浪鼓似的甩着那两条小辫吱吱咯咯地笑。

他们玩得那样出神和专注。她绝不用手去扶他,却像手里拉着一条线,在牵引着那孩子。这条无形的线还像一条警戒线,进巷子的人都要经过他们那儿。

青年学者朝着这个方向走来,温和地问道:

"可以过去吗?"

"可以,可以,先生,过去吧,过去吧。"她并不看那青年一眼,又在那里有意无意地吆喝着:"走,走,走。"

青年慢慢地通过这条"封锁线",穿入那条巷子里。

在一个半大不小的半旧了的朱红油漆门口,一位面带笑容的中年妇人,放下手里的针线筐箩,不言不语地招呼他进去。

当他们跨进屋里时,壁上的挂钟正好清脆地敲了七下。

约会的时间到了。

"詹先生,你的时间真准当呀。"妇人说着,就从一个茶几上端过一套壶碗,动手斟那已经沏好了的茶。

被称为詹先生的青年,连忙按住茶碗,急切地问道:

"黎先生还没有来?"

"还没有。"妇人会意,十分利索地倒好茶,"他一来,我就招呼他进来。"说着,轻轻点个头,退出去了。

詹先生摘掉帽子,不由得又抬头望一眼墙上的挂钟,心里委实有几分焦急。

他额头很高,两只眼睛像秋水般明澈。他在地下来回踱步,步子急切而果决,完全变成了另外一个人……方才在街上时那种悠悠然的学者风度没有了,眼里那一层薄薄的朦胧的雾气消失了。他微微皱着眉头,不时瞭一眼挂钟,期待着即将到来的一次重要会晤,他叫詹英。是中共顺直省委的军委①委员。

有多少问题需要和省委的同志认真地讨论呀……詹英刚从阜平考察回来。那里的农民运动轰轰烈烈地展开了。受尽了苦难的农民兄弟,举起了长矛大刀,把土豪劣绅打得落花流水。他们有了自己的武装,建立起自己的政权,各项工作是很令人满意的……

想到在阜平时那些激动人心的日子,詹英不由得想到了阜平农会的领导人顾亦雄。

那真是一个热情勇敢的好同志。他很年轻,也很能干。圆乎乎的脸上,还能看见一层淡黄的茸毛哩……头上箍一条白毛巾,一举胳膊,一溜鼓鼓的腱子肉。尤其使人难忘的,是那双眼睛。两道剑眉下面,那眼如同两泓清泉一般,流出来睿智,流出来机警……詹英在那里的时候,顾亦雄成天揉着他,一会儿问问这,一会儿问问那,仿佛把无数的难题都积攒起来,单等着詹英解答似的。他有那么多的好主意,一经决定了,立即动手。哪里做得不妥当,随干随改。要干起来,那真是把性命也拼将出去了。跟这样的同志在一起,真使人感到英气勃发,任天大的艰难也不在话下……

自然,詹英也有点担心。他害怕小顾那种过分的热情会造成一时的疏忽……革命的道路是漫长的,我们已经损失了无数的同志……他曾暗示过顾亦雄,但又实在舍不得挫折他那种一往无前的锐气……

詹英走的时候,顾亦雄背着人,咬住嘴唇,很是抽抽搭搭了一阵子。他送他走了一程又一程,一直送到十里之外,要不是詹英再三劝阻,许是要把他送到北平哩!

---

①省委内部的一个部门。

哦,那情! 那景! 那使人难忘的火热的日子……

一踏进北平,气氛就完全两样了。当局在大肆搜捕共产党员和党的同情者……这里是一片白色恐怖。几个月之前,顺直省委遭到毁灭性的破坏,省委负责人齐远山、徐彦、柳贞等一大批同志被捕入狱,既不知道关在哪里,也不知道生死如何……新省委刚迁到北平来,新任命的省委书记尹坚同志还在上海,好多同志接不上头。这时候詹英是多么盼望见到省委军委书记黎化冰同志呀!

墙上的挂钟发出"嗒嗒"的响声。每一声响,都像重锤一样敲在詹英的心上。在北平,在这样一种恐怖的环境里,同志们接一次头是很不容易的。革命处在艰难时期……在紧急关头,在生与死的严峻考验面前,斗争固然在向前发展,但也有不少家伙叛变了。他们投到敌人怀抱里,像疯狗一样乱窜狂咬,像鹰隼一样狠追猛捕……为了保住一条狗命,他们会把爪子伸到任何地方……老黎是知道这种局势的,那么,他为什么迟迟不来接头呢?

应该说,詹英和黎化冰是有分歧的。他不同意老黎那种不顾一切,无休止地去组织各种罢工、罢课、游行示威的主张。难道我们的损失还不够严重吗? 难道我们要把所有组织、所有同志都暴露给敌人吗? 难道我们除过号召搞什么飞行集会,散传单、作讲演之外,不能去切切实实搞点工作吗……

来接头之前,詹英刚看完一份考察报告。那是省委古易达同志从直南考察回来之后写的。报告称:石友三正在那里打仗,抓兵抓夫要粮秣,农民苦得不得了。那里群众自发的武装力量——红枪会、大刀会、天门会……是很有底子的,军委应该派人去组织这种力量。我们不去组织,敌人就会乘虚而入,利用或者打垮他们……直南地区的烧磁工、煤矿工,是一支强大的力量,他们屡经斗争考验,有相当丰富的经验和教训。挑选一些优秀的同志,稍加训练,就会成为坚强的领导力量。利用地方关系,打入军队和群众武装里,军委的工作就大有搞头了。应该把我们的士兵工作,同农民运动、农民武装联系起来……单靠在旧军队里搞哗变是不行的。我们应该建立自己强大的武装部队……

古易达这份报告,和詹英近期来萌动的一种想法是十分吻合的。读着它,詹英总是想到阜平火热的农民运动,想到那个热情豪爽的顾亦雄……他脑子里一些忽隐忽现的想法,也就逐渐明晰坚定下来……必须和老黎认真长谈一次,把阜平和直南的情况告诉他。北平的工作,应该让市委直接领导。而省委,却要着眼于全顺直,以至于北方的不少地区,要特别研究和重视如火如荼的农民运动……

还应该对老黎讲,他那种"北方落后论"是毫无根据的,必须提醒他认真纠正,否则,会对革命前途丧失信心的……

他望望窗外,一株盛开着的紫丁香随着晚风轻轻地摇曳,这时,他才觉得有一缕清香透过窗纱暗暗地袭来。

"老黎会说什么呢?"詹英想,"他也许不承认这一切。他又会鼓起眼睛说:同志喋!我们的阵地应该在北平,在天津……"

詹英叹口气,微微地摇摇头。

壁上的挂钟"当"地敲了一下。詹英"忽"地站住,往墙上望了一眼。

再不能等了!早已经过了规定时间!

他抓起帽子来就往外走,正好那位中年妇人也匆匆地走进来,她一把抓住詹英的手,压低嗓门,紧张地说道:

"詹先生,你不能从这里走。巷口上有个不三不四的人,老在这里转悠,春喜子把他绊住了,先他还向春喜子问这问那的,春喜子三问两问倒把他给盘住了。我看他不是个好人,也不是黎先生,黎先生要来早该来了。你得小心,我送你从这里的后门出去吧。"

詹英把手里的帽子一摞,解开长衣脱下,卷起来往腋下一挟,就要走。妇人见他穿着短衣,草帽也不拿了,赶快找了一顶半旧的鸭舌帽给他戴上,就引他出到院子开了后门,自己先探头出去左右一看,没有人,"出去往左手拐,那里转弯近,街道也僻静。"詹英紧紧握住妇人的手,说一声:"大嫂,小心!"然后出了后门。

刚把门掩好,就听见春喜子清亮的尖嗓音在前面的门口嚷起来:

"你这个人是怎么搞的呀,你老不信服人家的话,告过你几回了,我们家姓王,姓王!你怎么老要在这里找什么粘先生糊先生的呀!谁认识你是什么人?你要闯进我的家干什么?我告你,你吓唬着了我弟弟可不行,我要叫警察了!"

母亲接过女儿的声音,气咻咻地站在院子里喊着:

"春喜,你和什么人在那儿吵呀?你问他,他东游西闯的到底要干什么!他把我们看成什么人家了?不要脸的东西!你回来,你把弟弟给我抱回来,不要让那恶煞神给吓坏了。他不嫌没脸要进来,你就叫他进来,我看他敢怎么的!"

估计詹先生走远了。

2

从王家出来,天色已经半黑了。这边的路果然僻静。詹英走走停停心里乱糟糟的。

原来的住处是不能回去了。他一连问了七八处会馆,回答竟然几乎是一样的:

"您哪,先生,这几天人可是挤满了,连打地铺的空子也没有了呢!您先生定了要来,一有了空位子我就给您占下。您现在住哪儿?要不,明天您再来。先生走好,您哪……"

天完全黑了。阵阵夜风"丝丝"地吹来,詹英倒觉得自己冷静下来了。不能马上搬家,只好晚一点回公寓去。那么,趁了这朦胧夜色,自己还该干点什么呢?

首先,得赶快告诉军委的同志们,黎化冰很可能是出事了!要立即转移住处,以防不测……此外,无论如何要设法回一次寓所,销毁书籍文件……

这时,他突然想起来,今晚还要和陕北来的一位同志接头哩!他抬腕看看表,随后用手掌狠狠地拍一下自己的脑门,匆匆往接头地点赶去。

到了预定的地点,看到有一个人已经在那里。借了黯淡的月光,詹英见来人不过二十来岁,很有点像顾亦雄,圆脸上一对热辣辣的眼睛,个头也差不多,只不过比小顾要白点、瘦点。头上仿佛蒙了块白毛巾,看去倒很像是陕北的一位农家子弟。

那人朝他迎面走来,左手摸一摸下颏,露出手腕上一条雪白的手绢来。

詹英也从口袋里掏出一条手绢绕到左腕上,摸摸下颏走过去。这时他才看清——哪里是蒙了白毛巾,原来那青年的头发已经全白了。詹英心里不禁有几分惊诧。

两人交换了一个热情的眼色,便低声攀谈起来。

"你是顺直省委的同志吧?"来人问。

詹英点点头。

"我叫林陶,"那人继续说,"从陕北来的。找到了你们,真高兴。也真不容易呀!"

"是不容易,"詹英说,"情况还很紧的呢。你们远道而来,够辛苦的了。陕北的情况好吗?"

林陶是个热情洋溢的人。跑了那么远的路程,好容易找到顺直省委的同志,他真想把肚子里的话全倒出来。但是,林陶又是很有理智的,他知道时间的珍贵,便直截了当地说:

"是这样的,陕北党内的形势,立三路线的决议已通过,他有代表在陕北;四中全会也有代表在陕北;张慕陶的紧急会议筹备处也有代表;我走的时候听说,又有一家的代表也要去了,我们究竟承认哪一个呢?陕北特委开了个会,专门讨论了这个问题,派我和两个同志,组成一个代表团,到这里了解情况来了。"

詹英听罢林陶的话,略略一顿,就说:

"现在党内有些人,趁了危急关头,不择手段地分裂我们党。我们必须头脑清醒,擦亮眼睛,坚决维护党的统一和团结,如果这些人不彻底放弃他们的错误主张和分裂党的罪恶活动,那就完全是党外的问题了。"

林陶聚精会神地听着,詹英低沉果断的语调牢牢地吸引了他。

詹英继续说道:"至于立三路线和四中全会,那都是党内的问题,是党内在路线上斗争的问题。立三路线是盲动冒险的,这在党内也已经有决议了,怎么你们那里又有一个什么决议,还有他的代表呢?"

"是呀,是呀,这就是我们迷惑的地方了。"林陶说。

"这是不对的。四中全会呢,本来就是针对着立三路线、为反对立三路线而开的,但是……"詹英停住话头,微微地叹了一口气。

林陶的目光注视着他,好像在说:我不远千里而来,什么都必须听得清清楚楚的呀。

詹英抬起头来,当他遇到林陶诚挚恳切的眼光时,又缓缓说道:

"依我看……这可完全是我个人的意见了。党的四中全会,对于农民革命力量估计得很不足,因之把我们的主要任务仍然放在首先夺取大城市上面,这也就是它不能彻底克服立三路线错误的根本原因了……"

詹英觉得一股热血在自己胸腔里碰撞。有好多话,原来是准备对黎化冰讲的。但是,他竟然没有来接头。看来是出事了……出了什么事呢?

"历史给了我们那么多教训。"他心情沉重地说,"我们不是也有好几次夺到了大城市吗?夺到了,又不得不放弃了,道理也很简单,敌人的精锐、给养、交通干线都集中在大城市嘛,到了节骨眼上,帝国主义还开来军舰、调来大炮、飞机轰我们,我们吃不消,只好又撤退了。农村就不同了:农村分散,回旋余地大,加之军阀割据,争斗不休,使我们在那些三不管的地方最好展开活动,因之国民党开了几十万的军队对我们进行'围剿',都被我们冲破,并且红军还得到发展……这不就是一个鲜明的对比吗?"

谈话气氛稍稍活泼起来。林陶谈到,他和刘志丹他们在陕北搞农民运动,农民的情绪非常高涨,他们夺取豪绅地主的武器,武装自己,正准备成立苏维埃政权。詹英也谈了阜平和直南的情况,

"试想我们在北方,把农民运动搞得到处开花,配合我们的主力红军进

行活动:国民党能有多少兵力来对付我们呀?我们在这些地区扎稳了根,得到发展,从无到有,由小变大,将来再汇合在一起,中国的面貌就会完全不同了呀!"詹英激动地说。林陶也兴奋起来,觉得那话像是从自己口里说出来似的。

初升的月亮的银色光辉,透过浓枝密叶泼洒在这道林荫里,给他们的质朴的谈话罩上层朦胧的诗意。他们没有时间细谈了,但却分明看见了那一切,林陶从陕北看到了阜平,詹英从阜平看到了陕北,他们从阜平和陕北又看到了红军,看到了井冈山……看得是这样的明彻而亲切,正如同在这里从树看到影,从影看到树,从树和影看到那皎洁的月光一样。夜风徐徐地吹拂着,还夹带地送来槐花的清香和树叶的苦涩的香味,使他们觉得浑身舒爽,日间的劳累和焦虑也似乎消失了。他们畅谈着……夜是这样的幽静,使得他们的低哑的只能互相听见的声音,听来却像雷鸣似的,轰响得既清越而又辽远,正仿佛在这样的静夜里人能听到自己的心的剧烈跳动一样。

詹英告诉林陶:这绝不是说城市工作或其他工作不重要,他指的是整个部署和配合的问题;他还一再地说,党内问题应该用党内的方式解决,必须维护党的统一。林陶说,他完全理解这种重要性。在他们之间,已经树立起深切的信任和理解。他们在这林荫中来回地走着谈着,不时地用敏锐的目光向周围看看,然后迅速地交换一下目光,把那来不及用语言充分表达的思想和情谊输送给对方,他们完全因那共同的思想交融在一起了。他们觉得,即使分隔了老远,他们之间的一道电波的线路是给架设起来了。

詹英伸出来手说道:"省委支持你们。我是省委的军委,叫詹英。听说新的省委书记也要到了,我们还没有见着。祝你们胜利。祝你一路平安。"

林陶紧握住这只手,刚想说什么,几声急促尖厉的警笛刺耳地滚过来,就像在这浓枝密叶的林荫上空泼了一股硝镪水,把这圣洁的轻纱似的世界给毒坏了。

林陶说声:"不好!"赶快抽出手来,连声催道:"老詹,你快走!"

詹英四处一看，沉着地说："不，你地形不熟，咱们一起走！"

"哎呀！"林陶猛地抓住詹英的手，紧紧地握住，急促地说："新省委刚迁来，不能再遭受损失了。请你代我们陕北的同志向省委致意！咱们后会有期！"

詹英也紧紧地握住林陶那双有力的手，刚想说什么，林陶却猛地一甩手，说一声："你从另外的方向走！"随即一转身，跑了几步，很快就看不见身影了……

3

詹英疾步走到林荫边上,定下神来看了看,见这边没有什么人,他就在一个转弯处向着林荫的那一头看过去,距离相当远,似乎隐隐约约有几个人向更远的那头走去,还似乎有叫嚷的声音,却是越看越模糊,越听越没有声音了。他心里一动:"糟糕,林陶不会给逮走吧?要那样,他可就是代我吃苦了,没逮着我却逮着了他。"他郁闷起来。下午没接着头和搬不了家的事接着也袭上心来。他想摆脱这种烦躁,同时觉得此刻也绝不能回自己的寓所,于是就向一家电影院走去。

一天最末的一场电影也开始了。买票之后,一个招呼顾客的人把他从暗影里拉进去,找了一个位子请他坐下。他坐好了。可是怎么能看下去呢?他心中老是七上八下的,一会儿是林陶,一会儿是黎化冰,一会儿觉得情况严重急需摆脱,一会儿觉得也得准备被捕,他尤其想到林陶,如果吃了官司,他新来,连个招呼他的人都没有呢!不知道陕北的同志该有多么着急。……那么黎化冰呢?究竟怎么回事?会不会出拐道儿?几年的老同事了,詹英知道他吃过苦;可是万一要被捕了,他能挺得住吗?……那十几条手枪还在不在他手里呢?干吗他要攥在手里不放呢?这个人,"北方落后"论……他抑制住自己:"干吗老是想呀想的,先都打听明白个下落再说。看电影来的嘛,看电影吧,看电影吧!"

银幕上出现了一块大方格子白布。灯开了。

人们喧嚷着拥挤着往外走。詹英也立起来。这时候,紧挨着他的一个座位上,同时站起来一个人,正对着他看了一眼。詹英立时觉得,从那一对老鼠似的细小的瞳孔里,射出两条恶毒狡诈的光来,像蛇的那副岔子舌头一样,叮到了他的皮肤里,挖也挖不掉:这是敌人的眼线!詹英仰起了头,如同没有看到他,趁着人群混挤的当儿,把他拥到前面,也让他再不好看到自己。但那个比他低半头,尖脑袋尖下颏扁鼻子的形象,他却看了个清楚,整个的印象给人一种老鼠似的令人作呕的感觉,连他那东瞧瞧西顾顾的样子,也像是用鼻头嗅嗅什么似的,等到他觉得嗅不出什么来了的时候,就在头上扣起一个尖形的草帽,戴起一副遮掉半个脸的墨镜,在人群中消失了。詹英还清楚地看见,他手里还拖了一条"司梯克",活像是特为补足他这个形象似的一条又长又细的老鼠尾巴。

"妈的,是偶遇巧合的呢? 还是确实给盯上了呢?"老詹出了电影院,一面走着想着,一面极力摆脱一些可疑的人物,到了公寓附近更留神窥察了一番,见没有什么动静,就走进公寓的门房,问有没有什么事,有人来找过他没有? 茶房揉揉倦眼,殷勤地说:"没有呀! 您老还要什么不要? 外面就您一个了。您也该困了。歇吧。"说着就关上了大门。

詹英回到自己屋里,关了门,开了灯,急忙把一些文件都翻检出来,撕毁之后,又浸到脸盆的水里揉成碎末,出来倒在茅坑里。回到屋里,拿起一本《三国演义》,他踌躇了:这里面有密写着的中央文件,今天下午刚收到,偏偏又遇没了药水,白天又没顾得着去买,这时深更半夜又哪里能找药水来洗印?"得留着,还没有看,没有传达,不能毁。"他拿起书来,东藏藏西放放,觉得哪里也不安全:万一被搜查,藏了反而更容易暴露。于是就索性把它和那些杂书掺在一起搁放过一边。

收拾完毕,他想看几页书,让心里静一静,但又想到明天清早,还有同志要来接头,需要早起,并且今儿东跑西颠的也够疲累的了,就熄灯躺了下来。

但是翻来覆去地睡不着。特别是没有搬了家,更使得他烦躁不安:这不合秘密工作规则呀!可是急切之间就找不到房子……白天的事也乱无秩序地翻腾上来:春喜母女和她们那个小鸭子……林陶的热情诚挚的眼睛……老鼠绅士的眼睛,"小时候老鼠咬过一次脚指头哩,"他下意识地踢了踢脚,"如今可别让老鼠再咬住了……"

……忽然间顾亦雄笑着走进来,将他一把拽起:"走,走,我给你找房子去,看把你难的!"詹英欢喜不尽,立刻跳下地来,鞋也顾不得穿上,两个人光着脚,云云雾雾地飞行起来,逢山过山,遇水涉水,碰到悬崖绝壁,也只轻轻将身子一纵就跨了过去。小顾还特别喜欢在那清澈的溪流里浸脚丫:"你试试,老詹,多清凉呀!"詹英试试,果然爽快。说话之间,早来到一片葱郁的大松林,詹英回头一望,看到山下的村庄和城市都像一撮一撮的蚂蚁窝。他刚呼吸一口新鲜的空气,却听得背后有"一、二、三、四"的喊声。詹英一转身,早见一面鲜艳的红旗从那绿树荫中飘出来,接着就是一队队赤卫队员雄赳赳地走过,身上各有几件武器:梭镖、大刀、洋枪、土炮……什么样儿都有。儿童们、少先队也来了,这群小鬼最活跃,摇着红红绿绿的小旗,边鼓掌边叫喊:"欢迎新来的叔叔给我们讲话。"旁边一位老大爷,看样儿是农会的,却笑哈哈地说:"不忙不忙,讲话时间有的是,你们看咱老詹还光脚丫子呢。"就有一群妇女抱来一堆鞋拥上来,詹英看她们里边有一个眼熟的,一看原来是春喜;"小鬼,你什么时候来的?"春喜笑笑:"你一离开我们家,我就跑出来了。"詹英挑一双草鞋穿在脚上,拍拍小顾的肩膀:"咱这不和南方的苏区一样了? 黎化冰还卖他的'北方落后'论呢!"小顾哈哈地笑着,用手一指,让他看。但见山坳里花果林中,一幢幢小房,一个个小窑洞,密匝匝地把那山腰裹满了,小顾说:"由你挑吧,想住哪个住哪个。"他们信步进入一个窑洞,里面粉刷得洁白,家具用具都很齐备,詹英指着一个古式的雕花橱柜问:"这从哪儿来的?"小顾笑笑:"不是自己造的,就是打土豪分来的果实呗。"詹英看那桌上还有许多书籍和文件，顺手拿起一本一翻，头一篇就是《星星之火，可以燎原》，他惊喜地说："去年就读过这篇文章了，以后还想看却找不到了，你们这里还有毛泽东别的著作吗？"小顾说："你住下来，有的是。早来一步，你连他本人都看到了。"詹英又惊讶不已："他来过你们这里？你快说说他怎么个样儿？"小顾却说："跑了这么远路，我得先招呼你吃饭……三五句话，怎么能说出个所以？不过有一个很深刻的总印象：跟着他走，干得起劲！他走的时候我说：'我跟你去吧，毛同志！'他和蔼地伸出手说：'同志们在这里很重要的嘛！全中国都要归我们的，永远跟人民在一起，我们就是永远在一起的了。'"詹英和顾亦雄互相点头，咀嚼着这句话。一时端上饭来，一盘脂油葱花饼，一盘炒鸡蛋，一碗菠菜豆腐汤，都是大盘大碗，另还有一壶热腾腾冒气的老烧酒，詹英大口地吃着喝着，他觉得好多时都没有吃过这么香甜的饭了，兴奋地对小顾说："今天在你这里过得太美了，不像做梦吧？"小顾递给他手："你摸摸我的手，你看这是做梦吗？"吃毕饭，詹英站起来，向周围墙上看看，见有几幅军事挂图，还有几幅素描风景画。那幅画近旁有一个蠕动着的黑点子引起了他的注意，他举起食指，哈腰抬脚地做了个姿势，小顾问："你要怎么？"他说："原来这里也还有臭虫。小心它跑掉。"说着就向前扑去。小顾向他指的地方一看，不禁哈哈大笑，拉他进前用手细摸，却是一枚钉子。詹英自己也失笑了。顾亦雄说："看你困得眼都花了，快歇着吧。"就给他收拾床铺。老詹也并不推辞，只说："明清早可早点叫醒我，还有同志找我接头哩。"小顾说："你还要去哪里？叫他们也来这里不成吗？"老詹却说："那怎么成？党让在哪里就在哪里嘛，都自由行动起来还行呀？"小顾也不辩驳什么，只把他安点到床上告他说："好好休息一下吧，看你像有几年没睡过一次好觉了。"说罢就退出去给他掩上了门。詹英躺到厚墩墩的草褥子上，果然舒服，却因小顾一走，床腿有点晃摇起来，他往床边一看，嘿，却是在一个悬崖之上，下面是万丈深沟。再往床上一摸，草褥子不见了，是一块光溜溜的大青石板。转脸往上一看，是又深又蓝的天空和无数灿烂的星斗。"他们就是这样和敌人斗争的呀。"詹英想,"这也没有什么太难的,习惯了,翻身时候小心点也就成了。"正想舒舒服服入睡,却又听到从崖边窟窿里吱吱哇哇跑出一群老鼠来,更奇怪的是,还听得在细声细气的喊叫哩,夹有叫"詹先生"的,"这里都称我老詹,怎么还有叫詹先生的呀?"正想弄明白是怎么回事,轰隆隆一声,悬崖劈空往下跌落,眼睁睁看着那蓝湛湛的天空和灿烂的星斗被两道合抱起来的山缝给遮没了。

詹英惊醒了。

4

　　一列破旧的火车"哐当哐当"往北平驰去。在第三节车厢靠窗户的座位上，坐着一位清癯俊秀的男人。

　　他不到三十岁年纪，皮肤白皙，戴一顶黑色礼帽，着一领古铜色长袍，正倚了车窗，望着窗外绵绵的平原。

　　北方的五月，虽然要比南方冷得多，但毕竟是初夏时分，原野里已是一片绿色了。他望着窗外不时闪过的树木，连日的疲劳不觉减去几分。他举起手来，使劲地搓揉着自己的脸，那双充血的眼睛，也逐渐生出光彩来。

　　他委实是太累了。从莫斯科回国时，那种紧张和兴奋的心情，实在难于遏止。莫斯科中山大学的生活是让人永也难于忘怀的……可那里毕竟不是自己的国土。他们这些学生，无时无刻不在盼望回到自己的祖国呀！父老乡亲在受苦受难。偌大中华，笼罩在一片黑暗之中。每念及此，他就热血滚沸，难于自禁，不由得放下手中的书本……

　　多少个傍晚，他漫步在红场，望着克里姆林宫顶闪闪发亮的红星，憧憬着祖国的未来。

　　他终于回来了……躲过了国民党的追捕，他很快和上海的组织接了头，恳请派他到最危急的地方去。他愿意到军队，用真刀真枪把这个黑暗的世界捅个稀巴烂;他也愿意到农村,在那里播下火种,烧它个满天通红……

但是,他没有想到,党会派他来北平,而且给他压上了这么重的担子……

从上海搭船到天津,从天津乘车来北平,一路上,他几乎就不曾合眼。顺直省委遭受了那么巨大的破坏,一切工作,必须从头做起。稍有不慎,新省委就会重蹈覆辙,给党的事业造成不可弥补的损失……而对如何开展白区工作,党内又有着严重的分歧……他知道,这次来北平,无异于闯龙潭,入虎穴,他必须尽快和省委的同志们接上头,尽快熟悉掌握情况,尽快安排部署工作,而且,要像保护眼珠一样,保护省委市委的同志们,保护党的同情者和支持者。共产党员固然是杀不绝的,但必须尽最大的努力避免那种无谓的牺牲……

"呜——"随着汽笛声,火车喘着粗气,缓缓驶进北平车站。

他整整衣帽,从座位底下拉出来简单的行李,随着人群往站台走去。他先仅着那些匆忙的人们出站,等到剩下少半人时,他夹进去,从容不迫地往外走。

在一个拐弯处,站着一个黑胖子。当这位瘦削的乘客走过他身边时,他不经意地举起左手摸一摸下颏,手腕上露出来一条雪白的手绢。

那位乘客稍一愣怔,旋即低了头,依然随了人流往出站口走去。

黑胖子追了过来,站在那位乘客身边,低声说道:

"尹先生,跟我来。"

"您是顺先生吗?"

"是的,直老让我来接您。"

"直老身体可好?"

"自然,一切如意。"

被称作尹先生的乘客,抬起头来迅速地盯了黑胖子一眼,然后跟着他,默默地往前走。

他叫尹坚。正是中共中央新派来的顺直省委书记。

标记和暗语，一如组织告诉他的那样。他们很快出了站口。外面早有一辆汽车等在那里。黑胖子和另外两个人帮着他把行李装到车里，很客气地请他上了车，车就开动了。

一路上，黑胖子异常沉默，尹坚也不好张口问什么。倒是靠他左手坐着的一个小个子，问寒问暖，甚是热情。又是问一路的风光呀，又是问晕船没有呀，随后，就给他讲北平的名胜古迹，讲北平的砂锅居、全聚德、东来顺……末了，还就在他耳畔问：

"莫斯科很好玩吧？"

尹坚很有几分厌恶这个人。他皱皱眉头，任由他说去，自己只是不吱声。

汽车一直开到一个庭院的门口才停下来。昏暗的灯光中，尹坚一时也没认清这个新地方是哪里，就有一个穿长衫马褂戴墨镜的半大个子把他请进屋里，让座让茶，旁边陪坐的，是接他的那个黑胖子。那个戴墨镜的开口道：

"久仰久仰，尹同志光临我们这里来和我们合作，我们谨表欢迎之至。"

尹坚一听不像话，霍地站起来问道：

"你们这是什么地方？你们是什么人？"同时向周围一看，隐隐约约还看见有些兵汉子，他心中就明白了一大半。

那个墨眼镜却说道："尹先生不要着急。你很快就会明白了，大家都是干革命的。这儿已经有你很多的同志。这就是新过来的一位。"他指着身边的黑胖子说，"黎先生，黎化冰。是贵党省委军委书记。你的身份职务我们都明白了，我们很尊重你，绝不敢慢待你。这儿那儿都是革命，很快大家就成为一家人了。"

尹坚抓起茶壶来摔过去。那家伙却很机警，老早就躲闪在较远的地方，他望着尹坚冒火的双眼，立时吩咐道：

"来人，先把尹先生安顿到住的地方，慢慢再谈。"

尹坚大骂道："无耻！你们用这样的圈套……"却已被几个冲进来的宪兵架出去了。

他被关进一间单身的牢房里,邻屋左右都没有关着人。

他越想越气:一下车,就落进这么一个陷阱里!有好几顿饭他都气得没有吃。后来想,这也不行,这于敌人有利。他就吃开了饭,并且渐渐平静下来,思谋着对付敌人的办法。他想:除非现在就这样不声不响地活埋了我,否则,你们这座活地狱里就别想安然!

第二天晚上,他被提讯过堂。两个宪兵把他押进一座空荡荡的大厅里,昏暗的灯光让人感到阴森森的。正中间桌子对面坐着一个眼球突出的人物,尹坚想,这大概是那法官了。在他左面斜对过,坐着一个录士,桌上放着纸笔。和他并排一起却偏在右端的,是已经见过的两个,一个墨眼镜,一个黑胖子,两人坐得很近,不时还点头咂嘴,咕哝一些什么,尹坚只瞥了一眼,就再没有正眼看他们,心里却想:"就得专治治这两件东西。"在桌子的前面是四个站班的,两个挎着盒子枪的,像是广告橱里的衣架子,两个军便衣靠近桌子听使唤。

尹坚被带到衣桩子前面就让站住了。只见那个突眼球把惊堂木一拍,用那干涩的声音问道:

"姓名?"

尹坚微微笑着,不回答。

"年龄?"

"……"

"籍贯?"

那法官又把惊堂木一拍,喊道:

"回答!"

尹坚坐着,一动不动。

那个戴墨镜的家伙先自烦躁起来,冲着尹坚说道:

"你以为我们不知道你是谁吗?嘿嘿,笑话!尹坚尹先生,堂堂的共党省委大书记嘛,你说,"他问身旁那个黑胖子,"对不对呀,黎先生?"

那黑胖子窘迫地低了头,不回答他的话。法官侧过身来,狠狠地盯一眼墨眼镜,又问尹坚:

"你是干什么的?"

尹坚忍不住哈哈地笑着,反问法官:

"你不知道?"

"你是共产党!"惊堂木"啪"地敲在桌子上。

尹坚收起笑容,缓缓地站起来,对那法官说道:

"你说对了,我是共产党员!"

"你说,还有谁是共产党?"

"就我一个!"

"到底还有谁?"

"你真的不知道?"

"说!"

"那么,"尹坚停住步子,盯住墨眼镜和黑胖子黎化冰说,"我来告诉你们,全中国的老百姓都是!"

黎化冰身子一震,怯怯地说:

"尹先生,你——"

尹坚圆睁双眼,怒声喝道:

"你是一条狗! 你不配和我说话!"

墨眼镜趁机插进来,狠声说道:

"尹坚,你知道这是什么地方! 你要实说:共党中央派你来,指示给你什么任务? 谁派你来的? 共党中央机关现在在什么地方? 我们今天只问你这两点。"

尹坚响亮地回答道:

"法官先生,我提醒你注意,我党的全称是:中国共产党! 如果你注意到了这一点,我可以回答你的问题。我不单可以回答你今天的,还可以告给你明天的。"他的声音恰好和那法官的声音成个对比,它给人一种明亮的感觉,好像这个大厅里的昏暗的灯光都给加亮了似的,他继续说:

"我是共产党员。一个共产党人从来不隐瞒自己的政治观点。我一个一个问题来回答。"

墨眼镜摇头晃脑,十分得意,觉得这个题目抓对了。他不单喜欢这种响亮的声音,并且佩服这种口才和胆量。这总比身旁这个窝窝囊囊的黎化冰强嘛!

尹坚一点不间断地说:

"……我担负了什么任务?我的任务是光荣的、艰巨的、伟大的,在将来,实现共产主义社会;在目前,推翻一切帝国主义及其在中国的走狗。谁派我来的?中国人民派我来的,你们也已经知道,中共中央派我来的。它在哪里?它在你们动员了几十万兵力'围剿'的苏区,在每一个爱戴它拥护它的人们的心里,你们没有法子'剿灭'它。现在是轮到我问你们了:中国究竟还要不要革命?中国反帝反封建的革命任务完成了没有?谁背叛和出卖了中国革命的?为什么要大批屠杀工农群众,逮捕革命战士?你们难道敢于回答我的这些问题吗?大叛变之下出现了小叛变,大出卖之下出现了小出卖,我也就被犹大出卖在这里了。我不知道这些犹大的真名实姓,我也不需要知道他们,我只唾弃他们!伟大的高尔基说:叛徒比那伤寒病的虱子还可厌,这是确实的,我只提到这个,都觉得污了我的口……"

讲到这里,那个法官,那个录士连那个墨眼镜,都不自觉地向那个黑胖子瞟了几眼过去,黑胖子立刻觉得不安了,他仿佛觉得自己真的现形成为那样一个六脚爬窜的渺小的东西了。墨眼镜用手在他那浆得又硬又白的领子边沿摸了几下,又把他那枣核形的小脑袋在领子上锯了几下。他今天正好是穿了西服。那个法官不住地把肩膀左右耸动着,仿佛真有什么虫子在他身上爬窜起来似的。那个录士呢,要不是害怕他上司的吆喝,他早把那支笔杆搭到背后搔痒了。军便服看见他们都有点异样,也似乎感觉到点什么,只有两个衣桩子照原样一动不动地站着,似乎没有什么反应。

"……但是伟大的中国人民的革命运动,那是任何反动势力也消灭不了的:叛徒、奸细、窃国大盗、跳梁小丑,连帝国主义、封建军阀加在一起,也不可能把这革命消灭了的……"

尹坚并没有怎么注意他们的怪模样,他滔滔不绝地讲下去。从近百年来中国所受的帝国主义的屈辱,一直谈到蒋介石叛变革命;从历次的人民革命运动、太平天国、义和团、五四、五卅，谈到中国共产党所高举着的革命旗帜。最后，他谈到中山先生的三大政策，他说：

"谁是真革命、假革命，那是比人和虱子的分别还清楚的。那些苍蝇蚊子们一天哼哼着背诵孙先生的遗嘱，但却把'唤醒民众'换成了屠杀民众；把'联合世界上以平等待我之民族'换成了投靠帝国主义；他们把孙先生的三大政策置诸脑后，倒行逆施，还大讲什么'礼义廉耻'，真是无耻之尤！他们掌握了生杀予夺的人权，自以为就可骑在人民头上横行一世了，其实他们鼠目寸光，都是插标卖首的骷髅和一些白鼻子小丑，跳来跳去，跳不了几天的……"

整个大厅里都知道尹坚骂的是谁，法官，录士和那些宪兵，大半都是东北人，觉得这样骂骂国民党倒也痛快，和他们关系不大。黎化冰最敏感，这一两天来他受的夹板气也够多了，身旁戴墨镜的吴仁维老把他当盾牌，还冷嘲热讽他"斗争性不够"，他感到一种报复性的愉快：现在看看你的！你们这些家伙比我要高明些吗？吴仁维早就扭动了几次扁鼻子，想大大地发作了，但又想：怕不是时候吧，那样一来，不是恰好把那些不好听的名词兜揽到自己头上了吗？他就权当作是骂别人。况且他上面还有领头儿的嘛，他也犯不着。他只下意识地把脑袋在领子上锯锯，再锯锯，并且在那鼻子上摸了好几次，看看是不是抹了太多的雪花膏和白粉露了什么痕迹。说也奇怪，在这一方面是伟大的冲击，一方面是卑劣地装死的情况之下，他们没有发作，空气反而更为活跃了。

尹坚一点也没有放松那攻势，他的精神越来越抖擞，他谈到历年来的军阀混战，弄得赤地千里，灾民遍野……谈到农村经济的破产，民族工商业的凋敝，蒋介石只靠了出卖民族利益换得一点借款才得以苟延残喘，没有帝国主义经济上军事上给他撑腰，他早被红军赶出地球以外去了。但是帝国主义的前景也一点不美妙，失业、饥饿、经济危机、国内和殖民地革命的不断爆发，尤其苏联的强大和苏联的成就，使它们越来越接近死亡了：

"历史是公正的，无情的。历史将证明：那些反动的家伙们很快会灭亡，而人民和共产主义一定要胜利！"

他那洪亮的声音和有力的语言,把这个空荡荡的大厅给挤满了,把这狭窄的四堵墙壁也给推倒了!这里早已不是什么法庭,随着尹坚激昂的语言,时而是满目疮痍的废墟,时而是宏伟壮丽的前景,而更多出现的,是不可抗拒的遮天盖地的斗争的烽火。那是连吴仁维他们也不能不战栗地感觉到的。他们完全被一种超乎他们预想的、一种类乎地震一般的威力吓昏了,吓瘫了。

一阵死一般的沉寂之后,尹坚平静地说道:"我一句话也不预备讲了。你们动刑的地方在哪里?"他摆脱开那两个要来架他的宪兵,昂然地向他们指引的地方走去。

5

……詹英从睡梦里惊醒,听得有陌生的声音在叫门:

"詹先生,詹先生……"

他揉揉眼睛,梦中的情景还历历在目,但他立刻明白当前发生的事情了。他故意用一种睡意蒙眬的无事人的声音从床上应了一声。

"黎化冰先生病了,他要你去看看他。"陌生的声音在催唤。

詹英朝着门外说:"我不认识这个人,你们搞错了吧?"

"詹先生起吧。"敲门变成砸门了,话音也粗起来:"起,快起!"

詹英故意慢悠悠地穿衣服,慢悠悠地下床来穿鞋子。几个钟头的睡眠,他的精力早已恢复,昨夜的烦躁不安也早已消失了。他迅速地向屋里一瞥,觉得没有什么需要准备的了,也不能再有什么准备的了,反倒觉得坦然。

他从容地开了门,外面站了六七个便衣。

詹英站在屋门口,微微把头一仰,问道:

"你们是哪一个包探队?"

来人被他一问,倒有些愣怔。一个肉脑袋干瘪嘴的头目似的人只好答道:"宪兵队。"说罢就动手搜查。

包探在那里搜查,詹英也就往起拾掇。他把被褥衣服盥洗用具……凡是蹲班房所需用的东西,一件件地收拾好,该折叠的折叠,该包裹的包裹,一面却不在意地留神着敌人翻检那些书籍。当翻到那本《三国演义》时,他心里不觉一动,但也不好怎么样。等他们翻到了别的书,他向那头目说:

"给我留几本看的书,行吧?"那头目说:"不行,以后再说。"他也只得罢了。这时他就喊来茶房,对他说:"请你给我把账算算。从今天起,这房子我不住了。"

包探们看他那样不慌不忙有条有理地安排着,就知道这是一个蹲惯班房的刺儿头了,不由得客气了几分。

一时收拾停当,茶房把账目清单也拿了来,詹英如数付清了账,还给了他几角小费,茶房道了声谢退了出去。

詹英就对那头目说,他要上茅房。那个头目点点头,却使了个眼色,要包探们注意。

两个包探跟着他到了厕所,看着他蹲到了坑上,两人就闲聊起来。这里詹英瞅了他们个不注意,飕地从地上蹦起,不管那墙头上植着的玻璃碎片多么火辣辣地刺手刺身子,他扑腾了几下就跳出去了。刚想撒开腿跑,墙那面站着的三个包探,却用手枪逼过来:"干什么?"

詹英看跑不了,只得半开玩笑地说:

"行,你们布置得周到。"

"你这是为啥哩?"包探收起了枪。

"总不能让你们便宜逮了去!"

家伙们倒笑了。

三个包探把他带回来,交给原来看守他的那两个人,几个人耳语了一番走开了。这两个吃了一场虚惊的包探,反帮他整整衣服,揩揩手上划破的血迹,送他回到屋里,谁也没对那个头目讲什么。那个头目和另一个包探这时在屋里也翻腾完毕,就收罗起来和詹英出了公寓。

一出门,顶头就看见来和他接头的三位同志朝这边走来,詹英赶紧侧过头去,对包探们高声喊道:"我跟姓黎的根本不认识,你们抓我干什么呀？"

"少废话！"包探催着。

三个人知道他是被捕了，机警地各自躲开。

詹英挟着一些行李满不在意从从容容地走着，引得包探们倒来寻他的开心："你这个人倒很清楚呀，还带这么多东西。"

"不带能行啊？"詹英说，"到了你们那里，又不给预备这些东西。"

天气非常热。路过卖汽水的地方，詹英要买点喝的，掏掏口袋里，还有两三块钱，他就趁便给了那个包探两块"为方便"的钱，还请他就手买三五十个包子来用用早点。买来之后，詹英就请他们大家吃，他们先还假意推让，后来见那个头目吃了，他们也就下了手，詹英只吃了三四个，余下的都让了他们，每人也合得着六七个，到了再走的时候，就有人把铺盖和行李都替他拿了，引他到了宪兵中队部。

包探头目向一个高个子队长交了差，那队长就把詹英带到一所宽敞的堂屋里，问他道：

"你认得黎化冰吗？"

"我不认得什么黎化冰。"詹英断然地说。

"他长得又黑又胖，"高个子说，"你们是同事吧？他早把你供出来了，你们还有十多个人呢。"

詹英摸不清是真是假，口供也没法编起，为了弄清情况，他就说："那请黎先生当面来谈一谈吧。"

高个子将桌子一拍，咆哮道："你是有名的共产党的头子，赶快说出来吧，说了没事！"

詹英异常镇定："我不知道什么黎化冰不黎化冰，我和他当堂对质好了。"

这时从屏风后面，好像被人推搡了一下似的，走出来黑胖子黎化冰。同时，詹英还瞥见一个墨镜尖下颏，探了一下头马上又缩了回去。

高个子对詹英使了个鬼眨眼，痉挛地笑了笑："认得吧？"

詹英神色不动地回答："不认识。"同时用那威严的利剑一般的目光瞪了黎化冰一眼。

高个子看见詹英答得那么从容和坚定，黎化冰却一句也不给他帮上来，就捶着桌子反过来问黎化冰："你到底怎么回事？"

黎化冰黑着那副胖脸，哭丧似的说："老詹呀，我都承认啦。"

一股怒火从詹英心底升起，他咬着牙，狠狠地说道："他妈的，咱们素不相识，往日无仇，近日无冤，你为什么要害人！"扑上去使劲抽了黎化冰个响耳光。

那个队长却也没防住他这一手，翻转身踢了他一脚，大声地嚷道："娘的皮，这还了得！看你这么厉害，就知道你是共产党！"说着，吩咐了一声"带下去"。随后火乎乎地和屏风后面一些什么人从那面出去了。

詹英被带到一个临时看管的牢屋里。那个抓他进来的包探，这时来看守他，原来就是来的时候在路上替他买东西和扛行李的那个人，年纪三十左右，姓钱，是一个爱说话的人。他用佩服的口气对老詹说："你这个人真厉害！"接着又低低地说："你打得好。这类害群之马，不打打还了得呀！不打才有罪呢。我们这伙人也让这些家伙支使得东颠西跑的不算，还祸害得人家家宅不安的，听人家骂祖宗。"

詹英也有一种痛快之感。大革命时期，他在一个兵工厂里搞工会工作。当国民党叛变革命，大搞"清党"的时候，他就亲自和工人们一起拿着钢条铁尺，痛打过那些右派和工贼们。说来也奇怪，当时吃过打的那些坏家伙，固然有许多死心塌地变得更坏了，却也有一些人吃了打之后，慢慢地收敛一些起来，不再敢那么肆无忌惮地张狂了。……那么，眼前这一个黎化冰呢？

为着平静下来，他转了话题，问钱看守说：

"我见你们这里有个戴墨色眼镜尖下颏的，那是一个什么人呢？"

"坏家伙！"钱看守正找来一些开水，一面招呼他喝，一面悄声悄气地说："南京派来的，姓吴，吴仁维，一点人味儿也没有。什么坏点子都由他出，你们那黎先生就是他给搞来的。我们的队长是个没肚才的人……詹先生，我可看着你是个通情达理的真好人，才敢给你说这话的呀。像我们这类人,是只配挨骂的,也该骂,你抓人家嘛,还让人家说你好?可不说我们背后还有抓我们的人呢。你可千万不要把我说的话给露了……"

"我懂得。"詹英一面点点头让他放心,一面想:现在必须搞清楚,我们的组织究竟被破坏到了什么程度,他们已经掀开了多大的窟窿?咬伤了多少人?还有没有一点挽救的余地?还能不能堵住口子?能不能在咬伤的地方紧紧地捆扎几条带子,不让那毒液再蔓延和扩大?"虺蛇螫手,壮士断腕",是的,必须尽最大力量掐住它!砍断它!

想到这里,他就对钱看守说:"老兄,麻烦你,能不能找那位黎先生来,就说我有话告诉他。"

哪怕有一丝一毫可能,都必须这样做!必须耐着性子,和黎化冰谈一次话!

钱看守回来回复了一句,退了出去。不多久,来了一个宪兵。紧接着黎化冰趔趄着走来了。进了门,低着头,好像也很难过。

沉默了几秒钟。

詹英用一种严正的但是异常平静的口气开始了这场谈话,他甚至用平常惯用的称呼对黎化冰说:

"老黎啊,你不妥当。"他一句一顿地说,"怎么能做这样的事情呢?咱们当共产党,是自愿的啊!"

黎化冰低着头,一声不吭。

"不要紧,"詹英揣摸着对方的心理,继续说道,"你只要现在开始做人,不再招供机关和同志,我原谅你。我还可以证明你是由于一时的软弱,才走了这一步的。"像是给一个已经断了气的人注射强心剂一样,詹英继续说:"你想想你十多年来,赤着脚从四川到香港,又到北方来,那光荣的革命历史,你一点也不珍惜吗?老黎,很对不起你,当时我打你那一下,也是为着掩护啊!"

"老詹,我这是不得已呀,"黎化冰嘟嘟囔囔地说,"人家从我家里搜出了那十条手枪。"

詹英心里一沉,缓缓说道:

"这样好不好，"——此时此刻，他只能像农村那些护堤的人们一样了。当他们看见那凶恶的洪水四处奔窜，而手头又再无什么东西可以抓来抵挡时，就毫不顾惜地跳进水里，把自己的身体塞进那个泥窟窿里去，能挡多少就挡多少，能挡多久就挡多久……他说，"你把这一箱手枪推到我身上来，行不行？什么与你不利的事，都可以往我身上推，但你必须做到：再不向敌人供出同志，供出机关！尤其是，你不能供出……上海来人！"

詹英盯住黎化冰，又加了一句：

"你知道，革命不会因为有几个人被捕或者牺牲，就半途而废的。中国共产党最终必将取得胜利，这难道还用得着怀疑吗？"

黎化冰不敢看那两道目光，他身子一个劲儿地抖索，以至于难能自禁——他能说什么呢？反驳他的话吗？那是不可能的，他们已经较量过无数次了。詹英曾经像滚雷似的，猛烈地抨击过他的"北方落后"的理论。那么，像吴仁维安排的那样，威胁他，劝他自首吗？那更不可能。他知道，詹英已经是第四次进监狱了。每一次，他都被折磨得死去活来，但每一次，他都没有屈服过……

黎化冰稍稍抬起头，转着眼珠看了一眼面前的旧同事，一种惶惑和恐惧突然袭上心头……他不得不默认詹英的话是正确的，也是他目前唯一可行的正道，但他已经不能把持住自己，他在那必须支撑一步的时候没有支撑得住，因之他就被推下万丈悬崖，跌落，跌落，连他自己也不知道哪里是个底；他怕死，却觉得这样活比死还难受，他觉得自己是无可救药的一具活尸了。

詹英对黎化冰也没有再讲什么。他觉得自己该做的做了，该说的说了；要来的事情，那就让它来吧！他看见对方没有什么反应，也就没有再理他，黎化冰何时离去、怎样离去的，他都没有理会。他只觉得从他那呆钝的目光里，看到了绝望，看到了卑怯的兽性的恐惧……他猜想：也许黎化冰的手上，已经沾满了太多的血，他想洗清它，却仍得把手蘸在血里。看来斗争是一步步地更加残酷了。这个当初一口一声"同志唻"的家伙，虽然也曾一时被革命的浪涛卷进来，吃过一点苦，却终于经不住考验，滚到一个肮脏的窝里去了。要警惕啊,敌人是专门制造畜棚与狗窝的。一步也软弱不得!一步也退让不得!

钱看守给他送来晚饭,是一碗干帮子白菜汤,两个窝窝头,却自己花钱买来两个包子请老詹吃。老詹估计今晚会提讯,那就既要吃点又不能吃得过饱。看守却劝他说:"好好地吃吧,你将来大概也就是送过那边去再说了,日子长着呢,可要照护自己的身子。到了那边我也有朋友,能让你不受委屈总不肯让你受委屈……我还没有告你呢:宪兵司令部已经有了你们很多的人,有从我们这里去的,也有从别处去的。今晚上那个姓吴的和黎先生都到那边去审官司呢,听说是昨天捉到你们一位大头儿,是个姓尹的,今晚上过堂呢……"

詹英手里的粗瓷碗"当"一声掉到地上。钱看守转身一看,见那老詹呆了,痴了,一动不动地愣在那里……

6

吴仁维这两天好不得意。此次来北平,真可说是旗开得胜,马到成功。

他是戴笠亲自派来的。临行前,戴笠曾经和他密谈一天,对于如何彻底消灭北平的共产党,如何详细掌握东北军动态等问题,都做了具体的安排和部署⋯⋯

吴仁维是有野心的。他的父亲,原来不过是上海一家钱庄的跑腿伙计,靠了狡诈和奸险,几年工夫就成了那家钱庄的掌柜。从小的时候,老掌柜就着意灌输给他坑人骗钱的招数,到长大成人,他也确曾干过几桩漂亮的买卖,把老掌柜惊得目瞪口呆,自以为祖上有德,吴家出了这般有能耐的子弟!

不想,吴仁维对父亲的一份产业,委实兴趣不大。他在黄浦滩拜把子,结弟兄,参加过好几个帮会,又终觉这些人鄙俗不堪,难成大事。他长得丑陋,常常被自己的把兄弟嘲笑奚落,好一段时间不得其志,憋了一肚子的闷气。大革命浪潮掀起之后,他觉得出头的日子到来了,就自封为"被压迫者"革起命来。他曾经混进共产党的团组织里,但很快就明白了那不是自己站脚的地方。形势一严重,他就赶快溜掉投到了戴笠的门下。因了他的看家本领,又加上心狠手辣,终于得到戴笠的赏识。他向戴笠表示,他做不了总理的信徒,却愿成为委员长的门生。

确实,普天之下,他最佩服的人,要算是蒋委员长中正先生了。他佩服他手腕高,能把中国的军阀政客笼络在手心之中,也佩服他财力大,能紧紧攥住江浙财团,还有了洋人做盟友。吴仁维确信,天下必然姓蒋,他要出山,只有死心塌地跟着老蒋干。于是,他逢人就讲委员长的伟大。他说,委员长能在六月天中午毒辣辣太阳的暴晒之下,一动不动地站立四个钟头给人训话,委员长的光头,就是训话时晒出来的。有人稍表怀疑时,他就让那人看他稀稀拉拉的头发,正是受训时脱掉的。他还很下了一番辛苦,把委员长经常讲的"曾胡左李""礼义廉耻"着实背了个滚瓜烂熟。就连衣饰和仪态,他也处处学委员长:时而长袍马褂,时而戎装腰刀,时而斗篷手杖,很像是一个人物头儿了。

吴仁维听说,蒋介石的两根手杖,是美国一位绅士送的。委员长常说,他要用一根来打帝国主义,用另一根打共产党。吴仁维也置了一根手杖用起来,他对同事们说,他是专打共产党的。在这一点上,有人说他倒也老实,另外一些人,则看出了他的聪明。

自然,他内心里对蒋介石也有自己的看法。譬如,如此重要的北平,为什么要拱手让给东北军来治理?张学良有什么了不起,将青岛给了他不算,还要委以海陆空军副总司令的重职?此次来北平,他是一看见东北军的牌子就冒火,一看见东北人就倒胃口。妈的,倒未必张学良比他吴仁维多了三头六臂!因此,他要在北平露一手给张学良看看,也给南京政府看看,未必他吴仁维是吃素的!

和共产党打交道,不是三次五次了。吴仁维知道,共产党里有的是硬汉子,却也未必没有软骨头。他是专拣软骨头下手的。所以,把北平的共产党连锅端掉,他是很有信心的。难就难在东北军这些混账东西身上。他是中央特派员,可驻守北平的东北军军法处,竟然敢于公开蔑视他。军法处好比是东北军的祖坟,收留的全是张作霖的旧部下,别人休想插手。吴仁维碰了几次,都败下阵来。没奈何,他只好找东北军宪兵司令部,过了一段,他发现在这里也难能施展开拳脚:却原来那张学良,把东北军统辖成了独立王国。宪兵司令部虽然算是奉系新派,和军法处那些奉系遗老们闹得不可开交,却又容不得东北军以外的人来插手。吴仁维恼又恼不得,走又走不得,恰好似陷在泥淖之中。

东北军逼得他只好放下特派员的架子,不得不像当年在黄浦滩上那样,自家来冒险。他决定亲自出马,孤注一掷,逮几个人共产党来,让东北来的这些家伙们开开眼。一旦成功,他就不信镇不住这些无用之辈!

吴仁维居然得逞了。他掌握了一个宪兵中队,把中队长作为一管炮,四处出击。他自己身着便服,经常出入于影院公园,徜徉于街头巷尾,巡巡嗅嗅,居然很快就抓了一批人。对抓来的人,他使出了"程咬金的三板斧",也居然奏效了!

他从军法处提了几名共产党的老叛徒,和新抓来的人当堂对质,一一指认,便把好多人的身份搞清楚了。这是他的第一斧;对那些嘴硬的共产党,他就喝令手下人压杠子,皮鞭抽,总能抽压出几个软蛋来,这是他的第二招;还有更硬的,他就让拉出去枪毙几个。枪毙时,经常同时押出去几十个犯人,不死也要吓破他们的胆……

就这样,吴仁维不仅有一管炮,还有了像黎化冰这样的几条狗。他精心策划,很快在北平撒开了一张黑色的网……

詹英在电影院里见到的,正是吴仁维。他已经跟了他好长一段时间。当詹英跟林陶谈话时,吴仁维已经布置好了圈套。警笛一响,先惊散了他们。林陶跑出不远,就被宪兵队盯住了。随后,就被绑到了警车上。当时之所以没有逮捕詹英,不过是想放长线,钓大鱼……等到抓住尹坚,就没有这种必要了。尹坚确实是块硬骨头,但吴仁维并不在意。他还有绝招没有使出来……

吴仁维很快给南京发了电报。戴笠迅速回电嘉奖他的功绩。为了庆贺这不同凡响的胜利,吴仁维在自己的寓所里,备了一桌丰盛的酒席,专请黎化冰和宪兵中队长。

先来赴宴的,是黎化冰。

他委实是太疲累了。一张黑脸上两嘟噜胖肉,松松地垂了下来,活像是妓院里那些半老徐娘们经常敞开来让人们观看的松奶子一般。走起路来，晃晃悠悠，仿佛一步踏空了，就会摔成一摊烂泥……

黎化冰犹如在刀尖子上走路，日子也很不好过哩！

连日来，他像一条野狗一般，让吴仁维驱赶着四处奔窜。如果说，夜晚跟着宪兵去抓人还只不过是疲于奔命的话，那白天里连续不断地审讯对质，对于他来讲，就简直是一种最残酷的折磨了。那犹如是一盘石磨，众多的人，把他投到磨眼里，眼看着他粉身碎骨，血肉横流而无动于衷……一边是往日的同事们，圆睁双眼，骂他，吐他，狠狠地抽他耳光，如果不是捆着，铐着，那伙人无疑会把他剁成肉泥……他们好像是约好了似的，句句话死扣住他，使他脱身不得；另一边，是现在的同事们，吴仁维经常用怀疑的目光盯着他，使他有口难言，把五味瓶儿只好打翻在自己心里。而宪兵队那一帮子东北人，都压根儿不把他放在眼里。尤其是那个中队长，动辄就想找碴口跟他闹，仿佛倒害怕他堂堂黎化冰抢了那个屁大的职位一样……他处在一种极度混乱，极度紧张，极度恐惧之中，眼里时时放出野兽一般的绿光来……

再不能这样混下去了！如果说，他当初招供出一大批人来，是为了保住自己性命的话，那么，现在就不存在性命的问题了。正是怀着这样的想法，他拖了疲乏的身子来赴这次宴会。待到酒酣耳热之际，他准备摊牌了。他黎化冰走南闯北枪林弹雨十几年，未必只是为了保住一条命！跟共产党干，他已经做至了省委军委书记，莫非投了国民党，冒了如许风险，甚至出卖了自己的……灵魂，只换来一条狗的价值？他要到南京去，去见戴笠，去见蒋介石！如果他们能识得自己，他可以舍去一切，为这个自己曾经反对过的政府效犬马之劳……

吴仁维站起来，笑着朝他点点头，又拖了手里的一条司梯克，指点着让他坐下。黎化冰本来想拿拿架子，以便待会儿要起价来，筹码可以提高些，但一看到吴仁维的尖脑袋尖下颏扁鼻子，先自胆怯了几分。吴仁维脸上堆了笑，那一对细小的瞳孔里，却正放出两道阴森森的光来，直盯到黎化冰的骨头里头去了。

黎化冰哈哈腰,战战兢兢地坐下来。

"黎先生,"吴仁维开口道,"今日老弟聊备薄酒,一来为老兄压压惊,二来嘛,"他停住话,瞅一眼黎化冰,然后慢条斯理地说,"想和老兄谈谈你日后的前程。这一段,你老兄为我们党国建立了汗马功劳,我吴某心里是清楚的,所以嘛……"他又停住不说了,用他那双老鼠眼在黎化冰身上扫来扫去。

黎化冰稳住神,心里想道:"亏你姓吴的想到这一点。也好,倒不用我先开口了。"他倏然来了兴致,拿起桌上的白兰地,慢慢地旋开盖子。

吴仁维手里玩着他那根手杖,良久,继续说道:

"我给戴长官去了电报,他对你老兄的才干,表示赏识。我们还是准备重用你的嘛!来来来,喝酒,喝酒,今日只你我二人,再随便叫个把人来陪陪,喝,喝呀!"

却原来那吴仁维是一只酒桶,酒一沾唇,便把什么都忘在脑后。他连连和黎化冰干杯,把一张黑脸眼见得浇成黑红,像煮熟的猪肝一般。黎化冰心里有事,只恨对方不把话讲完,早已像热锅上的蚂蚁,哪里还禁得住这金奖白兰地的威力? 五七杯下肚,早已是腾云驾雾,眼前一溜溜火星冒将出来。一会儿,他仿佛觉得像是尹坚、詹英他们手里提了枪,正朝着他压过来,一会儿,又好像是到了南京,蒋介石正把一枚金闪闪的勋章戴在他胸前……他一把抓起酒杯,猛猛地灌了一口,歪着脑袋问吴仁维:

"吴仁兄,我倒想……知道知道……你们想……怎样任用……任用人才?"

"这个嘛,"吴仁维奸诈地一笑,站起来,拉了他的司梯克,在房子里踱了一圈,还从窗户上往外望一望,然后,才坐回来,眯缝起眼睛说道,"你知道,张学良的军法处和宪兵司令部,我们一时还碰不动。所以,委屈你老兄先到中队部当个队副,然后嘛,那队长就是你的了……"

像兜头泼来一瓢凉水,黎化冰身子一激灵,似乎全身的血液都凝固了。他呆呆地戳在椅子上,再也动弹不得。吴仁维还在说些什么,他全然没有听见,他只是觉得,有人把他往万丈悬崖下推,推……

正在这时候,宪兵中队长轰然一声推开门,气汹汹地走进来。

他本来是一个粗人,只要有人给他钱,杀皇帝老子他也敢。怎奈他刚刚被司令部叫去臭骂了一通,倒骂得有了几分机灵。司令部告诉他,吴仁维这小子在打他的主意,还让他盯着那个黎化冰。不然,他这个队长的位子就最好让给别人来当。他一听就火了:"妈拉个巴子!可不是这样嘛!这俩小子一肚子坏水,他俩是一疙瘩的,我往里瞎搅和个啥?"

于是,他就多了一道心眼儿。往吴仁维的寓所走来时,他放轻了脚步。到了门边,竟还耐住性子听了几句话——他恰恰就把吴仁维的话听见了,一股无名火"腾"地冲上头顶,他也管不了南京不南京,"嗵"地踢开门闯了进来。

吴仁维抬头一看,见这个五大三粗的家伙一脸杀气,头上不由冒出一层冷汗来。一个小小的宪兵队长,自然搁不进他的眼里,但眼下的北平,被东北军握在手里,他就不能不有所顾忌了。

吴仁维堆起一脸笑,赶忙招呼:

"哎呀呀,老弟怎么姗姗来迟嘛,请坐,请坐!"

不想那彪形大汉并不赏脸,他"呸"地冲地下吐了一口痰,又"嗖"的一声掏出盒子炮来,"啪"地掼在桌子上,阴着一副脸,一声不吭。

吴仁维很有点下不来台,他估摸自己的话让人偷听了。喊人来收拾这家伙吧,有点师出无名,也有点火候不到;再给他赔笑脸吧,又实在不成体统……那么,倒不如先出去一会儿,让黎化冰给缓和缓和。

吴仁维捉了手杖,满脸带笑地说:

"二位稍候片刻,我喊人再添几道菜……"

边说边就退了出去。

吴仁维一出门,宪兵队长"嚯"的一声站起来,冲着黎化冰喝道:

"姓黎的!咱们明人不做暗事,方才你们说什么来着?"

黎化冰木然地盯着他,一句话也不说。

宪兵队长抬起手掌,狠命地甩在黎化冰的脸上。

这一掌倒把黎化冰给揍醒了。他把椅子一踹,猛地向宪兵队长扑去,这几日来的羞恼恐惧怨恨……全在那一扑之中了!

牛高马大的宪兵队长,被他一扑,身子眼见得仄楞下去。他可真火了! 一把托住桌子,嘴里骂一声:"妈拉个巴子,老子崩了你!"一手就捞起桌子上的盒子炮——

"砰"的一声,黎化冰被揭了天灵盖儿,脑浆迸溅在那些盘儿碗儿碟儿里,紧接着,像死猪一样,倒在一摊污血之中……

7

两天之后,詹英被解到宪兵司令部。

他被关押在一个一明两暗的黑屋里。屋里又脏又潮又臭,就是他这住惯了班房的人,一时也难于忍受。屋里满腾腾地挤着十几个人,差不多都是青年。他估计可能是党的外围组织的群众,他是军委系统的,所以一个也不认识。他向大伙儿问话,那些人都一个个无精打采,有的唉声叹气,有的埋头大睡,不待得搭理他。牢房里笼罩着一种令人窒息的气氛。只有一个人懒洋洋地告诉他,北平的共产党算是完蛋了,连姓尹的省委书记都被逮了进来,压了一回杠子,就叛变了。

詹英听了,胸腔里像是灌满了铅水。门外不断有"哐啷哐啷"带镣的人走过去,他就赶忙趴到窗口,看有没有认识的人。

不一会儿,走过来一个人,好生面熟。他赶忙揉揉眼,仔细一瞧,原来是老古——正是给省委写了直南考察报告的古易达同志。詹英心里一惊,咳嗽了一声,古易达一抬眼也认出他来了。他用两手在脸的两旁撑了个圆形,老古给他回了个眼色,詹英看出古易达那一双细秀的眼里所表现出来的眼神是非常坚定的,和这屋里青年们的惶惑的眼神完全两样。他感到愉快;并且觉得这种愉快之感,老古也感觉到了。

古易达走过以后,不多一阵,这边又来了人。一看,还是两个:两个人并排走着。这边的,是个又黑又瘦的高挑个儿,不认识;只看见头发胡须毛蓬蓬的,身子骨像是十分羸弱,走起路来却深一脚浅一脚地急急慌慌地往前赶。那边的一个像是搀扶着他,詹英从那半隐着的侧面看过去,呀!像林陶!再从后面看,还是像他。老詹好不惊疑。两人走过去以后,詹英一动不动地倚着窗口,期望再能看到他们。等了好大一阵,两个人果然又并排踅回来,詹英细细审视:一点不差,果然是林陶。圆圆的脸稍微瘦削了些,年纪轻轻,满头白发。走路也有点蹒跚,一对眼睛却还是那样爽朗而热情,闪烁着理想和信念的火花。旁边那个人呢?是他的同案吗?他如果是在那一天被捕的,那该是他一个人呀。莫非他也……不能,不能!如果我把这个人给看错了,那我这双眼睛也不用再鉴别人了……但他又觉得形势险恶,对这个不太熟悉的同志还不能下断言。他甚至于想:单从眼睛判断一个人,那不成了相面先生了吗?但这个联想他又觉得太可笑,这和相面先生有什么关系呢?"……那么是那个人牵连了他的吗?那他们怎么还紧紧地揉在一起,看不出他们有什么相互的怨恨呀?那么到底是怎么回事呢……"

他正在思前想后地猜测着,放风的时间到了。一到放风的地点,老古就迎上来说:

"你也来了?我看见你用手一比画,就知道你也是黎胖子给搞来的。"

"你呢?"老詹问。

"我估计也是他。我从直南巡视回来,写了个工作报告让他转省委,说好过几天他来找我谈话,可是等了好多天没见他来。有一天,有人打门来找,一开门,妈的,几条手枪逼到了胸口,东翻西找穷折腾一通,什么也没有找到,可还是把我捕到宪兵中队,又转到这儿来了。你说这不是他搞的还有谁?"老古见了自己人,恨不得一口气把话都讲完,"不过从这几天的情形来看,阵线也就乱了,叛变成为一股浪潮了呀!敌人放出空气:'不是投降就是死',有的人初来了还表示:'我是准备死了',但上去挨一顿打就叛变了,住上了他妈什么'优待室'。"

"你知道都有哪些家伙叛变了?"老詹问。

"少共省委书记李贵为,互济会党团书记赖作民,这都是一嘟噜一串的,还有宣传部的秘书潘为友,我也说不定是他给密告了的。那家伙在叛变以后,还说什么政治上叛变,组织上不叛变呢,谁信他的胡扯! 你政治上叛变了,敌人还不趁势进攻你吗? 你还有什么奋斗目标? 你还有什么阵地可守!"老古继续激愤地说,"还有省委的秘书长果则祥,据说新来的省委书记尹坚也投降了。敌人好猖狂啊……今天早起,把一位姓颜的颜季仁同志给拉出去枪毙了,是住在我们同屋的,一位很坚定很可敬爱的老同志呀……他走的时候,还硬要把他的衣帽和别的东西留给我们用呢……"古易达说着说着低下了头,眼角里噙满了泪花。

听着老古的倾诉,詹英时而憎恨,时而愤怒,听到最后,他的心境更加烦乱,他充分理解到这里情况的严重了,怪不得那些同屋的人闷声闷气地不说话。这时他全部的注意力都集中到一个问题上来:必须打破这种沉闷,遏止这股逆流,坚定人们的信念,鼓舞人们的斗志! 憎恨、愤怒和悲恸,都应化为力量,绝不能被这些所扰乱或压倒。他使自己冷静了冷静,向老古问道:

"这个消息你是从哪儿听来的?"

"同屋一个叫桂其明的难友讲的。"老古答。

"他是从哪里听说的呢……"詹英见古易达没有即时回答,就又问道:"你和那个难友从前认识不认识?"

"……新认识的……他从哪里听说,我可没问。"古易达觉得有些不妥了,又加了一句:"反正这几天是有点乱传开了。"

老詹看见老古督乱不安的样子,就没有再问别的,缓缓说道:

"老古呀,你是我们一位好同志! 你说得非常对:一个人要在政治上动摇了,那他在组织上就给了敌人进攻的一个大空子。你在这点上是坚定不移的。你的考察报告我也看过,里面有很多很好的见解,对于革命充满了信心和期望,这是极其可贵的。目前最重要的是,不单我们自己要坚定对革命的信念,而且还要集聚和发动大家的力量,打退这股叛变的逆流,你说是不是呢?"

"是呀!"老古那一双细秀的眼睛里闪着愉快的光芒,"要不我一看见你就非常高兴和激动呢!怎么办呢,快想个办法吧,这样叛变下去可怎么得了呀!"

"这样好不好?"詹英略略思索了一下,说道:"咱们定它三个条件:第一,不供出任何机关;第二,不粘连任何人,打独份官司;第三,绝不发表反共言论。只要大家同意这三个条件,各个人随意打自己的官司好了。你说呢?"

"好呀,"古易达高兴地说,"我同意这种办法和提法。这样咱就谁也不怕他了。咱们这也叫约法三章。"

"咱就宣传这约法三章,宣传好汉做事好汉当。有确凿的指证抵挡不过去呢,那就担当起来,为革命而牺牲,是光荣的。没有确凿的指证,那就一口否认到底,党员的头上又没有刻字,怕他怎的!多不过挨几回毒打,受几次刑,挺过去也就挺过去了。你看咱们还有谁好商量商量没有呢?既是约法,就尽可能提得妥当些,大家才好接受和遵守呀。"

"徐彦同志也进来了。"老古说,"我就去找他来谈谈好不好?"

"不要。"老詹笑着说,"这里不是开会的地方。"

"那我单独去和他谈,让他回头来和你碰面,好吗?"说着,古易达已经兴兴头头地要走了。

詹英很熟悉这两位同志,他们一个是宣传部的,一个是组织部的,是一对老搭档了。在日常生活中,这两人简直像是冤家对头,总爱在语言或行动之间互相挑个岔儿,见了面总要互相讪笑一番。可你一听那说话的味儿,就知道他们是最知心的一对了。他们互挑毛病也真是摸清了对方的底细。比如,老徐是北方人,爱吃面食,不管是粗的细的、软的硬的,有菜无菜,调和轻重,他都吃得下,还吃得那么有味。而老古是南方人,在饮食上就细致、讲究一些。虽然在艰苦的环境里他一样能吃苦,但在同样的条件下,他宁可少吃,总要挑拣挑拣。初来北方时他吃不惯馒头,那小饭摊上的馒头,又总是有许多星星点点的黑斑,一个一个怎能抠得净,老古就只好把那一层外皮统通剥去再吃。这一点，北方朋友看不惯，他们另有一套讲卫生的法子，觉得趁热吃就成，只要没有苍蝇现爬过，那就没关系，也算不得不卫生。老徐对老古这一点，更是恼火："馒头你都吃不下，窝窝头、高粱米、棒子面、烤白薯，你吃不吃呢？不改掉你这个习惯，怎么接近群众呢？"心里这般恼火，嘴里他却不说，看着老古的馒头皮积成一个小堆堆了，他又像正经又像开玩笑地说："你老吃不下这个吗？给咱穷哥们吃吧！"说着他就把那一堆馒头皮，拿过来往嘴里一塞，三咬两咬地吞下肚里去了。老古的脸唰地一阵红，觉得火沸沸的，可他一句话也没说，低了一下头，然后又仰起脸来对老徐不出声地笑了笑，还是一句话也没说。后来可就再没见过老古吃馒头剥皮。并且从此以后两人一天天更打得火热了。

詹英正暗自想着这些过去的趣事，徐彦已慢慢地踱到他的身边来。

两人会意地点点头，詹英往避人的地方走走，徐彦不动声色地跟上来。詹英站定之后，徐彦紧紧地握住他的手，激动地说：

"老古都和我谈过了。我完全赞同。不来这么点约束，那样叛变下去可真是不得了！你来以前，我们俩人也是一天价干着急，就是想不出个好办法来。这下好了，咱们打官司也有个小纲领了！"

徐彦不容詹英插话，又急急忙忙地说下去：

"一个革命者被捕了，绝不能任由着敌人来摆布。就算判了死刑，活一天也要斗争一天。可怎么斗争呢，就这点难！你想不出办法来，有一股热劲也无处使！还得要看准人，我那位老伙计呀，"徐彦笑笑，又接着说道，"他老兄就有点不懂得看人，他那方法也有点老一套，总是先来一段时事分析，然后是敌必败，我必胜……你讲得对是对，可要是不看场合，不择对象，可就不对了呀！我们这两个冤家你也知道，一见面就总要吵嘴。我告他：'你不要看我粗，我可是个粗中细；你倒细，你可是个细中粗。'说急了的时候，我还常讥笑他，我这张嘴也缺德，我说：'老古呀，你懂得吃馒头剥皮，看人的时候你就舍不得剥皮了，你要吃亏的。'他倒达观：'为真理而吃亏也值得。你撒革命的种子，你能保准一个个都出得来吗？'他还蛮有道理呢，老实说，这一点我又很爱他，爱他这股傻劲。可是眼看到明知要吃亏或竟然是受骗的事，又不能不替他着急，我就反驳他：'算你说得对：为真理而吃亏值得。为吃亏而吃亏也值得吗？'当然我这也说服不了他，因为我也拿不出个办法来，两人就这样抬死杠。你这来了，给咱们想出了办法，连带把我们两个半吊子也又捏拢在一起了，我们也有个主脑了。哈哈，你看光让我一个人说了……"

老詹还急于想知道点别的，就问老徐说：

"你对这里的情况摸得怎么样？听说许多人是叛变了呢。"

"叛变的总还是少数吧。这里的人大致可分为三部分：一批是留苏回来吃过面包的；另一批是华北的老干部；还有一批是青年学生，这种人为数最多，都是少共和互济会那两个小子搞来的；留苏回国的和华北的老干部，是黎化冰和果则祥两个家伙出卖的。最近听说，尹坚也叛变了，不过……"徐彦略一迟疑，决然说道，"我表示怀疑。"

"你怎么看？"老詹注意地听。

"我认为我们中央不会派一个松包来，一出马就给我们省委丢脸的。"

"嗯……有道理，你接着说……"

俩人正要接着谈下去，却见林陶挽着那个瘦弱的人又一颠一簸地过去了，老詹问：

"这一对是怎么回事，你知道不知道？"

"他们可也够苦的了，"老徐说，"你看他们铐在一起不是？——你注意了没有？——他们可并不是一案，还隔离着老远呢，那个圆脸的从陕北来，那个瘦长脸的从冀东来，都是来到北平落脚不久就被捕了。"

"我还以为他们是一个挽扶着一个呢。"老詹这时才注意到他们手腕上的铐子。"妈的，这么残忍！为什么要把他们铐在一起呢？"

"瘦长脸的来得早些。圆脸的来得晚些，可听说都很坚定。有一次大过堂，敌人就让他们互相看着受刑。他们还是一样地不屈服。气得敌人没办法：'你们俩都这样硬呀！那就铐在一起！'那个瘦长脸的成天闹肚子，圆脸就陪着他成天上茅房，敌人真他妈不是玩意儿。这且不说，我听老古说，两个人的政治观点还不一样呢。圆脸的，头脑很清楚，观点和我们完全一致;那个瘦长脸的,观点上却接近于张慕陶呢。我这是听老古说的,老古和他们同屋,和那个圆脸的叫林陶的,床位还紧挨着呢,详细情况可以问他。你想一个左,一个右,那精神上能不痛苦吗?这比起我和老古刨蹶子来又有所不同了……"

"你和老古这两个同志我知道!"老詹看着那里已经催人回去,他怕老徐一提到他和老古的事又把话扯长,就笑着截断他的话:"你们是大合槽,小踢打,关系不大。现在是大敌当前,凡是对敌斗争坚决的就都是好同志,就要团结起来。大力争取那些动摇不定的人,一起来冲破敌人和叛徒对我们的联合进攻。不可以轻估敌人的阴险狡诈;更不可以轻估我们自己的力量。有些情况还须澄清,比如关于尹坚。对老古呢,提醒他多警惕些。要细心,还要大胆。缩手缩脚,疑虑太多,也是干不成的。现在咱们就要大大地宣传咱们的约法三章,大大地宣传:人要有骨头,好汉做事好汉当!"

"对啦,"老徐说,"好好地宣传,大大地——"他见一个看守走过来,赶快换了话头,"——好,大大地好,今天的天气大大地好呀,哈哈哈。"

8

　　同志。这是一种多么圣洁的称呼哪!

　　古往今来,为了使自己的民族国家走向繁荣昌盛,多少仁人志士,集结起来,向腐朽,向邪恶,向愚昧,向一切恶势力进行了殊死的搏斗。共同的奋斗目标把他们紧紧地联合在一起,没有妥协,没有退让,抛却了荣禄,舍弃了家室……

　　一批批人倒下去了,鲜血染红了山川河谷,可是那高风亮节,那壮志豪情,那浩然正气,那义无反顾的无畏精神,却像火种一样,一代一代地传下来了……于是就有了又一批志同道合的英雄豪杰,于是就有了新的搏击奋战……

　　同志。这圣洁的称呼哟!

　　二十世纪二十年代,在古老的中华民族的夜空里,升起来一颗璀璨的明星。从一千九百二十一年七月一日那天起,中国共产党就把自己民族的精英集合起来了……有了那么多的同志,为着共产主义而奋斗!

　　就在此时,我们无数的同志,正冒着枪林弹雨,在突破国民党的"围剿",为了使我们的后人过上幸福甜蜜的日子,他们挺起胸脯来,迎着炮火冲过去了……

就是在此时,我们的顾亦雄同志,正率领着赤卫队员们,奔波在沟谷山野里打土豪,分田地,忙着建立自己的政权。他们风餐露宿,茹苦含辛,也是为了实现那个辉煌无比的目标呀!

　　同志,同志,此时此刻,当詹英被囚禁在牢笼里的时候,他是多么渴望见到自己的同志呀!是的,我们的党正在渡过最艰难的时刻,正在经受着最严酷的考验……她毕竟才刚刚走过了十个年头,正在唤醒民众,正在选择自己的战士,甚至——正在选择自己的领袖。多少人经受不了这艰难,这考验,或者落荒而逃,或者屈膝投降……但是,我们的党终究在成长壮大,擎起了无数的火把,使黑暗的祖国见到了光明……也正由于此,同志就显得更加珍贵,更加可爱……

　　啊,同志,圣洁的称呼呀!

　　当你在暗夜里行走,当你在悬崖上攀登,当你在泥泞中跋涉,当你在岔口前行……这时候,突然间来了自己的同志,他就站在你的身旁,他伸过来温暖的双手……那时候,你的心情该是怎样的激动呀!

　　同志的心合着一个节拍跳动,同志的臂膀挽在一起……那么,还有什么邪恶不能粉碎,还有什么艰难不能渡过;那么,大家就可以一起来掀翻人肉筵席,就可以一起来打碎牢笼,就可以一起来推动沉重的时代车轮往前去,往前去……

　　詹英正是怀着这样的一种激动心情,回到牢房里的。

　　他正想和难友们谈谈,想引起他们的兴致,逗起他们的话头来,不妨一个值班的看守走进来,低声问道:

　　"哪一位是詹英詹先生?就是您吗?"

　　"是的。"詹英说着,把这看守打量了一番,觉得该有些来历。

　　看守也把他打量了一下,连连地点了几下头,仿佛有什么事情似的。然后自己介绍说,他姓谭,和九中队的钱看守是好朋友:

　　"老钱过来送案时对我说,詹先生是位通情达理钢骨义气的好汉,叫我和詹先生结识结识。"

　　"谢谢你。"詹英说,"来到这里,就要麻烦你多关照了。"

"好说,好说。"那姓谭的也谦虚了一下。

老詹觉得这样太拘束不行,就说:

"既是老钱的朋友,咱们以后就都不要客气了,你也不要叫我詹先生,你就叫我老詹,我就叫你老谭,这样好不好?"

"好呀,"谭看守很高兴,"越是有内囊的人,越是不要架子!"

这样说着,他也就自在得多了。

"詹先生——老詹呀,"他向屋里努了努嘴,"在这儿说话可要小心些,这些人可是都很不把稳的呢,不是些好人。"

詹英正想把这种局面打开呢,谭看守却给封锁了一下,于是就赶忙说:"老谭呀,世界上总是好人占多数,坏蛋占少数;坏蛋你不怕他一时得势,终究他会垮台的;好人总是受人敬重,坏蛋孬种总是被人唾骂,谁也瞧不起。"

"这你说着了呀。"姓谭的说,"就说我们这一行吧,总算是一行吃造孽饭的了,可也并不全是恶人,我们也是敬重那些英雄好汉,瞧不起那些坏蛋和孬种的。像你呀,像人家尹坚尹先生呀,我们就是从心眼儿里敬重的。"

老詹心里一动,有意把这个话题展开,他问:

"你听说尹坚是一位好汉吗?"

"嗨,老詹呀,我要是听说的,我还不一定相信呢。"

"那你看见来着?"

"是嘛。"谭看守把胸脯一拍,"那天过堂,我正好值班,可不我就亲自看见了。果然人家称得起一条好汉!"

"好呀,老谭那你给咱们学一学。"老詹看见屋里蒙头大睡的人也醒了,就这样说。

"不行呀,"谭看守摇摇头,"人家那么大的肚才,那么大的学问,怎么学得来呀!"

"怕什么,咱们又不是考秀才。"老詹给他鼓气。

谭看守有点活动的意思了,可又笑了笑,摇摇头停住了。老詹笑着催他说:

"你看这牢筒里多热多闷,咱们听听学学嘛,你是怕我笑你? 还是怕我告你?"

谭看守被他这么一激,就向前后看了看,对老詹说:"那你就看着呀,老詹……"说着,他把腰板直了直,做出个端庄的姿势来。

老詹这里也把腰板直了直,说道:"一看你这个姿势,我就懂得这是尹坚来了。"

谭看守用一种压低了的显然很是威严的声音学说道:"我是共产党员……"

这人还真是块材料。他把尹坚在过堂时的音容笑貌模拟得绘声绘色,詹英大为感动了。

牢房里的沉闷气氛骤然消退。那些无精打采的人,都屏了声息,有的人涨红了脸,把拳头攥得紧紧地。那些刚醒过来的人,都挺直了腰板,有的还迅速穿好了衣服,围到谭看守身边。谭看守见有这么多人听他说话,越发来了精神:

"好一个尹先生,他说叛徒和伤寒虱子一样,提起来都让人恶心哩!他把我们那些长官们,骂成……苍蝇和蚊子,他说:'反动派一定要灭亡,共产主义一定要胜利'……"

一股热浪在詹英胸腔里翻滚!他没有想到,会从谭看守嘴里听到尹坚同志的真实消息,他也没有想到,沉闷的牢房里,会来了这么一位出色的教员。这是一次多么难得,多么宝贵的机会呀!如果要是老古老徐他们听到了,大家会紧紧地抱在一起……

这时,只听谭看守又说道:

"尹先生这不是讲完了吗?堂上好他娘一阵子乱。南京来的那人,吩咐下去动刑。其实不用他吩咐,那尹先生倒好像早已料着了。他一讲完,竟然笑着问南京那人:'你们动刑的地方在哪里?'瞧瞧!他倒好像是钢筋铁骨做成的!他说,'我一句话也不讲了',果然从那以后,他就再没有讲过一句话!人都打成了那个样子,连我们都替他着急,心里说,你就哼哼几声吧,哼几声,疼痛不就减轻点吗?他倒好,咬紧了牙关不吭一声……"

说着,谭看守的眼圈红了,只听得牢房里一片唏嘘……

"我这人眼软,"谭看守不好意思地说,"可是我实在佩服人家。真是看看人家那股气派,那份口才,那一肚子学问,那种胆量和骨气,觉得自家这样活一辈子也真他娘的窝囊!共产党真有人才呀!老詹兄弟,不是我说,你们那个党,可真是这样的!"

他把手放在身后边,朝詹英悄悄地竖起一根大拇指。

詹英接过他的话来,缓缓说道:

"听你老兄弟这么一说,人家尹先生也真是一条好汉!人嘛,总得要有骨头;没有骨头,可不就成了苍蝇蚊子了……"

这样一答一对,正谈得热火,只听外面一声吆喊:

"提桂其明!"

詹英一愣怔,觉得这个名字好熟。细一盘算,才想起来老古提到过这个名字。于是一边听谭看守聊,一边注意着外面的动静。

一会儿,看见一个矮个子从门外面垂头丧气地走过去了,老詹问谭看守:

"这个人怎么样呢?"

"谁知道呢?"谭看守说,"看那松包劲儿,不像个有骨气的人吧。"

老詹继续着刚才中断了的谈话,说道:

"……打官司嘛,像人家尹坚这样的共产党员,不连带任何人,任何机关,我是就是,堂堂正正,为主义信仰而牺牲,人人敬佩;你要是没骨气,打一场官司,胡咬下一大堆,把别人推到河里,自己倒想往岸上跳,将来传开去,连亲朋好友也知道你是个孬种,不敢接近你了,你还怎么有脸活下去呀!人是社会动物,总要活在社会上的……"

一面这样谈着,一面却等着那个桂其明过堂的结果。老一阵不见回来,老詹想:坏了,这家伙可能下了软蛋,告密了。

果然一时就听一迭连声地喊;

"古易达!提古易达!"

老古从牢房里出来,拖着脚镣,昂着头走了过去。

屋里人们的注意力也都转移到这里了。这屋子离那个临时提讯的屋

子相当近,隐隐约约能听见暴怒的吆喝声和打人声:

"你到了这里还要宣传哪!你还要做政治报告呀!"打一阵,问一阵。

一会儿,一个看守搀扶着老古回来了。老古被打得一瘸一拐,还被带上了两副刑具。

他一边艰难地往前走着,一边嚷道:

"根本没有的事情嘛!叫我承认什么?真是岂有此理!"

老詹愤然不平地大声说道:

"没见过这样的糟害人!"说着,就从身边掏出钱来,递给谭看守,"老谭,麻烦你,给这位难友去买点黄表和烧酒,让他擦洗擦洗,敷一敷,舒舒那瘀血。"

谭看守和另一个看守招呼了一声,跑了出去。

不多一会儿,黄表和烧酒递到了老古的屋里。

谭看守回到这里交代了,并说道:

"你这个人真是义气呀!"

老詹说:"在家靠父母,出门靠朋友!打官司,吃苦头,就得互相帮扶着些。"

同屋的难友,显然被感动了。

老詹又向谭看守问些别的情况,谭看守就他所知道的,都向老詹谈了。临换班的时候,老詹把方才找回来的零钱往谭看守手里悄悄一塞,让他去喝杯冰淇淋。谭看守怎么也不要,说道:"老詹,我可不是为了这个呀!"老詹说:"我知道,我要那样想你或是你要那样想我,就都不够朋友了。"谭看守看老詹说得这样恳切,就就着老詹的手,随便拿了两张,赶快跑开了。

到了下午放风的时候,徐彦搀扶着古易达走到院里,就有些人围上来,问问伤势,问问情况的。

詹英也从人丛中挤过去,当作一个先前并不认识的人,问道:

"怎么样啊,难友?"

"一个姓桂的说我宣传他了,就打着让我承认。"老古说,"根本没有的事嘛！你打你的官司，我打我的官司，是我把你宣传进来的吗？捏造嘛！"

"这叫怎么讲啊？"老詹公然地骂开了："活人眼里舒拳头嘛！当着你的面，就拿着小刀子活活地剥你的肉吃！这叫他妈的什么人？禽兽也不如！我看那些坏蛋会落个什么好下场！"

他看见人多了，敌人会来干涉了，就说：

"起来慢慢走动走动吧，难友，不然又说你在这儿宣传了。妈的，把人打成这个样儿，还说你宣传呢，是谁在宣传呀？"

他又仰一仰头，招呼老徐："那位难友，咱们扶架着他转悠转悠吧，瘀住了血可不是好事。官司总还得打，咱们打官司打个直骨，打到什么地步，也不能拿人家的皮肉和生命换咱自己的。"

他和老徐挽架着老古走开了。

剩下他们自己的时候，老古悔恨地说：

"没有及时听你们的话，给那个小子出卖了，老徐又该骂我了。"

老徐动情地说："快不要说那个话了，我的哥呀，打在你身上，如同打在我身上一样的疼哩！"

老詹对老古说："也看怎么说，坏事常变好事。你这一来，给咱们顶住狗日的了，这就是一个胜利，一个很大的胜利。我看人们的情绪也逐渐在起变化了；咱们的力量也逐步地往一起聚拢：你，我，老徐，还有林陶，你不是和他躺在一起吗？你就可以串通他……"

老徐担心地问："那样可以吗？"

老詹笑笑说："保险可以，不要因为挨了一次蛇咬，连绳子也怕了。我都搞清了，我来之前还和他接过一次头呢，那是位好同志。"

"那和他在一起的那位姓何的呢？"老古问。

"支持他！"老詹说，"逐步改变他的观点。很有可能把他争取到我们一边来，同我们站在一起，尤其是林陶和他这种关系。"

"好呀，"老古说，"我们的人多了，力量就更大了。"

老詹说："我还没有告诉你们更好的消息呢，要不你们先猜猜。"

"你快说吧，不要让我们发急！"老古先自急了。

"我们一次伟大的胜利,敌人一次灭顶的失败……"

"你不用作序文了,直截了当地快说吧。"徐彦也急了。

"一点不算序文,真是这样的呢。"老詹故意抖开:"敌人还想把他们这次可耻的失败包藏住呢,终于纸包不住火,烧出来了,我们就要让这把火烧得更旺更红,照得更明亮……"

老古一双细秀的眼笑得眯缝了:"都是老徐的过,你不让作序文,序文就更长了,那就作下去吧。"

老詹看见老古乐了,这才笑着说道:

"我告诉你们,尹坚同志在法庭上给敌人上了一大课,把敌人的内部给烧乱了。有的给烧得三魂不着六魄,有的隔岸观火暗暗称心,有的却对我们的党和我们党员坚贞不屈的气魄,佩服得五体投地,形势很好哩!"

老徐和老古都惊喜得不得了,还要问问详细的情形。老詹就把谭看守学的话和知道的情节都告诉了他们。"谭看守还说,老尹骂到叛徒是伤寒虱子的时候,他看见在场的那些家伙,连他自己,都觉得身上怪痒痒的,又不好用手去抓,他看了只想笑又不敢笑……可是出尽丑了。"

三个人乐得不住地笑。老徐说:"怪不得这群鬼们放出风来诬蔑我们的好同志呢,也够毒辣了的呀。"

老古说:"不只如此,他还想借此增加我的困惑,挑拨我们的团结,瓦解我们的士气呢。"

詹英笑着说:"我们来商量一下,今后怎么办……"

9

从铁窗的缝隙里,洒进来几星疏淡的月光。白日的闷热,终于消退了。关押在筒子号里的政治犯们,慢慢地收住了话头,沉入到睡乡之中,能听到屋外的蝉鸣,能听到难友们甜甜的鼾声……

牢房里的气氛,正发生着转折性的变化,人们的情绪,显然在逐渐好起来。

在这里吃官司的人,都是因了叛徒的告密而被逮捕和拘押起来的。对于叛徒,大家都有着极大的仇恨。但是在敌人的各种花招面前,有不少人退却了,消沉了,有的甚至产生了恶念,或者想去死,或者也想咬一批人进来……

就在这时候,詹英他们抓住古易达又被出卖这件事,一鼓动,牢房里很快发生了波动。人们热烈地争论着,连那些无精打采、唉声叹气的人也给震醒了:

"妈的,这还能说话吗?放一个屁,都有人想去邀功嘛!"

"好啊,蹲了大牢,还想着拿别人的命来换自己的狗命,这不黑了肚肠了吗?!"

没有人敢于出来为叛徒们辩护,有些态度暧昧的人,原来还可以装睡,现在让大伙儿一轰,也露了面目,显得孤立了……

　　争论最热烈的,还是詹英他们这个屋子里的人。

　　听了尹坚和敌人斗争的事迹,又看到詹英的豪爽举动,牢房里的青年们,顿时受到了一种极大的鼓舞。热血又开始在胸腔里奔涌,理想的灯塔又在他们的眼前晃动。这灯塔,曾经被一阵狂风暴雨给遮没过。在他们的幻想里,一时就以为它不再存在,就觉得他们所乘坐的船只,被一阵一阵的恶浪给打翻了,击沉了,他们溺在滚滚的浊浪里,一口一口地倒咽着那苦涩的海水而得不到一点救助。于是他们就被一片恐怖的阴云所笼罩,而那种幻想中的恐怖,实在要比现实的恐怖更为可怕,压得他们委顿无力甚至陷入绝望的泥淖之中……就在这种时候,终于有了铁骨铮铮的共产党员,他们正像强烈的电光划破了黑暗的乌云一般,在这阴森、恐怖与绝望所笼罩的暗夜里,发出了耀眼的光芒……他们也正在遭受着惨无人道的折磨,但是他们是怎样地挺起坚强的胸膛来,去迎击那折磨、那打击的呀!是的,他们在做着猛烈的搏斗,但还要伸出有力的手掌,把散落在水里的人们拽起来,集拢来,共同堵塞漏洞,排除积水……虽然这腥风血雨还远远没有过去,虽然这只颠荡的船还得遭受多少风波尚在不可知之列,但他们却显示着那样充分的信心和充沛的力量,一个崇高的信念在他们的心田里牢牢扎根,他们一定要把大船撑到彼岸……难道一个许身于革命的青年不正该是如此的吗?难道一旦遭遇了风浪,就去悔恨自己的出发航行吗?难道竟然能够埋葬了那理想和信念,而把责任推诿到暗礁的可恶和气象的恶劣上面去吗?

　　詹英和青年们的谈话一步步地深入。在这些谈话里,青年们觉出了严峻、温暖与指靠。老詹并没有,也不可能指给他们一条轻便可行的捷径,却指出了必须通过的险恶的关口,那正是他自己也无可避免地要通过的。他知道青年人所怕的并不是艰难和危险,他们所最怕的是孤独:没有指引,没有同伴,没有声援。而只要他们确认了什么是唯一可能的道路,并且在这条路上还决不孤单的时候,那就即使是面临着充满死亡威胁的悬崖绝壁,也总有那些勇敢的人们要去攀登的,这就是青年啊!

詹英自己也还是青年,他很摸得着这些青年人的特点,一会儿哭,一会儿笑,一会儿灰心丧气,一会儿却又笑语风生……虽然他远比他们有经验,听得出在他们的话里还有那种虚夸,不踏实以至于相互间的疑忌,但他不给他们的热情泼冷水,他让那些谈话自由地发展下去,时不时插几句话,稳定这些年轻伙伴的信念……

是的,气氛在不断好转,情绪在逐日上升……正因为此,詹英睡不好觉。他不敢翻身,怕惊醒了身边的一位叫邓天池的难友,就把眼睛眯起来,让那稀疏的光点洒在脸上,身上……

其实,邓天池也没有睡着。

连日来,他陷入了一种极度的迷乱之中。一切都是由前几天的一次过堂引起的。在那以前,他是一个热情爽朗的小伙子。坐牢并没有引起他的恐惧,相反,倒还有几分的好奇呢!可是,从那次过堂以后,他突然间垮了下来。他再也没兴趣说说笑笑。脸色蜡黄,眼窝深深地塌陷下去,原来的一头黑发里,竟掺杂进去不少的白丝。他像被人抽了筋似的,回到牢房里,一头倒在铺上,不言不语,不吃不喝,就连放风的时候,他也懒得起来,眼看着是在等候死神降临了……开始一两天,还有人问候一声,后来见他眼皮都懒得撩动一下,也就不再理睬他,只等得一咽气,喊看守来收尸……

谁也不知道他究竟是因为什么,他又一句话也不说。开始人们以为他叛变了,后来见看守们对他也不太客气,又没有住到优待室里去,也就不好怀疑什么。看来,邓天池已经横下心来要离开这个世界,那就让他走吧!对于一些人来讲,死亡也许是一种最好的解脱呢……

邓天池有苦说不出来。他极度虚弱,神思恍惚,牢房里的人们在说些什么,他早已无心去听,也早已听不见了。一个个噩梦向他袭来,宛如尖利的匕首,在他心窝里翻搅个不休……一会儿,是一群青面獠牙的魔鬼,张开血盆大口,向他疯狂地扑了过来;一会儿,又是一个妖艳的女人,露出那样的一种媚态,朝着他招手……每到那时候,他就紧紧地咬住干裂的嘴唇,攥住无力的拳头,浑身抽搐,眼里的泪水和唇上的鲜血,合了起来往肚里流去!

"啊啊！难道死也这么难吗?"他在心里呼唤,"老天,你就让我死吧!我实在受不了这种耻辱,我实在受不了哇!"

……邓天池出身于书香门第。他父亲是个教书先生,虽然穷愁潦倒,却是一肚子好学问,极重礼义廉耻。他读到初级中学时,因为家里困难,曾一度辍学在家挑粪种菜,为继续升学积攒费用。后来在大姐的资助下,考入一所师范学校里学习。他自幼聪明,又从小接受了父亲"勤能补拙,俭以养廉"的家训,学习成绩优良,极受先生和学友们的推崇。

轰轰烈烈的大革命失败之后,中华民族陷入一片恐怖之中。就在那时候,一位极有影响的共产党领导人,经他的大姐引荐,来到他家避难隐居。

年轻的邓天池,从那位领导人口里,接受了共产主义思想的启蒙教育。一方面,他对国民党的黑暗统治极为不满,热切盼望投入到革命洪流中去;另一方面,他又充满幻想,编织过无数绮丽的幻梦。他渴望成为英雄,成为像陈涉吴广,像屈原杜甫,像文天祥,像郑成功……那样的伟人,或揭竿而起,或慷慨悲歌,或血荐轩辕,或战死疆场……

他再也不满足原有的那块小天地了。邓天池怀着一腔激情,弃学北上,到了北平。他结识了山西旅京学生中的共产党员,还参加了他们组织的鏖尔读书会。后来,在考进宏达学院后,他结识了端庄善良,才情横溢的戚焕仙……

哦,那过去了的难忘的岁月呀!戚焕仙曾经是那样地爱恋着他,他们曾经肩并肩,手挽手,那样亲密地从事着一种壮丽的事业!他们一起参加了中国左翼作家联盟,一起和同志们编辑出版《崛起》,一起写了那么多热情澎湃的诗篇,一起走上街头,散发传单,振臂高呼……

邓天池和戚焕仙正是在散发传单时被捕的。就是在囚车上,戚焕仙都在用眼睛勉励他……那眼神,只有他邓天池才能读懂呀!

正是由于有了那眼神,那勉励,他邓天池才不把坐牢当作一回事!他照样吃,照样喝,照样说,照样笑!有什么了不起呢?审问吗?拒绝回答!拷打吗?眼皮不眨!无非是一死罢了——"人生自古谁无死,留取丹心照汗青!""从今别却江南路,化作啼鹃带血归"……

邓天池把什么都想到了,唯独没有想到他思着恋着的戚焕仙会叛变,会堕落。那个无耻的女人呀!

……他亲眼看见了!悲剧就在于此!谁也解救不了他!谁也救不了哇!

那天过堂,好生的奇怪呀!他照例顶住了法官的质问,那法官却破例地没有拍惊堂木,没有吩咐动刑。就在那时候,那个南京来的鼠头鼠脑的吴仁维,皮笑肉不笑地开了口:

"年轻人,事要三思。你要好好想想,这样硬顶下去,于你有什么好处呢?"

邓天池心里兀自好笑。这些鬼花招,实在不新鲜了。

"你真的不说?"

邓天池眼睛望着窗户,心里默诵着:

天地有正气,

杂然赋流形。

下则为河岳,

上则为日星。

于人曰浩然,

沛乎塞苍冥。

吴仁维并不恼火,又慢悠悠地说道:

"给你三分钟时间,你好好考虑一下。"

邓天池把头一仰,继续默诵:

时穷节乃见,

一一垂丹青。

在齐太史简,

在晋董狐笔,

在秦张良椎,

在汉武使节——

"好吧,"吴仁维干笑两声,"那就不好客气了!来人,把戚焕仙带上来！"

邓天池的心"呼"的一声蹦到喉咙口上！他睁大了眼睛,死死地盯着门口——

"她变成什么样儿了?"邓天池想:"也戴了脚镣吗?也动刑了吗?哦,伟大的女性呀,为了中华民族的解放,你受苦了呀!"

他没有听见脚镣声,倒是先响起一阵"橐橐"的皮鞋声,接着便是"咯咯咯"地一串笑。有个男人粗声粗气地说:

"焕仙,今儿晚上轮到我了!我备了好饭好酒等着你……"

"嘻嘻,讨厌!"

便听见了拉拉扯扯的声音,便听见了嘴唇碰在脸蛋上,"叭"的一声响……

"怎么样,年轻人?"吴仁维鼻子里哼了几声,"这姑娘不错嘛,昨儿晚上还陪我跳了几场舞。人家想得开,这不就没事了吗?你只要招供了,只要在报纸上写一篇文章,你还可以带着焕仙出去嘛!怎么样,还要把她带进来见见面吗?"

邓天池呆了!傻了!他像是泥塑就的,一点知觉也没有了……

……那就是戚焕仙吗?那就是曾和他肩并肩、手挽手的戚焕仙吗?那就是曾经抿了嘴,笑微微地望着他的戚焕仙吗?他在梦中千百回地梦见她,他曾经用那样虔诚的语调,向同牢的难友们讲他的戚焕仙,到头来,原来是这样的一场噩梦!

……眼泪又涌了出来,邓天池轻轻地呻吟着……

"小邓,小邓!"

隐约间,听见有人喊他。邓天池微微睁开眼,见是睡在身边的老詹,便又把眼睛闭了。

"小邓,你哪儿不舒服?"詹英悄声喊道,"小邓,你要不舒服,千万要告诉我一声。"说着,便把一只温暖的手掌轻轻地放在邓天池的额头上。

邓天池心里很有点不安了。

下午,牢房里的人们,又在谈论什么尹坚、古易达,他压根儿不愿意听他们谈话,却偏偏时不时有话传到他的耳朵里来——

他听得人们在说:

"……有铁扇公主的芭蕉扇就好了……"

"孙悟空还燎了几根猴毛呢……"

牢房里闷热得很。毒花花的太阳无情地烤晒着铁皮屋顶。狭小的铁窗缝里,吹不进来一点风。牢房的地是潮湿的,邓天池连续躺了好几天,只觉得脊背像是已经腐烂了似的,溢出来又酸又臭的味道。他大张着口喘气,实在管不了什么孙猴子,芭蕉扇……恍惚间,他突然听见有人说:

"可不是嘛,革命又不是吊着爱人的膀子逛马路,那也叫革命呀?"

"有人就是他妈的儿女情长,一遇了风险,先就想到了老婆孩子……这种人,十有八九得当叛徒……"

邓天池脑子里"嗡"地一声,什么也不知道了……

等他醒过来,只见身旁围了一堆人。有的帮他翻身,有的为他扇风,还有人握着他的手,一连声地喊"小邓"……他觉得眼眶发热,嘴里却是甜滋滋地。细一瞅,见新进来的詹英正端了一个小碗,把一小勺东西喂进他嘴里来,霎时间,他觉得又甜又凉,细细地品品,他知道那是冰淇淋……

到了晚上,詹英又给他替换了衣服——那真是奇迹一般!进牢几个月了,由于有脚镣卡着,谁也没法脱下裤子来。偏偏詹英就有办法,他笑着招呼人们:

"来来来,我教给大家个法儿吧。"

边说着,就边教大家:"这也不难,你看,先把这只脚退出来,把这条裤腿从环里撤出去,再纫进这个环里,再把这只脚也退出来,两条裤腿并在一起抽出,这不就成了?"

这件简单的事,引起人们很大的兴趣,都试着要学。有一个人先会了,却又说:"这脱下来了又怎么穿呀?"

老詹笑着说:"既然能脱下来,就要教你穿上嘛……"说着他把两条裤脚一并,先穿上一只,撤出一条,纫到另一个环里,这只脚又穿上了,话一停裤子也穿好了。

青年们看他穿得那样熟练,都乐了。

邓天池听着这笑声,看着老詹那豁达开朗的神态,仿佛凝固了的血液又开始慢慢流动,早已是熄灭了的某种欲望,又悄悄地在心底悠然萌动起来……

睡觉的时候,詹英硬要小邓睡在他的铺位上,自己却要搬到地铺上去。邓天池实在过意不去,再三摆手,詹英就挟了铺盖卷,睡到他的身边来……

这时,詹英把手从小邓的额头上抽回来,又轻轻地握住他的手,邓天池心里一热,紧紧地攥住那只温暖的手掌动情地叫了一声:

"大哥!"

等到他们入睡的时候,天已经快要亮了。

10

尹坚被铐在一间单人牢房里。吴仁维吩咐,没有他的命令,谁也不得和这位共产党的大头目说话。三天让他放一次风。放风的时候,着两个看守盯着,绝对不允许他和另外的犯人接触……

这一天,放风的时间到了。尹坚被搀扶着走到离牢房十步远的地方。他腿上的伤口已经溃烂,两个看守一松手,便"咽"一声栽在地下,镣铐哗啦啦一阵响,引起一阵钻心的疼痛……

他已经被折磨得不成人样。连续几次大刑,身上几乎没有好肉了。本来就瘦弱,如今更显得枯槁憔悴,只剩了一副骨头架子——只有那双眼睛,依然显得沉着刚毅,不时放出熠熠的光彩来。每一次放风,他都全神注视着远处一群一群的难友,期望能有机会找他们说说话。

他真渴望着能归到大群的囚犯之中,那样,他就能通过各种途径,了解到顺直省委的情况了。从第一次过堂之后,他已经感到北平的局势非常严重。新省委尚未组建完毕,就又一次遭到破坏——只是不知道,究竟被破坏到什么程度,都有些什么人叛变,有多少同志被抓了进来,人们的情绪如何,外面的工作还能否继续进行……

这许多的问题,苦苦地折磨着他。那痛苦,甚至超过了残酷的刑罚……

突然，他看见有个看守拎着一包东西，笑眯眯地朝他放风的地盘走过来。尹坚用手使劲地托住地面，支棱起身子，机警地盯住那人。

　　"弟兄们，"那人依旧笑眯眯地朝专管尹坚的两个看守说道，"伙计捞了点外快，不忍一个人独吞了，瞧瞧，这是酒……瞧瞧，这是保定的烧鸡，二位要不嫌弃，咱哥们儿一起开销了它，噢，你们离不开呀？那那……"边说着，边就转身要走。

　　一个看守急忙拦住他，满脸堆着笑，连连说道：

　　"谭大哥，你可真够朋友，别走，别走！"

　　另一个也凑过去，拍拍那位谭看守的背，嘀嘀地笑着说："走，咱们找个僻静的地方喝去，妈拉个巴子！"

　　谭看守似乎有些作难，嘴里说："这这这……恐有不便吧……这位先生……"

　　"妈拉个巴子，有啥不便！把人打成这个样子，让他跑也跑不了，走走走。"

　　三个人低声说笑着，不一会儿就看不见了。

　　尹坚咬着牙支起身子来，又摇摇晃晃地站住，然后拖着脚镣，往墙边挪去。他终于扶住了墙，两眼望着远处放风的人群，艰难地往前挪，往前挪……刚转过墙角，便见有一位难友一边朝这儿走，一边嘴里骂骂咧咧地嚷嚷："妈的，我就不相信，吃面包回来的就没有个正经东西，就都叛变了！看看人家尹坚，人家多硬的骨头嘛！"

　　尹坚惊异地望着这个英气勃勃的人。

　　那位难友紧走几步，到了他跟前，悄声问道：

　　"尹坚同志吗？"

　　尹坚心里有几分疑惑，但又实在不愿意丢掉这个机会。他点点头。

　　"我叫詹英，省委的军委。方才那位谭看守，把你受刑的情况告诉了我们。监狱里的共产党员们，向你致意！"

　　尹坚没有说话，一双深邃的眼睛示意詹英继续说下去。

　　詹英默默地望着这位被敌人折磨得变了形的硬汉子。但见他面色微黄,稀稀的眉,薄薄的嘴唇,表现出一种倔强刚毅的气概。他想象中的尹坚,似乎该更魁梧奇伟些,眼前这位尹坚,却仿佛真像书中所说貌不称其志气似的,但细一看去,就觉出他那种沉稳睿智来了。

时间很短促。詹英低声说道:

"党内出了叛徒,这次是一串一串的。我们狱中几位同志,正在设法粉碎这股妖风……"

他就把狱中最近的情况,把已经知道了的叛徒的名字,把约法三章的具体内容,都告诉了尹坚。

尹坚细心地听着,时不时看看詹英。看得出来,他心里十分激动,受过伤的两条腿,微微地颤抖着。终于,他一把握住詹英的手,高兴地说:

"詹英同志,谢谢你们! 感谢你,感谢古易达和徐彦二同志。你们订的'约法三章',好极了! 它简明扼要,既是行动口号,又带有纲领性。尤其是第三条,坚持了我们的信仰,展开了斗争的广阔远景:什么时候我们都不能卷起我们鲜明的旗帜! 这就需要坚持不懈地工作和斗争了。"

"是的,"老詹也越说越高兴,"我们就在大力宣传这三条,还宣传人要有骨气,宣传你在过堂时的英勇表现,你给我们树立了一个榜样哩!"

"嗬! 还宣传我呀?"老尹谦和地笑笑,这谦和却并无半点虚饰,倒使人觉得他更平易近人。他说:"我也不过是做了我应该做的就是了,这有什么值得宣传的呢? 况且每个人的情况不同,对策也就不能一样呢。"

"是的,"老詹说,"我们要求遵守那三个条件,各人又可以按自己的情况去找对策。但是那种藐视敌人的英雄气概,那种坚贞不屈的大无畏精神,却是每个人尤其每个党员所必须具备和发扬的呢。我们正是凭借着这个,在群众中树立威信,扶植正气,抗击逆流的。老尹,你还不知道哩,敌人撒了个弥天大谎,反而诬蔑你投降了,我们正面宣传了你,同时也就是重重地给了敌人一个回击。在我们的青年当中,这已经发生了很大的影响和作用。"

尹坚愤慨地说:"敌人真是无耻之极! 但是它骗不过同志们锐利的眼睛,拆不散同志间肝胆相照的团结。这是党的胜利。我们现在还被敌人分隔着,我要首先争取和同志们待在一起。必要的时候,我准备绝食。"

"能待到一起工作那自然太好了,"老詹说,"但不要轻易进行绝食,你身子还不大好,这是审讯机关,也不会把我们拘押得太久,我们终会到一起的。"

这时候,只听见谭看守在远处喊道:

"我说伙计们呀,人要积点阴德。你们把那位先生也太……"

詹英和尹坚都会意了。他们紧紧地握握手,詹英装作往厕所那边走去,这里尹坚也慢慢转过墙角……

詹英走近牢房时,古易达和徐彦已经等了他好一会儿了。他就把和尹坚见面的情况告诉给他们,喜得老古老徐拍手叫好。为了这次会面,他们费了不少脑筋呢! 古易达笑着问詹英:"怎么样? 我说过我们这些吃过面包的人里头,有不少英雄好汉吧!"三个人都笑了。

古易达告诉詹英,他已经和林陶谈过了,林陶果然是个好同志,他坚定地说:"……请你转告老詹,我完全赞同约法三章,并且要立即行动起来。就是最坚强的人,也需要互相的支持和鼓舞的,我们不单是坚强的个体,还应当是一条坚强的战线!"

"那位何谦难友怎么样?"老詹问。

"你猜怎么样?"古易达不直接回答,眨着那双细秀的眼睛反问道。

"我说很好!"

"你怎么知道?"

"你那双姑娘眼睛告诉的呀! 老徐,你看老古那双眼,挺迷人哩!"

古易达笑着捣了詹英一拳,缓缓说道:

"他们俩倒真是一对,老林从陕北来,何谦从冀东来,都是因为当地组织在政治路线上发生了混乱,被派来向北平问一个究竟的。林陶还好,找到了你,至今他还说收获很大,明白了不少道理;何谦却是找到了张慕陶那伙子人,接了一次头,也给抓来了,好多道理至今却仍然是糊糊涂涂——不过有一点倒是确定了的,他对林陶说:'老林,你走到哪里,我跟到那里。我完全遵守约法三章,我们会站在一起的,命运把我们连在一起了啊……'"

詹英很高兴,也把邓天池的情况讲给两个人听。古易达气得直咬牙,徐彦也说道:

"在我们走的这条道路上,真不知道有多少障碍!有些昏头涨脑的文学家,津津乐道革命与恋爱的纠纷,结果谈着谈着就从革命的道路上溜掉了,这毫不奇怪,他无非因为革命遭遇了困难,就想找个安乐窝去逃避,而预先找个遁词罢了。其实这两者既不能平列,也无所谓彼此间的纠纷。革命是无产阶级的伟大事业,恋爱充其量是个人的得失,怎么能平列呢?两个人都在革命阵营里相爱,那恋爱和革命又有什么纠纷呢?而且人也不是抽象的东西,都是有阶级社会的内容的,你能和一个思想意识都不相同的人居住在一起吗?你能真正地爱她吗?你不会爱一个绣花枕头或者爱一块假宝石啊……"

"不过,"詹英沉思着说,"我怀疑这件事……"

"他这是:有—感—而—发!"老古调皮地眨眨眼,拖长声调说。

"噢?"

"徐大嫂子也给抓进来了!"

"啊?"詹英睁大了眼睛。

"嘘——"老徐止住詹英,"现在还没暴露夫妻关系,否则,不知道会有什么麻烦哩!"

"你放心!"古易达诙谐地说,"大嫂可既是坚强的布尔什维克,又是忠贞不渝的贤妻良母……"

当天下午,詹英他们就听到了宪兵中队长火并黎化冰的事。到了晚上,各个牢房里着实庆祝了一番。只有古易达还有几分懊丧,老徐问他缘故,老古一迭连声地说:

"妈的,好容易想出了几句应答他的话,这下倒没用了。"

大家问是什么话,古易达就说,

"一过堂,他不是就让咱们把知道的都讲出来?我就答:我知道的你都知道。他又问：你就把我知道的说一说。我接着说：我不就是你知道的吗？他又问了：你，我当然知道，可还有我不知道的呢？我就断然地对他说：那我可也就没法子知道了……"

"哄"的一声，大家笑得前仰后合，惊得看守跑过来，一连声地问；

"怎么啦怎么啦？你们这是干啥呀……"

11

黎明前,冷风"嗖嗖"地从窗户里吹进来。那些体弱的难友们,已是经不住这冷风的吹袭,只好悄悄地爬起来,用破烂的薄被子裹住身体,瑟瑟缩缩地盼着天亮。屋子里,那盏长夜不灭的八支光的电灯泡,发出来昏黄幽暗的光,好像垂死的人的脸色一样。牢房外面,还是黑乎乎的。

突然间,"踢踢跶跶"响起一片脚步声。接着,就听见看守们粗声恶气地吆喝:

"起呀,起呀,快起,快起!把你们的行李都归折一下!"说着,哗啦哗啦地开牢门上的锁。一边还骂:"妈的,睡得倒死!"

人们迷迷糊糊从睡梦中醒来,揉眼伸腰地互相问讯着:"怎么回事?"

谁也不知道。

"反正先收拾吧,谁也不会恋这个臭虫窝的。我一会儿给咱们问一问。"詹英说。

一位叫连仲子的难友一面收拾,一面向邓天池悄悄地说:"不会是放我们吧?也说不定要上天桥了。"

邓天池把脖子一梗,说:"上就上!仲子,咱们可说好,谁也不许下软蛋!"他收拾完了自己的,也来帮连仲子收拾。

外面在不断地催促:"快点,快点呀! 哪个屋子先完了就开门,都完了一起走!"

老詹这屋的门打开了。他跨出门外,举目四看,想寻寻谭看守,却没有见到。有一次看到了,见他眼光惶惑,似乎想说什么,却也隔碍着别的看守,匆匆地走过去了。他只好问另外一个看守。

那看守冷冰冰地说:"到时候就知道了。"

这时只听见老徐也正在那边问:"带不带行李呀?"

一个看守大声喊着:"不带,不带!"

"那是到哪里去呀?"

那看守恶狠狠地说:"解放你们!"

看守嘴里"解放"这个双关语意的词儿,詹英他们是很熟悉的,有时指释放,有时指枪毙,他就是专让你摸不清。

要说都释放呢,老詹想绝对不会,要说都枪毙呢,也还不一定,但是应该有准备。他索性不问了,回到屋里向大家说:

"同志们!"他在这里第一次用这个尊贵的充满无限阶级感情的称号和大家讲话。人们都严肃地站好了,屏息听着。

"镇定点。我想不会发生什么事情的。但是对于敌人的残酷也要作充分的估计。万一发生什么意外的话,我们都要表现出一个共产主义者应有的气魄来,就像尹坚同志在法庭上那样,我们决不能让敌人小看我们!"

邓天池接住说;"要是上天桥,我们就呼口号,唱国际歌,还用各国的语言唱,我会世界语的,仲子是俄文的英文的都会……"

老詹说:"你们看我的眼色行事。咳嗽为号。不到时候也不要贸然唱。敌人也常用精神战术故意向我们挑衅呢。"

说着就都从牢屋里走了出来。

当人们混走在一起的时候,詹英就把这意思向古易达徐彦他们谈了,老古也向林陶何谦谈了,大家一致同意,但老徐特别叮咛老詹说:不出前门不要唱。

牢屋外面,空气很新鲜。太阳也早已经出来了,天色很净朗。人们被带到一个离放风地点较远的广场上。有一些看守兵围着一个什么东西在看。后来才看出来是一个支着三脚架蒙着一块黑色遮布的照相机。

老詹返回身向大家仰了一下头,说了一句:"打起精神来!"就挺起胸脯领先向前走去。

尹坚也从詹英他们的对面走来了,身后跟着两个看守。老尹的步态异常从容,好像出来放风散步似的,当他看到了对面这些同志的时候,脸上露出一个能够觉察出来的微笑。

小邓赶到老詹的身边,扯扯他的衣角,刚想要问,老詹说:"这就是尹坚同志。"

小邓很快就把这个消息传了开来。其实大家也已经觉察到了,镇静与兴奋,同时在人们的心里交织着……

老尹到来之后,一个值班看守就向一个队长立正打报告,说是人齐了,那个队长就吩咐:"照相。"

照相却一个人一个人地在进行。第一个是老尹,接着就是老詹。他们沉着坚定的神情,给了人们极大的鼓舞。没有人显出慌乱,也没有人大声嚷闹,倒好像是排队买戏票的观众一般,

趁了这机会,詹英就把大牢房的同志们介绍给尹坚。当看到邓天池的时候,尹坚脸上现出一种痛惜的表情,不无感慨地说:

"这样年轻的同志啊!"

"是呀,"老詹说,"前不多时他还被恋爱问题折磨得很苦呢,但他现在很坚定,并且很积极和活跃呢。"

邓天池不好意思地笑笑,走过去和连仲子站在一起。

连仲子说:"不会就在这里扫射我们吧?"

小邓笑笑说:"不会,那样不就把照相的也扫在一起了吗?"

在陆续照相的同时,那个队长和一个看守,拿着一叠写有名字的白布条,对照着每一个人的名字,用别针挂在了人们的左胸口。

连仲子对小邓说:"这大概就是亡命条子了。"小邓说:"看形势是确定

了。准备我们的歌声吧!"

不一会,开来两辆汽车,一辆敞篷的,装着十多个挎盒子的宪兵,另一辆空车,前后敞通,上面和两旁却搭着一张帆布,显然是为了便于监视囚犯和防止骚乱。

照完了相,宪兵们就催着上车。

老尹老詹跨着坚定的步伐,并排地走在最前面。当他们登上车后,一齐转过脸,亲切地望着车下的人。

老徐老古接着登了上去。

铐在一起的林陶和何谦刚要上去的时候,小邓却携着连仲子抢到前面上了车,然后转过身来,奋力把他们拽上去。

林陶问何谦:"你今天怎么样?"何谦挺直了腰板说:"我今天反而觉得硬朗多了。"

后面的人也都上来了。四个持枪的宪兵,"卡卡"地上好刺刀,也跟着爬了上来。

徐彦默默地数着:我们的人,一共是三十七个……

汽车呜嘟嘟地开了。小邓的心情特别兴奋。他不知道车子要往哪儿开,就紧张地注意着车行方向。车开出来之后,通过了地安门低低的门洞直奔景山而来。他知道正正地对着景山,绕过紫禁城,就是前门了,就是今天该雄壮地响起歌声的地方了。他多么渴望着放开喉咙唱一支歌子呀,这些天来久久郁闷在心里的各种复杂的情绪,只有凭借着歌声才能痛快地尽情地发抒一下了……他似乎也担心着这车子究竟往哪儿走,但他又强烈地憧憬着这个方向;他热爱自己的青春与生命,但又渴望着把这青春与生命贡献到自己所热爱的伟大事业的祭坛上面,好像他自己本身容纳不了它们似的。他觉得这车子走得太快了,就像他的年轻的生命一般;这途程太短了,就像他刚刚懂得了一点革命道理似的……

但是老古和老徐的争论打断了他的思路。

开始是老徐问老古:"你在想什么呀?"

老古说:"我在想……咱们俩不能再在一起吃烤白薯了。告诉你,老朋友,我已经有点爱上了北方呢!高兴吧?对你这北方,我老古有了感情了,尤其是到了乡间,看到那些纯朴的劳苦群众,我总是感到一种力量,那力量是非常之深厚的。只要革命的火把在那里燃起来,那里的群众就会跟上来,现在就是我们的力量还不足……北平是一座黑暗恐怖的城市,但我也有爱它的地方,我最爱的是在冬天的深夜里,听那'萝卜赛梨呀'的叫卖声,那真是穷苦人们的一支哀怨的歌曲……"

"看你说得多么感伤呀!"徐彦没等古易达说完就驳他了,"干吗欣赏那种哀怨的歌曲呢?雄壮的歌声和怒吼声会起来代替了它们的,并且也起来过,你也不是不知道……"

"你把问题说到两岔了。"老古又回驳老徐,"雄壮的歌声起来的时候,我的声音绝不会低了的。"

徐彦还接着刚才的话说道:"……你怎么断定我们就不能再吃烤白薯了呢?依我看,吃菠萝的时候也还有呢。"

古易达却笑了:"那你是断定我不喜欢吃菠萝吗?"

这一来,徐彦也笑了,他说:"老古呀,我是说今天也不一定就决定了我们的命运呢。连那位颜季仁颜老兄是不是就已经上了天桥,我看也还未可知呢。"

"你说出你的根据来。"古易达说。

徐彦说:"你不说敌人让他把行李都带去了吗?要是真送他上天桥,那还让他带行李干什么?"

"敌人可没让我们带行李呀!"老古这一句话,却使得老徐无法回驳了。

车子已经驶到南池子的下端。邓天池心里真着急!他急于想知道老詹的意见,但看见老詹正和老尹在那里热切地谈论着什么……车已转过弯子,巍峨的天安门也望见了……他们也正在商谈这个题目吗?还是谈得热了,忘了给他示意呢?他想起了走以前老詹的嘱咐和他自己的提议,觉得自己应该是个发动者,应该负起这个特殊合唱团指挥者的责任来!他向后一转身,觉得这车子也似乎转了方向朝前门去了;况且老古他们的谈话也似乎确定这是无疑的了;他看看大家的脸色,大家也同他一样地兴奋和紧

张,都像在看着他并且等待他似的……他再不能迟疑了……歌声也早涌到他的喉头,在那抓挠着痒得难受,他索性放开了喉咙:

"Le vizlu……"

他因唱歌而更加光亮了的神采奕奕的眼睛,直直地注视着连仲子,连仲子也热情地用英语唱起来了。

一个看守兵吆喊了一声:"穷唱些什么呀!"

回答他的,却是越来越多的歌声汇合在一起。

詹英先也惊讶了一下,向尹坚耳语说:"约定好是出了前门再唱,青年同志怎么这么性急呢?"

尹坚却笑了笑说:"让大家唱吧,没有比这歌声更能鼓舞人的力量的了。听着这支歌,就像全世界的工人阶级都在支持我们。"

詹英也笑了:"是呀,这是一支不可抵抗的歌。"

尹坚说:"没想到我们这个小小的队伍,还是一个很好的世界合唱团呢?"

"你会唱很多种语言的吗?"老詹问。

"俄语、英语的我会唱,德、法、西班牙语的我只能听出来。"

"我只会唱世界语的,英语的不熟练,俄语的能听出来。"

他们一面谈着,一面沉浸在这雄浑和谐的歌声里。

詹英同时却注意到,天安门早已过去了,车子却一直向西开着。"莫非还会出复兴门外吗?"他想。

这时车子却忽然转向北面。朝着一个高大的门内驶去,老詹迅速地一瞥,却只来得及瞥见一个白油漆牌子下面的三个字:军法处

第二部

12

　　黎化冰的死,像一根绳索一样,把吴仁维给套住了。

　　如果他能装聋作哑,睁一只眼闭一只眼,这事情也就不了了之。死一条狗,未必就会引起轩然大波来。

　　他偏偏就装不了这聋,作不了这哑,憋着一肚子气,当晚就给南京拍了电报,把驻北平的东北军狠狠地告了一状。

　　却原来东北军也不是吃素的。那个宪兵中队长一枪把黎化冰结果了之后,带着一身污血,跑回宪兵队,喝令弟兄们把他绑了,直送"海陆空军副总司令行营军法处",见了处长阎文海,先"扑通"一声跪下,"崩崩崩"三个响头磕过,随即站起来,把胸脯一挺,脸色不变,腿脚不颤,响当当地对阎文海说:

　　"处座,把咱崩了吧!若是有缘,咱来世转牛变马侍候您老人家!"

　　一见这做派,阎文海心里先就有几分的舒坦。他七十多岁,眉毛胡须都白了,身子骨却是十分的硬朗。他是张作霖的老部下,曾经和张作霖一起当过红胡子,参加过第一次中日战争,杀起人来,割韭菜一般,眼皮都不待眨一眨,因此得了个外号叫"活阎罗"。

　　活阎罗喜欢杀人,喜欢一枪见血,又待见有点骨头的绿林好汉。他一

见自己的部下带着血被绑进来,磕起头来不含糊,把脯子挺得直直的,就命令手下人,

"娘的个皮,还像点样子嘛!先把绳子解开!"

中队长自然知道老爷子的脾气,一解绳子,又是三个响头,然后就如此这般添油加醋地讲了一番,眼见得活阎罗眉头越皱越紧,白胡子索索地抖个不住,就有机灵的人,从背后捅了他一指头。这当兵的粗汉也就见好收住话头,站得笔直,听候活阎罗处置。

活阎罗背操着手,在屋子里走过来走过去,皮鞋踩在地板上,发出来"卡卡"的响声,一屋子的人,眼珠子随着他的身子转,这种犹豫不决的神态倒是不常见的。

突然,阎文海停住脚步,把手一挥,喝道:

"绑起来!"

见宪兵们愣在那儿,他把桌子猛地一拍:

"聋啦!绑起来,禁闭!"

人们把那个中队长绑起来,押着往门外走去。那家伙偏生是个硬汉,不嚷不叫不打哆嗦,眼珠子瞪着天,"通通"地走了。

活阎罗叹口气,摇着头坐下来,随即命令一个班的宪兵,火速赶往电报局,若有发往南京的电报,一律扣住,送回军法处来。

活阎罗阎文海,和南京来的吴仁维,从一见面起,就结下了疙瘩。

吴仁维初来北平,很想在这个操有生杀大权的高级机关插一手。他见军法处长阎文海,不过是个行将就木的老朽,就有意摆摆架子,先发制人。第一次见面,他着实大讲了一通"国家统一,绝对服从中央,一个党、一个领袖"之类的道理,把个活阎罗气得瞪大了眼珠子,真想掏出枪来崩了他!

活阎罗连国民党都瞧不起。他觉得蒋介石也不过是个暴发户,吴仁维又算啥玩意儿呢?

"什么东西!"见过面之后,他对手下人说:"孙中山见了我们大帅,还有礼有貌的呢。蒋介石见了我们少帅,还是称兄道弟的呢。他这个无名鼠辈,算是个老几,倒想骑到老子头上来了!"

头一次见面碰了壁,吴仁维窝了一肚子火,可想起戴笠的吩咐来,又不得不忍气吞声。第二回请求这个老军人接见他的时候,他哈腰打躬,显得很有几分规矩。只可惜那红胡子出身的活阎罗、最不待见这种鼠目獐头的人物,说不了三句话,就连连地打呵欠,一副不耐烦的样子。吴仁维一时性起,又想压这老家伙一头,于是他就谈起学问来了。

老军阀看破了他这一点,他想:"这小子大概看我是个老粗,要和我斗斗学问。我倒要看看,南京来的人,肚里到底有几锭墨!"原来这个老人物虽然是行伍出身,论起经验和知识来,特别是一些旧知识,可要比吴仁维强好多,他看出吴仁维着实也不高明,就有意要瞅个空子揭揭他的皮。

这个空子很快就瞅到了。吴仁维扯来扯去,又扯到什么"礼义廉耻""曾胡左李"之类的话头,老军人抓住了一条小辫子,他问道:

"你口口声声说的这个曾文公,曾文公的,到底是个什么人呀?"

吴仁维颇为得意了,他又把"曾文公曾国藩"说了两遍,还怕老军人不懂,又把这个名字工工整整写出来递了过去,仿佛是他自己的名片一样。

活阎罗不看还罢,一看之后,心里倒乐了,他原想抓的一条小辫子倒变成了几条:这笔杷杷杈杈的字先就不像话,却还把个"藩"字写成了"潘"。他轻蔑地冷笑一声说:"喀,原来你说的是他呀。你怎么把他的草帽儿给丢了?是给你们蒋先生抬去了,怎么的?"

吴仁维倒没有听懂是什么意思。

老军人却进一步抢白道:"要说这个曾国藩嘛,满清时代是谥封过他个文正公的,不是什么文公。他文不文呢,我是个武人,不大知道,不过写起字来倒真比你们强得多;他正不正呢?我说他不正,这是张洪范吴三桂一类的人物嘛,怎么你们倒把他捧到天上,一天不离口地宣传他呢?国民政府,倒要宣扬满清奴才,也算怪事。去吧,年轻人,以后放老实些,要武就得会点真刀真枪,要文就得来点真才实学,光凭卖弄是不行的。"

说罢他推说有事,拔起脚来就走,还没有忘记带那"名片",他让他的下属们传看去了。

吴仁维又臊了一鼻子灰,气得差点背了气,但是,他又没有个公开立足的地位，单靠那个特派员的身份和津贴委实不好办事，就只好再退一步，亲自备办了几样礼品细点，托活阎罗的一个秘书给他疏通疏通。

秘书得了贿赂，瞅个空子把吴仁维的来意传给了活阎罗，并且试探试探口气："他说改日还要给处长来拜寿呢。"

"你趁早告诉他，"活阎罗没有好气，"少给我耍这一套，我不稀罕他这类人给我拜寿。"

秘书等这个老头子脾气发完之后，婉转地说："从南京方面来，面子上也得敷衍一下，他说好歹请求处长不论大小给他一份差事办办，他就感恩不尽了。"

"这不还老实一点吗？"活阎罗说，"他要早说是要求点差事办办，不就得了吗？干吗要拐弯抹角、摆臭架子，充什么大头呢？"

"处长看怎么安排？"秘书看见口气转了，就赶紧地问。

活阎罗略略沉吟了一下："你给宪兵司令部打个招呼，让他到那边鬼混去吧。"

秘书刚要走开，活阎罗又叫他回来吩咐道："这类人鬼头鬼脑，居心不正。连你们都要当心点，不要上他的当。到要紧时候，他会把你们都卖得吃了。去吧。"

秘书立正听着，连声答应着"是、是"地退出去了。

活阎罗三整吴仁维的故事就在看守和一些政治犯中间传开了。

因此，吴仁维他们送过来的案件，活阎罗是不信任的，并且首先就激起一种反感，这当然不仅是对吴仁维个人的，也是对宪兵司令部的不满。宪兵司令部是由东北的新军阀掌握着，听叛徒的话，做法和国民党的一样，它和军法处算是平行机关，但军分会是它们的上级，军分会的实权，却是落在军法处这边的，活阎罗就是在这个地位说话：

"他们也不向我们请示一声就都判决了，那还要我们做什么？他们眼里还有我们没有？"

他吩咐他的手下：所有案件都要细细地复审过；凡是死刑的都要给他亲自过目；他说他还要亲自向"少帅"请示的呢。这一套军人的老规矩，他是决不肯含糊的。

"哪里就构成这么多死罪的呀？都是一伙子青年学生嘛,要按法律办事,切不可跟着那几个党棍子的意见跑。他们负什么责任呀？受害的还是我们。我们干啥给自己树敌太多呀？"

叛徒在他的眼里也是十分可厌的,他骂他们是"卖友求荣"的人。

"你干你就豁出来干,不干你就不要插手,朝三暮四、出尔反尔,你这叫干啥呢？这也罢了,还要陷害别人,出卖朋友,真个什么一点义气都不要讲了呀？古话说得好:多行不义必自毙,这种人是不会长了的。"

这个老人物一感慨起来,往往话就长了,并且总是愤愤然有那么一股不平之气,也还仗了这股不平之气,他在他那个集团里,一面被认为有些过时了,一面却也不敢小看他,他也不吃他们那一套。

"……可是像吴仁维这类人呢,偏偏倒喜欢那类毫无心肝的人。偏偏国民党呢,又专爱吴仁维这类的货色。真是国家将亡,必有妖孽,我看这都是一群活妖孽。"

活阎罗对于活妖孽,实在没有多少好感。对于从宪兵司令部解押过来的政治犯,他也自有主张。可是对眼下这件事,他却很有几分犯难了。

按说,像黎化冰这种人,就是枪毙他几次,也不为过分。可总得名正言顺,才能堵得住吴仁维的口。不管怎么说,他总是南京派来的,东北军在他的寓所里打死人,他肯定会大作文章,搞不好,怕少帅也要受连累……

正因此,活阎罗不得不动一番脑筋了。他皱了眉头,白眉毛犹如两撮棉花一般,紧紧地挤靠在一起。他在地下踱过来踱过去,时而捻捻他的雪白的胡须,时而拍拍腰间的手枪,似乎在焦急地等待着什么。

"报告!"门外有人喊。

老军人倏地转过身,

"进来!"

正是派到电报局的宪兵,手里拿着一张电报纸,活阎罗抢前一步,把那纸拿过来,也顾不得戴老花镜,就用一只手远远地捏着,不看还罢,一看之下,不由得倒抽几口凉气。

那电报正是吴仁维要发往南京的。电文称：

……仁维受人掣肘寸步难行张部蓄意杀黎图谋不轨窝藏凶犯意欲闹事……

活阎罗气得胡子一撅一撅，连声吆喝：

"传吴仁维！传吴仁维！"

秘书走进来，吓得大气不敢出。

"传吴仁维！妈拉个巴子！"

"这……"秘书面有难色，嗫嗫嚅嚅地说。

"这什么？莫非还要我请他来不成！"

"是！"秘书"啪"的一立正，随即走出屋子，对门外的卫兵低声说道：

"请吴先生，快！"

半个小时之后，吴仁维昂着头，走进了阎文海的办公室。

老军人一句话不说，直用眼珠子瞪着吴仁维，吴仁维先还敢对峙一阵子，后来眼见得活阎罗眼睛越瞪越大，越瞪越红，不由出了一身冷汗，先自有几分气馁，不得不强装笑脸，开口问道：

"阎处长叫仁维来，有何吩咐？"

活阎罗也不言语，从腰间掏出枪来，推推这儿，搬搬那儿，一会儿用嘴吹吹，一会儿又用绸子擦擦，直看到吴仁维一头一头冒汗，才缓缓说道：

"听说那个姓黎的死了？"

"唔……"

"谁干的？"

"这……"

"凶手在哪儿？"

"逃了……"

"逃哪儿去了？"

"这……"

"你不知道？"

"……"

"怕是逃到军法处来了吧？"

"阎处长说笑话了！"

"说笑话？阎某行伍出身，杀个把人倒不在话下。说笑话，来你们那一套，咱家还没有学会！"说着，"卡"一声打开手枪保险。

吴仁维"扔崩"一下站起来，一只手伸到腰间摸手枪。

"哼哼！"活阎罗咬牙冷笑，"来人！"

吴仁维"唰"一声抽出枪来，嘴里嚷道：

"你要干什么？我是委员长委派来的，你要干什么？"

活阎罗却不理他，朝卫兵喊道：

"带凶手！"

那个宪兵中队长被五花大绑带进来。

"是他吗？"活阎罗问道，"你可瞧准了！"

吴仁维惊得目瞪口呆，手枪"啪"一声掉到地下。

老军人一声冷笑，瞪着吴仁维说：

"自古来杀人偿命，东北军亏待不了你！如今，宰了一条狗，我也还你一条命。怎么样，你来处置？"

说着，把手枪重重地撂在吴仁维手里：

"开枪！或者冲我，或者朝他。免得你在南京嚼舌根子！兄弟，你走过来，把胸脯对住他！"

吴仁维拿枪的手，索索地抖个不住，他连声说道：

"这何必呢，这何必呢？"

老军人把眼一瞪，从吴仁维手里夺过枪来，大张着机头，食指推推扳机，对准了宪兵中队长的脑袋。

吴仁维被逼到这种地步，实在没有什么好招了。他只好一把拉住活阎罗的胳膊，带着哭声说道，

"处长，我代他求个情，你就放了他吧！"

阎文海还要挣脱胳膊，秘书快步走过来，一边帮着吴仁维拽住他，一边说道：

"处座，吴先生都求您了嘛，您就留他一条命……"

活阎罗这才慢慢收起枪来，气咻咻地说道：

"吴先生，你可看好了，东北军不是蓄意杀人，图谋不轨吧？"

吴仁维心里一惊，大张着口说不出话来。

"也不是窝藏凶犯，意欲闹事吧？"

吴仁维哭丧着脸，嘴里说道：

"哪里哪里……"

"那好！"活阎罗把脖子一梗，"咱可说好了，往后，谁他娘的也别在老子跟前耍花枪。我阎某人当年跟着大帅，人心人肝吃过，人脑人血喝过。别说几个共产党成不了啥气候，就是你们蒋委员长，又能把我们少帅怎么样？惹火了老子，什么鸡巴玩意儿老子都敢崩了他！妈拉个巴子！"

说着，把枪一举，冲着天花板"当"地就是一枪……

13

颜季仁被宪兵司令部判了死刑,解到军法处后,却没有被枪毙。当古易达和徐彦在车上议论他的时候,他正在和牢房里的两位难友聊闲篇……

他三十多岁,面色和善。让人一眼看去,就觉得和蔼可亲,像是一位仁厚的长兄。他是共产党早期派到苏联的留学生。回国以后,就留在党中央专门研究马列主义经典,指导中国的革命实践。平日里,他待人忠厚,确实是一位可以信赖的老大哥,但若是在理论问题上争辩起来,他从来不轻易让人,哪怕翻了脸,他依旧滔滔不绝地阐述自己的观点。"我只对真理低头!"他说。

颜季仁是在大革命期间入党的老党员。他经历过的风险不知有多少次了,但每一次都靠了他的稳静沉着渡过了难关。这一次被捕,却是出乎他的意料的。

他是受上海党中央的派遣,来天津营救原顺直省委被捕的同志的。到天津之后,经过各方奔波,眼见得事情有了眉目,他就着人迅速赶回上海,一来汇报工作,二来设法搞一笔钱,然后即刻赶回来,里应外合,齐远山、柳贞他们就可以尽快出狱,重新组建顺直省委……

不想,上海也出了事。负责营救工作的系统,出了叛徒,一口咬下好多人。派回上海的同志非但没有拿到钱,却带回来好几个人要颜季仁安排。

等到把人安排好了,营救狱中同志的最好机会却已经错过。颜季仁心情沉重,急得病了一场。病刚好,就挣扎着到了北平,想找一些旧关系问问情况,然后再设法开展工作。

他没有想到,北平的组织也已经被破坏了。叛徒们连成了串,四处搜捕共产党员。他知道的几个人,就有不少投到了敌人的怀抱里。颜季仁心急如焚,决定冒险去找最后一个关系。

这一家姓柳,主人正是柳贞的父亲柳老先生。柳公馆是当时省委负责人的秘密接头点和经费转运站,除少数几个人外,很少有人知道公馆的情况。柳老先生当时任天津商品检验局副局长,在上层人士中,有许多熟人和朋友。为了搭救狱中同志,柳老先生也正在四处奔波。颜季仁十分小心地找到了柳公馆。进了头院,他先观察好地形,然后问一位老太太:

"老人家,柳家在哪里住呀?"

那老太太毫无表情地只说了两个字:"后院。"

原来柳家也被叛徒出卖了。柳老先生正在天津,幸未被捕,家里却蹲了两个宪兵,张开网只等着抓人。前几天,就有人来接头,进了院,也是找这位老太太问路,老太太是个好心人,连连给来人打手势,使眼色,那人觉着不好,赶忙就往外走。宪兵们发觉之后,一直追出去,追了好远,也没逮住人。趸回来,就把老太太狠狠揍了一顿,恶声恶气地威胁道:

"再有人来,你们胆敢走漏了消息,就让你这老不死的吃黑枣!"

颜季仁自然不知道这情况。他听说柳家在后院,一横心就走了进去。一进到后院,就走不脱了,宪兵象癞皮狗似的缠上来:

"你找姓柳的干什么?"

"老朋友!"

颜季仁稳稳地回答着,心里却着实懊恼。

终于还靠了他的沉着,宪兵没有立时动武捆他。一个去打电话请示,另一个到一旁写经过,颜季仁就用这个千钧一发的时机,把身上带的写有联系地址的纸单吞进了口里,那东西却还是写在一块练习簿的硬纸上的,挺不好咽,猛喝了几口水,总算咽下去了。

老颜心上一块千斤石落到肚子里,他坦然地跟着宪兵们到了宪兵司令部。

审讯他的是叛徒黎化冰和南京特派员吴仁维。

"你和姓柳的什么关系?"吴仁维问。

"朋友关系。"

"他是共产党你知道不知道?"

"不知道。我只知道他是南京政府国会议员。"

"你从哪里来?"

"天南地北,四海为家。"

"你是干什么的?"

"穷读书人。说书卖字,占卦相面,但求糊口,不问政事。"

吴仁维便一样样试过。那颜季仁也果然不凡,说起美髯公千里走单骑,但听得马蹄声声,石破天惊;一管笔握在手中,龙飞凤舞,霎时间就是满纸珠玑,亦苍亦雄亦秀,墨到之处皆有笔在。给吴仁维占了一卦,十有六七倒让他说准了;又给黎化冰相面——"此公面带晦气,恐有大难临头;若不经心,不出五七日,难免灭顶之灾。"只吓得黎化冰两腿直打哆嗦……

吴仁维知道遇上了硬碴口,让人给颜季仁砸上脚镣,又编造了一份口供,让他盖手印。

颜季仁说:

"你那口供上写了些什么东西,总得让我看一看吧?"

吴仁维冷冷笑道:"哼,你打官司还蛮内行嘛!"

"口供嘛,"颜季仁说,"要负责任才行!这谁不知道?"

吴仁维便让人拿了口供给他看。

一共是四条罪状。一说他搞特务工作,二说他煽动民众,三说煽动军警,四说谋刺张学良……颜季仁愤怒地问:

"这是谁的口供呀?这与我有什么关系!叫我签字?那不行!"

吴仁维喝令几个站班的拥上来,扯着胳膊,拽着手,掰开手指,一个宪兵拿着墨盒往那个拇指上一抹,又有几个人揿住手往那纸上一按,这就在那个"口供"上,取得一个指模。

气得颜季仁骂道:"卑鄙无耻!你们就是这样的整人呀!"

他知道敌人是安心非整死他不可了,也就下了决心,单等着处决的那一天。

到了押送军法处时,也是先照了相,胸上挂了白条子,根据过去的经验,这一定是拉出去枪毙了,颜季仁稍稍收拾了一下,把一应行李留给古易达徐彦他们,出牢门时,脑子里突然转了个奇怪的念头:从前人们说,人到枪毙的时候,腿脚就都软了,"我试试看嘛!"他戴着镣跳了跳,腿脚却都硬邦邦的。

就这样,颜季仁到了军法处……

审讯他的,是一位老态龙钟的法官。原先颜季仁准备了几套口供,结果只一套,竟把那法官蒙住了。

那法官倒恪守老法律,慢悠悠地问他:

"你是干什么的呀?"

"我在'互济会'做点事。"

"'互济会'是干什么的?"

"也不干什么,就是帮助被捕入牢的人做些事情,比如救济他们的家属啦,给犯人送点日用品啦……"

老法官打断他的话,说道:

"这是好事情呀!那'互济会'在法厅立案了没有哇?"

"恐怕没有。"

"没有立案,就不合法嘛!司令部这帮人怎么搞的!"

"我也不清楚呀。我就晓得做些救济人的事情,不晓得什么叫立案不立案的……"

"你吃了冤枉官司了!这上面的指印是怎么来的?"老法官举起吴仁维转来的那份"口供",依然慢条斯理地问道。

颜季仁就把当时的情况告诉了老法官。老法官听了之后,勃然大怒,

他把惊堂木一拍,气呼呼地说:

"南京这小子,真是乱弹琴! 回去蹲大牢去,我保你死不了!"

过罢堂下来,颜季仁心里真觉得好笑:"这可真是过了个乱弹琴的堂!"

既然一时死不了,颜季仁就在监牢里积极活动起来。他很快摸清了军法处的底细,并且知道了原顺直省委的齐远山、柳贞他们就关在军法处。

颜季仁心里好高兴。他终于和齐远山接上了头。开始几次见面,两个人都是激动得不得了,一次又一次地握手,一次又一次地点头致意。但过了不久,两个人就争论开了。偏偏是这对留苏学友,对六届四中全会的路线,对开展白区工作的方针,对革命重心应放在城市还是农村……总之,凡是关系到当时党中央的方针政策问题,两个人就几乎没有一点相同的看法;偏偏两个人又都是一肚子的学问,谁也说服不了谁,短短的一点儿放风时间,两位理论家常常用俄语争得面红耳赤,不欢而散……

最后,鉴于监狱里的复杂局面,颜季仁只好休战了。只有一条,他几乎是恳求齐远山,一定要听他的。那就是:到了过堂的时候,切不可书呆子气十足,要见机行事,能推则推,能堵则堵……

……今天,放风时间被无端地推迟了。颜季仁和同屋的两位难友凑在一起说话儿。

"老颜呀,我看你一准是要减刑了。可我们呢,谁知道哪时才能判? 牛年呢,马月呢? 到时候,还不知道人家会给安上个什么罪名……"

这是个软弱的可怜人。据他自己说来,是一个吃着屈官司的人。他是东北军某部一个文书,他的上司贪污了军饷,牵连他一同吃了官司。后来那上司用金钱买通了关节,开释走了,却把责任推到他身上;这人走的时候还哄他说,他一出去就来营救他,不想一走半年以上,一个字的音讯也没有,这个瘦弱的可怜人却还在盼望他来营救。

颜季仁正想安慰他几句,另一位难友却说话了。这是个彪形热脸汉子,大约二十八九岁年纪,他气冲冲地说:

"废话! 管他安什么罪名! 反正就这一条命,不就足足地顶住他了吗? 你这人也真是的,颜老哥平日里开导过咱们多少话,偏偏你就一句也听不进去!"

文书勉强地苦笑了一下。可是这个笑,把他那瘦脸上的几条青筋歪扭着,反而使他更像要哭的样子了。

老颜觉得这位文书又是可怜,又是可恼,但这时也只能对他说:

"坚强一些,难友!还是那些老话,不是你自己做的事,你坚决否认它;你把那实情原原本本地托出来,看他们能把你怎么样!你再想法子向社会上申诉,让人们都知道这件事。就算万一无效,你这口冤气也算出了,省得你为这个出卖你哄骗你的人背黑锅,这样你是白牺牲自己,同时却放纵了坏人。一个人总要懂得斗争才能有出路啊!"

"颜老哥说的多明白!"彪形的汉子又说了,"你这人就是缺乏一点斗争性。你那样成天愁眉苦脸的,人家难道就可怜你,释放了你不成?你得斗争呀!颜老哥来的时候,头上顶着四个死罪呢,那又怎么样?人家还不是有说有笑说这讲那的吗?现在人家怎么样?不是免去死罪了吗?斗争嘛……"

彪形汉子是个热血型的乐观的人。他的案子,据他和老颜密谈是这样的:他在屯子里受不住一个恶霸地主的欺压,一怒杀了这个恶霸,逃到一个土匪窝,后来这群土匪被打散,他被俘了,但那宗杀恶霸的事却始终没有暴露,他相信他能打出这个官司去。

"我们这两个人的性气真是没有一点儿相同。"彪形汉子对着颜季仁说,"不过有一点我和他看法倒是一样,要杀要砍,你他妈给我来快些,来个痛快,就是这样不死不活有年没日子地拖,拖得人真是受不了。"

"那看是怎么说。"老颜觉得这个热情的人想得太单纯了,"我这官司也并非就此结束了,倒不如说是另开一个头呢。但我也不怕它,准备着它哩。斗争嘛,要刚强、坚决,还得有耐性。没有点打熬的功夫也不成啊,你急他不急,那不也是白费吗?另外,还要把眼光放远大些,世道是时刻在变化的;这样欺人压人的社会是不会太长久的。"

"这话我万分相信,"彪形汉子说,"就拿你们这些人说吧,真个也都是些义重如山、钢骨硬铮的好汉,你们看事分明,待人平等,同情的是贫苦,憎恶的是豪强,依我看,你们就该是世界上第一等的人物了,可偏偏那些狗囊子们要把你们关起来。你说这算什么一种社会,这样的世道它还能长了啊?"

"是呀!"文书长叹一口气,很有感慨地说,"这世道,连点天理都没有了!"

三个人正自这样说着,猛听得有汽车"轰隆隆"地朝牢房开来,不多久,就听见脚镣"哐啷哐啷"地响成一片。颜季仁心里一紧,赶忙站起来,趴到窗口上往外看去……

14

第二天放风的时候,古易达和徐彦一眼就看见了颜季仁。两个人先是一惊,接着"乌拉"一声,朝着老颜走过来。

"你还活着呀,老兄!"古易达高兴地大声叫道。

"等着你们哩!"颜季仁也愉快地喊道。

徐彦却是眼圈红红地、紧紧地握住老颜的手。

"我们常常念叨你呢,"老古动情地说,"只以为你一准完了,你这老兄呀! 就没想到这辈子还能见着你! 怎么样,判了没有?"

老颜笑模悠悠地说:"司令部判了我四个死刑,转到这儿来,我成了互济会会员了。"他学着老法官的腔调,继续说道:"这是好事情呀! 那互济会在法厅立案了没有哇? 没有! 没有立案,可不就不合法! 不合法为什么枪毙你? 不枪毙了,你先活着吧! 就这样,我就活下来了……"

古易达徐彦哈哈地笑了。

颜季仁收起笑容,悄声问道:"一下子押来这么多人,都有些谁们?"

徐彦嘴快,即刻把自己知道的情况告诉给他。老颜边听着,边把手指捏得"格崩格崩"地响,眉心间耸起一座小山包来。待到听完了,他长长地叹一口气,说道:

"军法处的情形大约是这样的。原来宪兵司令部判过刑的,他们都要重新审理,原则是:持枪暴动者一律枪毙;共产党员和与我们党有联系者一律判刑;与我们党无关系的嫌疑犯一律释放——这也算是他们的约法三章。从过堂的情形看,这里的老军阀们还多少有些旧的法律观点,不比那个法西斯化的国民党,任什么讹诈、强迫、诱骗,任什么卑鄙手段都能使出来。所以……"

"你是说这里可能要好一点吗?"古易达打断老颜的话,略微停顿了一下,接着说道:"我想这里既然是军法处,总会有它'军法从事,的那一套,讹诈诱骗这类手法可能不用,但在蛮不讲理和残暴上,大约和国民党差不多吧?"

"噢?"老颜高兴地看看古易达:"士别三日,刮目以待! 我们老古也成熟了嘛! 自然,好它是不会好的,反动的统治阶级嘛。但也需要做点具体分析。……你先告诉林陶他们,让他和那个看守班长要求一下,把锁在一起的那副镣子给摘开,那太不方便,也太不像话了,这个是可以办到的。还有,这里的生活,也比那个鬼宪兵司令部要好一些,到吃饭的时候,你会在自己的菜碗里,发现几个薄薄的油花呢,如果你喜欢观察的话……"

三个人都摇摇头,笑了。

由于有颜季仁的介绍,新押解来的尹坚、詹英他们,很快就知道了军法处的底细。

这里羁押的政治犯,除了在北平被捕的新顺直省委的同志们以外,其余的便是天津送来的旧顺直省委的人员。新省委的人已经互相了解了,旧省委的被捕的人员情况却相当复杂。

齐远山他们,在监狱里表现很坚定。政治观点却是属于"四中全会派",他们和那些分裂党的右派们,斗争十分坚决,但同时对颜季仁比较客观的看法也很反感。他们来得比较早,又因为党曾对他们进行过多方面的营救,所以一直没有暴露了真实身份。军法处判得也比较轻,算是已经定案了。

还有一部分是以张金刃为首的紧急会议筹备处的,他们属于企图分裂党的小集团。原顺直省委,让他们搞了个稀巴烂。就是在监狱里,也不时制造事端。除了张金刃外,中坚分子叫李若遗,曾经担任过我们党在天津的市委宣传部长。

另外有一个案子,是以郝伦甫为首的一桩大骗案。

郝伦甫在大革命的时候,做过国民党的中央委员,也曾经参加过共产党。大革命失败以后,他吓破了胆子,躲到《大公报》的一座小花园里,写点文章赚点钱,日子还是很清苦的。为了争取他回到革命阵营里来,詹英曾经通过李若遗的介绍,和他单独谈过一次话。郝伦甫神情沮丧,表示再也不愿意和共产党一道走了,他只求平安无事,能做点学问……

到了一九三〇年左右,想“做点学问”的郝伦甫,突然想起发财来了。他买通石友三的参谋长,又纠集了几个同乡,再加上一个李若遗,做起了军火生意。

干起这一行来,郝伦甫的胆子比天大。他和瑞士的一个买办搭上了关系,把军火样品送到石友三部。由于参谋长的极力撮掇,石友三就同郝伦甫订了合同,同意买进四十万块钱的军火装备。合同上写着是分两次交钱。石友三留下样品,先给了郝伦甫二十八万块钱,只以为大批军火就可以到手,不想郝伦甫带了巨款,逃到大连,买了房子,开了旅馆,做起寓公来了。李若遗却成天跑合同,当翻译,忙得焦头烂额。等到案发之后,他第一个被抓了起来。

直到石友三快要垮台了,郝伦甫才又回到天津。那时候,他已经成了个酒色之徒,过着奢侈糜烂的生活。他以为就此天下太平,万万没有想到,石友三眼看要垮台了,却紧紧地咬住他不放。郝伦甫屁股后面,早已跟着一串一串的侦探……

郝伦甫被逮捕之后,第一次过堂就承认自己是“共产党”。于是,刑事犯就变成政治犯。之后,他又给张学良写了万言书,大谈共产主义不适合中国国情,共产党难成气候云云。并表示愿意脱离共产党,坚决拥护张学良将军,还建议东北军在北平建立一个组织,由他和黎化冰等“觉醒”了的“党员”出面,对政治犯加以“训化”……

郝伦甫其人,难成人杰,亦算奸雄了……

掌握了这些情况之后,詹英在放风时,找到了尹坚,他说:

"这几天,我琢磨了一下这里的情况,有些想法,不知道对不对……你看,这里有新军阀的矛盾,也有敌人的中央和地方集团的矛盾,这些矛盾是可以为我们所利用的。张学良入关还不太久,他们在华北的统治还不巩固,他有可能不采取大屠杀的办法,来笼络一下人心。当年奉系军阀杀害了李大钊同志,曾经激起那么大的公愤,张学良大概也不会忘记的。我们的红军远在南方,和东北军还没有过直接的交锋,日本在东北搞得很厉害,他们之间又有很多矛盾……我们利用这些矛盾争取判了死刑的同志不至于死,争取一部分同志判刑较轻些,你觉得有这种可能性吗?"

尹坚沉思了一会儿说:"我同意你的分析,我们以必死的决心争取不死,这是必要的,也是可能的。我们要充分利用一切机会,能翻供的,就坚决翻供;被抓到了证据的同志,要争取减刑,老颜的经验很重要……我们还可以把问题往叛徒身上推,尤其是那个黎化冰,他们死无对证嘛!郝伦甫如果老老实实,我们可以暂时不理他,如果他要乱咬——"

詹英把手一伸,笑着说:

"那我们也就不客气——"

"往他身上推!"两个人一齐说道。

"但愿是我先过堂,"尹坚咬住嘴唇,轻声说道,"那就可以为同志们提供新的经验了……"

詹英望着这位新来的省委书记,心里油然而生敬意。尹坚更瘦了,苍白的双颊上,涌着两团病态的红晕。十根手指,像是干枯了的树枝,能看见道道青筋在突突突地跳动。说话时,不时干咳几声,声音嘶哑无力,显然是病了好长时间了……他不由抓住尹坚的手,动情地说:

"老尹,我们一定要争取让医生给你看看病,这样拖下去——"

尹坚握着詹英的手,缓缓地说道:

"眼下是不行的。我们得蒙住敌人,达到减刑的目的。提别的要求,就会转移火力……党需要我们,我们应该争取尽快出狱……你知道,我这个省委书记,还没有在顺直省委工作一天呢……每想到这一点,我心里都在淌血……"他猛地一阵咳嗽,咳得满脸通红,眼眶里流出了泪水,又不得不弯倒腰,双手按住胸脯,终于吐出一口痰来,他立即用脚踩住了——

詹英已分明看见了那带血的痰,他心头一紧,赶快搀住尹坚,轻轻地给他捶着背。

"我多么想,"尹坚喘着气说,"让敌人就把我一个人关在这座人间地狱里! 哪怕是油煎火烹,在所不惜! 如果我的死,可以换来同志们的生,那么,我的心里也许还可以得到些安慰……我们的道路还很长很长,我们的目标还很远很远,我们苦难的祖国需要我们……可是,我们被犹大出卖了,无数的同志被戴上镣铐,被押上断头台……临来北平时,我和中央一些同志争论过。我们的白区工作,有无数惨痛的教训哪! 为革命前仆后继,浴血奋战,视死如归,这是革命者应有的品质和气节,可是如果我们善于总结经验,吸取教训,我们不是就可以有一条更加准确的路线吗? 我们就可以避免好多无谓的牺牲,积攒起力量来,狠狠地砸在敌人的心脏上……而今,我们只好在敌人的监狱里开展斗争了。我这个省委书记,如果不能代同志们分担不幸,分担痛苦,我死难瞑目! 詹英同志,我们都有一肚子的话,总有一天,要对党好好说说……"尹坚又咳嗽起来,不得不停住话,微微靠在詹英的肩头上……

詹英扶住战友瘦削温热的身躯,心里涌动着一股难以遏止的暖流。他想说:"尹坚同志,你别说了,我心里明白你的话,同志们经过这无数的风风雨雨,也明白你的话呀!"然而,那股热流哽在喉咙里,他任甚么话也讲不出来……只是轻轻地、轻轻地给他捶背,另一只手抚摸着他的嶙峋瘦骨,也是轻轻地、轻轻地……

两颗鲜红的共产党人的心脏,紧紧地靠在一起,犹如天边那一抹灿烂的云霞。

15

这批政治犯一押到军法处来,处长阎文海就命令全处人马立即筹备开庭。宪兵司令部的审讯档案,他信不过,他让法官们依据处里的三条章法,着实认真甄审,重新定案。

提审的第一个人,就是詹英。

"你是共产党吗?"法官问过姓名之后就这样问他。

"我是共产党。"老詹直截了当回答,并且像是再不准备说什么话了。

"共产党是怎么产生的,你懂吗?"

"我——"

"你懂得什么呀?"这个法官是留苏学生出身,对苏联的事情懂得些,又看见詹英这般年轻,说话都不知道深浅,所以不由得鼻孔里哼哼两声,接着问道:

"你什么时候参加的?"

詹英故意把胸脯一挺,回答说:

"我参加不久。"

"谁介绍的?"法官问。

"黎化冰。"老詹答。

"黎化冰？他介绍的你，为什么还把你供出来？"

"这个人跟我不大好，"詹英说，"另外，这个人贪生怕死。以我看，要说共产党，他是不够资格的。"

"那么你够资格？"

"我够资格，"詹英说，"我觉得共产党不错，所以我才加入嘛。"

"你知道共产党是个什么不知道？"法官还是他那个调头。

"那我就不大清楚了……"詹英觉得这一步台阶是比较容易就的。

"你现在担任什么工作啊？"

"我就给黎化冰当秘书嘛。他叫我写点什么，我就写一写；叫我抄点什么，我就抄一抄。但是我是相信共产党的。"

坚决相信共产党，狠狠咬住黎化冰，詹英紧紧地掐住了这条线，和法官周旋。法官沉吟了一下，说：

"为什么他供出这么多人呀？"

"我也不知道。"詹英回答，"大概他想活，就把别人往火坑里推呗。"

"我明白了。"法官把话岔开，又举起一本《三国演义》来，问道：

"这一本书是在你那儿查到的吗？"

"是在我那儿查到的。"

"这是一本什么书，你知道不知道？"

"这是共产党中央送给黎化冰的，黎化冰交我替他保管。"

"这里面都有些什么，你知道不知道？"

"我新加入，"詹英说，"黎化冰告诉我，这个我还不能看。里面有些什么事，我不知道。"

"啊！交你保管可不准你看；他看，他可不肯保管，这就证明他真是个坏人哪：有了功，是他自己的；出了事，他也好嫁祸于人了。"

法官发了一顿感慨，随即脸色一变，喝道：

"你说的可是实话？"

"是实话！"

"你知道，说了假话，我们要枪毙你的！"

"我愿意和黎化冰当面对质。"詹英故意把法官逼了一步。

"啊？你说什么？"

"不能光让我吃官司，我得当面和黎化冰说说，是他指使我干的，为什么他倒整天高高兴兴地活着！"

"他高高兴兴地活着？"法官仔细看看詹英，见他果然是一脸怒气，好像真不知道黎化冰已经到了另一个世界。他一时来了兴致，就想逗逗这个年轻犯人：

"你真的敢和他对质？"

"我怕什么？到时候，一切就都明白了！"

"那明天就对？"

"行！"

"就在这儿？"

"好！"

"哈哈哈……"法官终于忍耐不住，他笑着说，"你跟他对质，怕是下一辈子的事了！"

"他病了？"詹英故意着急地问。

"这你就不要问了。我们张副司令官，是见不得贪生怕死的孬种的！你想想，这种人，会有什么好下场？好了，不谈这个了。"

詹英赶紧插了一句：

"哼，便宜了他！"

法官又一次把话岔开：

"你这个共产党员，都看过些什么书？"

"也没有看过什么。"詹英说，"俄国革命史之类的书，我看过。"

"俄国共产党里，分成几派？"

"几派？我不知道呀！"

"你知道布尔什维克和孟什维克吗？"

"不太清楚，也知道一些。"

"布尔什维克的领袖是谁？"

"好像是列宁吧?"詹英虚虚实实地回答。

"那孟什维克的领袖呢?"

"那我就不知道了。"

"哼,还得我来告诉你!你知道的还不如我知道的多呢。记住,孟什维克的领袖,是普列哈诺夫。你说一遍,我听听……"

第一场甄审就这样结束了。

詹英回来之后,把情况一说,大伙儿笑得前仰后合,都觉得原来的估计是正确的。

"我讲的还重了一点,"詹英笑着说,"大家还可以根据自己的具体情况琢磨一番,尽可能要轻些。要一口咬住黎化冰,要军法处把黎化冰提过来,要求当堂对证,我们得改变一下战术,基本上不采取在宪兵司令部那种硬碰硬的办法……".

放风的时候,尹坚、詹英、颜季仁走到了一起。他们进一步仔细研究了翻供的方法和步骤,决定发动各个牢房分头串通,互相帮助,详细研究每个同志的案情,寻找具体的应付办法。既要协同步调,互为策应,又要单独作战,各打各的官司,决不能使敌人看出来是有组织有训计划的行动。要坚决,但还要入情入理,使我们提出来的反击,敌人无法驳倒。

他们还研究了那个留过苏的法官。颜季仁说:"说来我们这些人还算是前后同学呢,如今他倒来审问我们,真他娘的憋气!"

尹坚笑着说:"是啊!物以类聚,人以群分哟!我们留苏的这些人,自然是继续革命的为多,但成分也太复杂了。有一种,干脆就是国民党派去准备回来整治我们的。也有受托派影响很深的,干脆就投降了托派。这都属于敌人的营垒了。革命派的程度也并不一致,有的是真正的马克思列宁主义的信徒,但还有待于在中国革命的实践中去考验和锻炼;有的虽然是忠心耿耿为革命,但在方法上就要硬搬俄国。在这革命派和反革命派之外,也还有另外一些人。"说到这里,他向着老詹笑了笑,"这些人,用你的说法来概括倒也差不多。"

"我说什么来着?"老詹问。

"你记得我们第一次见面吗?"老尹说,"你叫这些人都是'吃面包的'。"

老詹也笑了:"我可没有说你。咱们现在都吃窝窝头,吃得很香美。"

老尹喘口气,接着说:"这些人里,有的贪慕红色革命家或其他红色专家的美名,却又害怕革命的危险和艰苦,客厅里谈谈还可以,根本没有决心到实际里去应用。或者是徘徊观望,要等到革命能给他革出面包来的时候,他才参加的。也有原来表现还比较好,但一回到国内,敌不住黑暗势力的袭击,或是消沉,或是蜕化,或是逐步趋向了反动。也还真有名副其实的面包主义者。你说他积极地反动吧,他也没有;他在国外确实也就是吃过几天面包,并没有真的学点什么;回到本国也就是找个可吃面包的地位;面包是社会主义的呢,还是地主资产阶级的呢,在他看来也好像关系不大。总之,虽然同是在社会主义的苏联留过学,却也形形色色大不一样,都要在他们的社会实践中才能分别出来。老詹说的这个法官,似乎接近于后一种。但这个人有一定程度的正义感,这一点是不可忽视的。"

"你这个分析很透彻。"老詹说,"对这个人的判断我认为也很对。这个人是有那么点瞧不起人和充内行的样子,这是次要的。主要的是他还有一定的正义感,我甚至于觉得,争取某种程度的同情也还是有可能的,这就要看条件。至于他那点自尊心也罢,虚荣心也罢,我们就避免去触伤它。"

"是的。"老尹赞同地说,"如果有可能的话,哪怕是很少的一点,于我们也是有好处的。要是这人真的有点正义感和同情心,我们反而嘲弄了人家,那我们不是轻薄也是鲁莽了。"

第二天,提审林陶。

当林陶搀着何谦,"哐啷哐啷"走进法庭的时候,正好活阎罗阎文海也坐在堂上。没等法官说话,他就先站起来问道:

"这是怎么说? 怎么两个人铐在一起嘛!"

林陶不说话,故意把脚镣弄得更响些。何谦已被折磨得十分虚弱,等林陶站定了,他就重重地靠在他的身上,大张开口喘着粗气。

活阎罗的秘书大声说道:

"处长问你们话呢! 你们这是怎么搞的?!"

林陶装做害怕的样子,嘟囔着说:

"我不敢说呀,要是再说错一句话,把我们两人的手也铐在一起,我们还怎么活……"

活阎罗怒声喝道:

"混账!到底怎么回子事,说!"

林陶就按预先编好的话说道:

"进牢那会儿,这位难友兄弟正好拉肚子,拉得面黄肌瘦,走起路来都摇摇晃晃。我看他实在可怜,都是受苦难的人呀!就每天搀他一把,不想让吴特派员和黎司令看见了,就说我们是同党……"

阎文海火了,把桌子一拍,喝道:

"哪个是黎司令!"

"就是……就是黎化冰司令呀……"

"谁说他是司令?"

"好像是吴特派员呀!"

"他怎么说?"活阎罗气得胡子都翘起来了。

"他说……"

"说嘛!"法官也喊道。

"他说,你们要像黎化冰那样,把知道的人都供出来。老黎就要当宪兵司令部的司令了——这可是吴特派员的原话呀……"

"妈拉个巴子!"活阎罗"嗵"一声跌在椅子上,眼见得眼睛都红了。秘书要搀他出去,他一挥手,对法官说:"你问吧……"

法官正正头上的帽子,一本正经地问:

"你是干什么的?"

"我来求学的呀,都说北平有好大学,我大我妈就让我来北平碰碰运气……"

"你从哪儿来?"

"陕西。"

"多会儿被捕?"

"到北平头一天。心想我大我妈赚几个钱不容易,咱也不住那旅馆,贵巴巴的,哪里是庄户人家子弟住的地方? 白天跑累了,晚上我就睡在树林子里。不妨刚睡着,就听见'刺儿刺儿'地直响,咱以为是着火了,赶快就跑出来救火,不妨就被宪兵逮住了……还说咱是共产党,还不让说话,一说话就往死里打——"

"行了行了!"法官打断他的话,又问何谦:

"你是干什么的?"

何谦抬起头来,看一眼法官,又把头低下了。

"难友,"林陶把他扶直了,"你就挣扎起精神来说上几句,看来这挞儿和那挞儿不一样,还让咱这小地方的人说话哩……"

"你就少说两句!"法官打断林陶的活,又问何谦:

"你是共产党吗?"

何谦摇摇头。

"你是干什么的?"

"我从冀东……冀东来北平……想找个活儿……活儿干干……"

"你怎么和共产党接头了?"

"我到处……到处求人……帮个忙……"

这时活阎罗站了起来,用手支住桌子,对法官说:

"别问了,先把镣子砸开! 这叫干什么嘛! 土匪也不能这么干呀! 这还有点法律没有? 吴仁维这小子,真该让他也蹲几天禁闭!"

说罢,恼悻悻地先走了。

提审尹坚的,仍然是那个留苏回来的法官。

他先问了几句例行话,一知道尹坚是从苏联回来的,就有一点另眼相看的样子,没有表露出来"你懂什么呀"的态度。但也恪守自己的身份,既不向尹坚充内行,也没有说他自己在苏联留过学,倒像想多听听对方的谈话,探知一点虚实。尹坚一想,这倒也很适合于这个人的地位,并且也便于自己自由发挥。

他承认自己是共产党员。当初抱了一颗青年人救国与追求真理的热心到苏联留学；苏联建设的成功与苏联人民的革命热情，激发他成为一个共产主义者；学业完成之后，就决心回到祖国寻找共产党参加革命，因为他认为"以俄为师"是中国革命唯一应走的道路，坚持这条道路的，只有中国共产党。但在踏上国土不久，就遭到了叛徒的陷害。他自己既未有任何的实际行动，更没有担负任何的职务，叛徒却要诬陷他，把他说得那么重要，这样，叛徒陷害人的"功劳"自然也就更大了，这就是那些家伙们的卑鄙目的和他们卑鄙的手段。

尹坚边咳嗽边不停地说着，法官看来颇有感慨和肃然起敬之意，他请尹坚坐下来谈，尹坚微点一下头，接着说道：

"而这也是国民党反动政策的必然结果。怎么可以说'宁肯错杀千人，不许轻放一个'呢？连沙皇也没有这样提过呀？这样，国民党就聚集起一伙宵小无赖之徒，就像吴仁维黎化冰这类的人，把陷害青年作为他们的进身之阶，一朝权柄在握，就得以上下其手，逼害构陷，为所欲为了。我这次要不是身历其境，对这些罪恶勾当简直是难于置信的。"

接着他就叙述到自己的遭遇以及在宪兵司令部所受到的种种酷刑。他谈得很愤慨，甚至敲起桌子来了。他还说，在这种迫害之下，他相信必然有的青年和自己遭受过同样的蹂躏，甚至比自己还负了不白之冤的。

"其实以我看，"尹坚说，"许多青年都还是太年轻，究竟知道不知道共产主义的 ABC，怕也难说哩。"

"我前天就问过一个人，他连普列哈诺夫是谁也不知道。"法官插了一句话。

"就算他知道也不能证明他是共产党嘛，"尹坚推而广之地说，"就是去过苏联的，也并非都是共产党呀。但是这些利禄熏心的小人不管你这个。只要你沾点进步的边，沾一点'共'字或'苏'字的边，他就把你当作危险人物，当作异己，要收拾你，陷害你。他们唯恐天下不乱，我看国民党终究会倒败在这等人物的身上。"

法官看来很注意这些话。尹坚继续说道：

"我自己是坚信共产主义的，即使为此而需要献出生命，我也无所顾惜。但是，陷害我的人，须要拿出真凭实据来。血口喷人是不行的。我要求和黎化冰对质。"

"这……"

"请法官先生传他来。"尹坚说，"我们互不认识，他凭什么陷害我，定我的罪？好了，他何时来，我何时奉陪。"说着，就站了起来……

16

  在人生漫长的道路上,如果以年龄分界的话,二十岁该算是极其辉煌的路标了……比如男性青年,当二十岁就要来临的时候,你就会觉得,热血在周身奔涌,双臂有着回天之力。喉结显眼地凸现出来,脸上那淡黄的茸毛退去了,代之而起的是男子汉值得骄傲的胡须……你就会觉得,当你将要跨进二十岁的时候,突然间脱去了那多的稚气,那多的莽撞,是那么渴望着爱情,那么渴望着创造一番事业,有着那么丰富的想象,那么宏伟的抱负……于是,你激动不安,你吃不香,睡不着……

  当顾亦雄跨进二十岁的时候,已经干出来一番轰轰烈烈的事业了!

  他仿佛是一个天生的革命家。十五岁的时候,嗓音正还尖脆呢,他就投入到学生运动中,是一名极为活跃的骨干分子。到了第二年,他被党组织委派到保定市郊粪厂发动工人,人们见了这小青年,捂着嘴哧哧地直笑。不想正是他,跳到一辆粪车上,慷慨陈词,一腔激情像决堤大水,滚滚奔来。当讲到帝国主义在中国土地上横行霸道,野蛮屠杀手无寸铁的中国父老乡亲时,他泣不成声,涕泪横流,那爱国的热忱,那青年的纯真,把粪厂工人深深地激动了……

  顾亦雄热情、爽朗,像一颗熠熠生辉的珍珠一般。社会的黑暗,人间的不平，政权的腐败，民族的危机，迫使他早早地成熟了。他渴望着像岳飞那样，驰骋疆场，以身报国。他钦佩勾践的宏大抱负和顽强精神，在书桌上刻了"卧薪薪能刺吾心，尝胆胆以壮吾志，有志竟成"的警句。十七岁时，他加入了中国共产党。从此他就把自己和祖国亿万受苦受难的父老乡亲紧紧地拴在一起了。

大革命失败后，在一片白色恐怖中，顾亦雄只身到了北平。冒了许多的风险，他终于又找到了党组织，并接受组织指派，在国民党的军校里，先后发展了二十余名党员，秘密建立了党的基层支部。他是年轻的播火人，在漫漫的长夜里，他高擎起火把，引燃了点点火种……

哦，二十岁，在这人生珍贵的短暂日月里，顾亦雄干了多少轰动天地的大事呀！他穿梭般往来于北平、天津、唐山之间，趁了军阀混战之机，组织了众多的工人纠察队和农民武装小组，拿起枪杆子，向着黑暗开火，向着邪恶冲刺！他圆圆的脸，被太阳晒得黑黝黝地发亮，他结实的肌肉里，蕴藉了砸碎整个旧世界的力量……他被悬赏通缉，他被关进监牢，但那英锐迈往的豪爽之气，却从未稍减半分。一出牢门，他就又投身到革命的洪流里……

在他生命最光辉灿烂的日月里，他为党干了那么多的工作……一九三一年七月三日下午三时，年轻的顾亦雄，在一座坟地里召开了紧急会议，当晚十时，他领导了一次震动华北的武装起义，把国民党部队的七个连队拉了出来，激战半小时，攻占了一座县城。起义部队高唱着：

人民勿要自相惊扰，

我们红军为的是爱国救民……

小县城轰动了！到处是起义部队散发的传单，到处响着起义部队雄壮的歌声……年轻的顾亦雄，率领着浩浩荡荡的起义军，经平山、灵寿、直开到阜平县。他曾经在那里转战数载，建立起牢固的根据地来，也正是在那里，他曾经和顺直省委的军委委员詹英促膝谈心，领着他检阅了雄赳赳的赤卫队员，看了那面从绿树荫中飘出来的鲜艳的红旗……詹英走的时候，他送到十里之外，站在高山嘴上，向着自己的同志不停地招手……

如果革命继续这样进行下去,该有多好! 一下子组建起一千余人的正规部队,一下子成立起阜平县苏维埃政府,一下子发动起万千的人民群众……尽管,在这雄壮的歌声之前,曾经有过艰难的前奏;尽管,在这振奋人心的胜利之前,曾经有过无数挫折,吃过无数苦头,但革命最终不是胜利了吗?

顾亦雄万万没有料到,就在这顺利之中,歌声之中,他竟突然落进虎口里,任怎么抗争,也难免被这恶畜伤害了……

从踏进革命阵营之后,他经历过无数的风险。枪林弹雨、追捕坐牢……他不是都挺过来了吗? 但是,他毕竟才刚刚跨进二十岁,也许还有点稚嫩,也许是被那巨大的胜利陶醉了……他没有料到,凶恶奸诈的敌人,会对他使出另外的招数来。

他上当了!

石友三配合两广军阀反蒋战争的计划失败后,全军被歼于衡水地区。残部沈克狡诈刁滑,旋即收拾残兵败将,投降了蒋介石。为了取得信任,沈克很快盯上了顾亦雄率领的红二十四军。

他不敢硬打,便设下毒计,先派出一支队伍,声言要投降红二十四军。又派了代表和顾亦雄接洽,请求收容改编他的部队。他还亲自到了红二十四军司令部,捶胸顿足、声泪俱下,对顾亦雄说:他早就想参加革命了,多年来却搅在军阀混战的圈子里,实在是事与愿违,对人民负下了很大的债,现在他真正觉悟了,也觉得再无其他的出路了,他诚心愿意加入红军,跟着共产党闹革命,希望这些革命的先进分子,不要抛弃他们这些热心的后进分子……

司令部召开了会议……年轻的指挥员们,实在是太热心,太天真,太幼稚了呀! 他们就只以为这些杂牌军,常常受到蒋介石嫡系部队的歧视、打击和排挤,就只想到他们处境困难,想在这种时候拉他们一把,就只想到有这样一支人马加入进来,红二十四军的声势就更其雄伟浩大……

沈克正是利用了这幼稚,迅速把队伍拉到阜平附近,他请求顾亦雄检阅他的部队,还给红二十四军送来一批枪支弹药……

终于，顾亦雄动心了。他率领了十八个人，携带着猪羊肉、面粉，到了沈克驻地，一进村，就被重兵包围，不容掏枪，便被五花大绑起来……

第二天，当军部其他领导同志到沈克驻地受降时，半道上中了埋伏，七位同志惨遭杀害……

顾亦雄被星夜解到北平，关押在军法处。这次事件，震动了北方的军阀。报纸惊呼：

……太行山脉，蜿蜒千里，北可经蔚县入宣大，横截平沈一线，南可出井隆、掠石邑，折断平汉要冲，下临则易定可取，远征则平蓟可窥，今共军虽有千人，则不久即可满万，俟其羽翼养成，则包围无所施，窜扰不及防，较之江西有过无不及矣！今幸有沈君巧施妙计，活捉顾匪亦雄在前，伏击余党在后……此等顽匪，不杀更待何时……

各军阀也纷纷致电张学良，要求严惩不贷。军法处显然忙碌起来，别的案子都暂时推后了。

活阎罗亲自来过顾亦雄的堂。

顾亦雄拖着八斤重的铁镣，一步一步挪进法堂来。

只一天的工夫，他已经变成了另外一个人。终日那开朗的笑容不见了，眉头上有了一道道的皱纹；身上布满血迹，走起来一瘸一拐……两只眼睛里，喷吐着愤怒的火焰。

一见他进来，活阎罗大喝一声：

"跪下！"

堂上的宪兵们也跟着吆喝一声，接着就跑过来，七手八脚地按住顾亦雄。

顾亦雄把身子一挣，怒视着活阎罗，朗声说道：

"我们共产党人，不能向你们下跪。我们对人民没有干过坏事情，任何一件坏事也没有做过，做的都是好事。我们问心无愧。为什么要下跪呢!?"他强支撑着身体，在地下挪了两步，接着说道，"只有一宗事情我做错了：我把不该当人看的人，当人看了。我上了沈克这个奸贼的当，这就是我的错，因此我被捕了。"他咬着自己的嘴唇，略一沉吟，又说道，"没有多少说的。我是共产党员。你们想怎么办,就怎么办吧!"

活阎罗听了这些刚劲有力的话,看来很是动容,他干过红胡子,对于这种有骨气的人,他从心里是折服的。但顾亦雄犯的是发动兵变持枪暴动的罪,这又是军法处所不能容忍的。

"我们要枪毙你!"活阎罗说,"你还有什么要说的吗?"

"我就没打算从你们手里活着出去;但若是出去了,我还要组织军队,用枪杆子打垮你们!死我一个人,没有什么关系,我们的人多得很,将来总有一天,我们会把刀子搁在你们的脖子上,你相信这一点吗?"

活阎罗被问得张口结舌,他把桌子一拍,朝门口的宪兵喊道:

"把那个小玩意儿带上来!"

就听见门外有宪兵喊:

"带刘小光……"

被带进来的,是顾亦雄的小通讯员。

他只有十五六岁年纪,柔嫩的脸上,一双眼睛好奇地打量着法堂里如狼似虎的宪兵们,当看到顾亦雄之后,他眼睛一亮,响亮地喊一声"首长",就趔趄着往前跑去,不料被那副重镣绊了一下,眼看就要摔倒了,顾亦雄紧跨一步,把刘小光紧紧地抱在怀里。

活阎罗捋着白胡须,哼哼地冷笑道:

"你拖累了这小孩子,你不觉得太残忍了吗?"

小通讯员把身子一挣,对着活阎罗说:

"你这老头子怪了!我是自愿参加革命,怎么倒说首长拖累了我?什么叫残忍?你们监牢里关了这么多人,你们残忍不残忍?要杀就杀,少说废话!"

活阎罗被噎得直瞪眼睛,他不想再审了,把手一挥,让人把顾亦雄和小通讯员押出去。

正是放风时间。

顾亦雄拖着大镣,昂首朝着一群难友走去。宪兵和看守们在后面拉他拽他,他一边挣扎着,一边喊道:

"你们要干什么！你们还有点中国人的良心吗？你们为什么不让我说话……"

詹英正和邓天池说着话，一听这熟悉的声音，马上转过身子，抬眼一望，霎时间惊呆了。古易达和徐彦他们也认出了顾亦雄，一齐拖了镣要走过去……

顾亦雄心里热乎乎地。他终于又看见了自己的同志，自己的战友！他有多少话要对他们说啊，尤其是詹英，就在几个月之前，他们还无数次地讨论过革命前途。现在，他们相遇了。

顾亦雄想说：老詹啊，我们真是太幼稚了！老乡们，兵士们，那么热诚地拥护我们，我们已经取得了那样重大的胜利，却偏偏在这时候，干了这样的蠢事，犯了这样严重的错误！我们付出了惨重的代价，对不起受苦受难的父老乡亲呀……

他还想对古易达、对徐彦、对他认识的和不认识的所有难友们，同志们说：同志们哪，死我一人不足惜，请记住我们血的教训吧！如果因为我的死，而能使以后的革命战争少受挫折，那么，我死可瞑目了……

他还想说……

然而，他什么也没有说出来，他用眼光止住了向他走过来的同志们，然后，迅速地扫了大家一眼，目光最后停留在詹英的脸上——也许是一瞬间，也许停了好长好长的时间……

总之，顾亦雄感到了一种满足。他毅然转过身，挺起胸膛来，走向监禁自己的地方——死牢……

平静了一天。这是一种令人悬心的平静。詹英通过好几位看守，终于知道了小顾被捕的原因。他的心，被这件事紧紧地揪住了……

要来的事终于来了。

第三天早上，天色黯淡，晨风里传来看守急促的喊声：

"顾亦雄！"

"刘小光！"

"……"

人们都从床上翻身起来，屏息听着。詹英"嚯"的一声坐起来，紧紧地攥住被角。

没等再喊第二遍，一个洪亮的声音，响彻了整栋牢房：

"永别了，难友们。"顾亦雄高声喊道，"共产党万岁！"

"共产党万岁！"随着一个稚嫩的声音，牢房里也有人喊起来⋯⋯

这是受难者们此时此刻包含了一切的共同言语了。

接着就看见顾亦雄挽了那小通讯员，伴着"哐嘟哐嘟"的铁镣声，被一队宪兵押了出去。

整栋牢房像死了一样，连平常凶狠的看守们，也呆呆地戳在牢门口。

人们等着汽车的响声："呜——呜——呜——嘟，嘟，嘟，"它总是那样刺耳地呜叫着把判了死刑的人拉出去。

但是也没有。

大约有半顿饭的工夫，只听见在牢房的后面，隐隐约约有喊"⋯⋯万岁"的声音，接着是几声清晰的枪声。

隔一小会，又是一声⋯⋯

⋯⋯后来才知道，临刑前，活阎罗对小通讯员说，

"你这个小孩子，不要跟他们学，你向这些大人们行个礼，说声谢谢，我们就放你回家去。"

不想刘小光斩钉截铁地告诉他："我不是小孩子，我是我们首长的革命同志。我和我的首长一块儿生，一块儿死。想让我对你们低头屈膝，没有的事！别再要你们的圈套了，要放你们就干脆放，放了我，我还是要消灭你们的！"说着紧紧地靠上一步，挪到顾亦雄倒下去的地方直直地站着——

枪响了⋯⋯

17

詹英难过极了。他说不来自己心里是怎么一股味道,只觉得浑身上下的细胞和脑袋都像要炸裂了似的。他真想捣毁些什么,但一时又找不到该要捣毁的东西。他的拳头不自觉地握紧又展开,展开又握紧,把手指骨握得"叭、叭"地直响,好像要把所恨的东西们一起都抓来,握在手心里压成齑粉一样。手指把手心掐进去那么深,简直像要掐透似的,直到感觉到疼了,他才稍微放松一点,然后又狠狠地用劲去掐。

他真不敢相信,热情爽朗的顾亦雄,就这样离开了人间,离开了同志,离开了党……

"什么是死啊?他是能够死的吗?"

他一动不动地躺在铺上,成百次地这样问自己。

他怎么也不能相信啊!

"死"这个概念,第一次确确实实闯进他的脑子里来。他自己有过许多次接近死亡的危险时刻,但却从来没有认真想过这个问题,甚至也没有想到过这算个问题。但现在,却因看战友的牺牲,接触到它了:这既不是恐惧,也还不全是悲恸。却是一种为他所无法控制的客观现实。他之所以感到那样一种特别的说不出来的难受,正因为他无法控制它,要是他能使它落到吴仁维那类人的身上,那该多好啊!要是它落到自己的头上时,他倒也无需作这无可挽回的努力了!

吃饭的时候,他推说肚子不好受,没有去,邓天池问他:要不要带点什么东西来?或者让医生看一看?他微微摇摇头,又合上了眼睛。

蒙眬间,他听见有人推开了牢房门。起先,他并不在意。后来听得有人进了门,似乎朝他走过来,他就强睁了眼睛看去,却见好像是个看守,正用一种异样的眼神看着他。

詹英觉得奇怪,却也不动声色。正待闭上眼睛,就见有一个小纸团稳稳地落在他的枕边。来人立即转身走了,牢门"咣"的一声响……

詹英轻轻拈了纸团,慢慢展开来,一眼就看见了顾亦雄的字体。他的心"忽"地蹦到喉咙口,赶忙用被子蒙了头,又撑开一道小缝,借着微弱的光线,一字不遗地读起来。

这是两页很粗糙的废纸,正反两面写满了密密麻麻的铅笔字,有的字迹工整,有的却潦草难认。詹英按捺住自己激动的心情,一行一行地读下去!

亲爱的同志:

当你看到我这封信的时候,我们就永别了。在这个时候,我多么愿意再看到你一次呀!我还有多少话想要和你谈谈呀!但是不能了。反动统治阶级隔离着我们,不能了。时间也不多了,可能就在明天。看守说:敌人也争论过;但是,驻路军的高桂滋特地从安阳赶来,攻得不行,敌人的意见也就终于一致了。原来,反动军阀所最害怕的事,就是搞兵变呀!高某还要挟说:要不坚决地快办,他的军队,他就不管了。因此他们最后决定:立即就地正法。——什么他妈的"法"呀!终有一天人民会一个一个审判这一群疯狗的,但是此刻,这个"法"就落在我们的头上了。

亲爱的同志,战友,老哥!不晓得为什么,我这个时候的心境,竟是异常坦然、平静,甚至是愉快的,就像一个人经过一段长远的跋涉之后,终于达到了一个过站一样。在这个过站上,我不得不停留下来,但是到明天,或者就在此时,却有更多的同志从这里出发,他们会把我的信念和希望,我的努力和抱负，带到更新更远的地方，带到未来……那么什么是死亡呀！死亡也消灭不了我们，死亡也打不散我们的。这种坦然的心情，是从我们在这里见面之后开始了的，从那时起，我就有了两种准备：一是，如果还能活着，我就要同着你，同着许多好同志，利用蹲班房的机会好好地学习一番。我还多么年轻呀，我非常渴望学习，我也非常热爱生活。但这是不能由我们决定的，因此，二就是，英勇地赴死；现在就是这后一个要实现了。人总是有生有死的。而有目的有意义地死，它就唤醒了更多的生命，激发更多的人起来为革命而斗争。我记起来小时候，先生给我讲过文天祥的故事和《正气歌》，此刻有一句话跑进了我的脑子里："读圣贤书，所学何事"，我在党的教导之下，也读过点马列主义的书，虽然不多，但所学何事呀？我如果没有学到一点要同我的阶级兄弟和劳动人民同生死共呼吸的决心，那就一切都白学了。我们古代的志士仁人，都懂得"杀身成仁，舍生取义"的道理，只是他们的理想和命运，不能不为当时的历史条件所局限：他们只能把最高的理想，寄托在一些所谓圣君贤相或是英雄救世主上面。而我们，却依托在历史上最先进最有前途，将来一定要掌握全人类命运的国际无产阶级运动的上面。党把我这样一个贫农的儿子培养成长起来，使我的生和死，能和这样一个必然胜利的阶级联系在一起，这就是我所引以为豪和觉得安慰的最大原因了。

使我感到遗憾和痛心的是，我这次犯了错误，而这个错误是要付出巨大的代价的。我不是指我自己（当然也包括我在内），也不仅指和我同来的同志，我是指我们那个存在了不几天的新苏区的群众。这时我特别想起来一位姓李的大娘。在打倒土豪分了田地之后，她非要请我们吃一顿包饺子不行，我再三推让也推让不掉。这位老大娘把她的儿子叫过来说："你给政委端过去，他要不吃，你就给他跪下。"儿子是个忠实的赤卫队员，过来说："政委，看在我娘脸上，这两盘饺子，你是非吃不可了，要不我就……"说着，他简直真要跪下，可把我吓慌了。我赶快接过来说："吃，吃，一定吃。"我对大娘说："我们红军都是劳动人民的儿子，我们今天吃了大娘的饺子，一定要更好地保卫人民的革命果实，永不离开人民。"这才大家都乐了……现在

114

我想到了这位大娘,想到了她的儿子,还有许多老百姓,要为我们的失败付出多大的代价呀!这是不可弥补的损失!

特别值得引以为教训的,是我们成功了而又失败了,成功之后失败了!我们没有学会保持和巩固胜利,没有学会从一个胜利走向另一个胜利,从小的胜利汇总到一个大的胜利,从目前的胜利发展到最后的胜利。我们被眼前的胜利所迷惑,放松了警惕,因之造成错误,招来失败,一着棋走错了,就输了全盘,这个血的教训是值得记取的。而这个责任主要在我,在这一点上,我觉得我是深深有负于党的委托,有负于同志们的期望的……但我坚决地相信:中国革命决不会失败!我为它而牺牲,感到无上光荣。敌人的残暴,只能暴露他们的心虚胆怯,他们将看到一个共产党人在死的面前怎样不可撼摇地坚信自己阶级事业的必胜。发抖的将是他们,绝不是我们!

亦雄绝笔于狱中

……不知从什么时候起,詹英的眼泪涌了出来。他越揩,泪水越多。后来索性任它斑斑点点地滴落在铺上。他支撑着身子坐起来,一边慢慢卷起战友的遗书,一边在心里呼唤着:

"唉,人们呀,你们以为我们就没有过悲恸吗?我们就没有流过眼泪吗?你们以为革命的成功就一直是在胜利的欢呼声中达到的吗?如果你们那样想,你们就会多么错误,多么不懂得珍爱它了呀……"

随着泪珠轻微的"吧嗒"声和心声的发抒,他感觉着松爽得多了。年轻战友的形象,在他的眼前更加鲜明高大起来,他仿佛看见顾亦雄生龙活虎地活跃在群众当中,又仿佛见他立在山头上向着自己招手:那是一座巍峨的铜像……

对于战友最好的悼念,莫过于继续战斗——是的,顾亦雄同志在一个过站上停下了,更多的同志应该从这里出发,把他的信念和期望,把他的努力和抱负,还有他的赫赫英名,带到更新更远的地方,带到未来去!

詹英从床上跳下来,用缸子里的水蘸湿手巾,擦去了脸上的泪水,然后仔细地折好那两页纸,捏在手心里,朝饭场走去。

尹坚见他走过来,关心地问道:

"你病了吗? 脸色很不好啊!"

詹英把纸卷悄悄地塞给尹坚。

顾亦雄的遗书,在牢房里悄悄地传递着……

最激动的,要数邓天池了。他看完这封豪壮深沉的绝命书,一把攥住詹英的手,含着热泪说,

"我们一定要想个法子,悼念顾亦雄同志!"

"好主意!"古易达高兴地称赞道,"你想好了没有,用什么法子?"

"唱歌! 用歌声抚慰英灵,用歌声寄托我们的哀思……"

"可是军法处不会允许我们唱《国际歌》的。"徐彦说。

"那我们唱别的!"

"唱什么?"詹英很感兴趣地问。

"唱列宁最喜欢的那首歌。"

"'感受不自由莫大痛苦'?"

邓天池兴奋地点点头。

詹英沉思着……他怀念牺牲了的顾亦雄,但邓天池的成熟又使他十分高兴。小邓喜欢唱歌,一切他所不能用语言表达的情感,他都把它们装进歌子里唱出来。他唱得那么感人,使一些平素不爱唱的人也常常跟着他哼起来,那不仅仅是因为词句的含义,也不仅仅因为他有一副好歌喉,更主要的是因为他内心充满了真挚的感情,凡是听他唱的人,都能觉察到这个青年的革命情感是正在高涨与亢奋之中的,因此它便起了同声相应同气相求的作用,使人觉得那歌声,曲曲钻入自己心中,曲曲抒发出自己的情感来……

用歌声悼念小顾,是需要的,应该的,也是在监牢里唯一可取的办法了。沉思良久,詹英对邓天池说:

"小邓,你看这样好不好? 咱们的追悼会由我来组织,到了唱歌的时候,你领个头,行吗? 你考虑到了没有,也许我们这座大牢里,会有人告密,

那么,我们俩也许会被拷打、加刑——"

没等詹英说完,邓天池把手一劈,斩钉截铁地说:

"干!"

晚饭之后,詹英对全牢房的人说:

"难友们,想必大家都听到昨天的枪声了。我们不知道是哪几位弟兄又遭了难,我们活着的人,总该表表心意吧?同是天涯沦落人,我们也管不了他们犯了什么案子,愿意的,我们朝着昨天响枪的地方默哀三分钟;不愿意的请便,谁也牵累不了谁。我们做人,总得有点良心……"

先是尹坚、古易达、徐彦、颜季仁、林陶、邓天池默默地站起来,随后,何谦也挣扎着站起来,接着,是齐远山……

人们默默地低了头,向烈士致意。相识的,不相识的,聚居在大牢里的一百多名囚犯,尽管心情各有不同,但往日的隔膜在渐渐地消散、消散……

邓天池深沉的歌声响了!

感受不自由莫大痛苦,

你光荣地牺牲了……

詹英他们跟着唱:

感受不自由莫大痛苦,

你光荣地牺牲了。

在我们艰苦的斗争中

你英勇地抛弃了头颅……

这歌声好似从地底发出。接着,凡是会唱的和不完全会唱的,都像通过了一股电流,把自己的歌声也加入了。结果,像是谁也不知道谁在唱,但整幢屋子都浸在了歌声中。这支歌并不激烈,但却一层深一层地给人注入了勇气。它并不像是要砸碎铁锁、打开牢门或掀掉屋顶,倒像是更深地钻入了地底,挖掘出一条很深的壕堑,远远地探伸到地球的每个角落,随时随地都可以作战。

庄严的旋律往复回环,深沉的力量一圈一圈地震颤开来……

邓天池在用自己的心灵唱这支歌。在歌子的结尾之处,他把那个就要钻入地底去了的尾音突然提高来,正像一只俯冲到深深山谷的苍鹰,突然一个回旋,高冲入云并且愈飞愈健;这样,他就把那深沉悲恸的情调,一下托入一个激昂战斗的高原上去了。

一支歌终了,小邓又领头唱起了另一支歌:

走上前去呀,

曙光在前,

同志们奋斗,

用我们的刺刀和血汗

开自己的路……

人们的情绪激昂起来。他们仿佛看见,一轮旭日正在海水中翻滚,把它金色的触须挥出波光激滟的海面;共产党员们,仿佛看见一幅血殷殷的红旗正像一团火焰似的跳动着,它是要去迎接曙光的。紧跟在这红旗之下的,是一排排银光闪闪的刺刀和那些英姿挺秀的向日葵一般含笑的脸孔,他们是中国工农第一代的新生力量,是未来的新中国的骄傲。正是他们,在这清晨的凛冽而舒爽的大气中,唱着这样的一支歌排山倒海地在前进,什么高山大川、深林猛兽、乌烟瘴气,在他们面前都要退避三舍……歌声呀,世界上怕没有比你更奇妙的创造物了:你只凭借了一点空气,就给人们开辟出一个美好的天地来。对于这些被剥夺去一切自由和物质的人们,你总是最后的最难被剥夺的一件高贵的圣物了;即使有时被压迫得不准出声,你也总是随着最初能透过气来的顷刻,又悄悄回到人身边来的最忠诚的伴侣了,你唤醒了最崇高的情操,展开了最雄伟的想象,保存了最纯洁的记忆……但这里面又渗透着多少最宝贵的鲜血呀!几乎是稍微少倾注了一点滴,你都不可能达到如此之宏伟与丰满的呀!

同志们奋斗!

用我们的刺刀和血汗开自己的路……

看守们大声吆喝着,惊慌失措地围住了牢门,但那雄壮的歌声已经像汹涌澎湃的江水,任谁也阻拦不住了。除了郝伦甫他们那伙人,各个牢房都接应上来：

感受不自由莫大痛苦，

你光荣地牺牲了……

雄浑有力的歌声，震动了整个军法处。当活阎罗气喘吁吁地跑来的时候，从女监里也传来了清脆的歌声：

勇敢向前要稳住脚步

要高举我们的旗帜……

18

　　军法处的判决终于批复下来,并通知了所有羁押在这里的政治犯,正如大家所期盼的最好结果一样:没有被判处死刑的。但每个人的刑期多长,军法处却不让大家知道。

　　几十号囚犯开始收拾行李,准备着进监狱。人们的情绪开始激奋起来。是啊,终于从几个月的折磨中活出来了,终于在死的威胁之中突出来了,怎能不使人感到高兴呢!没有受过死的威胁的人,绝不会知道生的可贵。生活在平静状态的人,也许还过得很舒服吧,但他怎么会完全理解生活的真谛呢?正像一个没有伤风的人,他是很少想到自己还长着鼻子的。可是你经过了一次死亡的考验,那感觉就大不相同了,你清清楚楚地意识到自己生命的可贵与可爱,更重要的是,这生命的重新获得,不是由偶然的幸运带来的,而是极度严酷战斗的结果:在那死亡的悬崖绝壁上,硬是踏出一条跨越上去的活路,走一步,刨一个小坎子,困难地攀上去,困难地呼吸着,还要鼓舞和支援你的同伴也从这里攀上来。稍有一点眩晕和摇摆,摔下去,就没有命了。你不能害怕,却又不能不担心,你不能不担心,却又不能裹足不前,只有勇敢地迎上去。……现在你却终于活着过来了,攀上了更高的一级,终于是觉出你自己的力量来了,你也感着集体与同伴的需要和可贵了,你的精神眼界更加开阔了,你感着自己是生命的主宰了:你活得更加有意义了……

邓天池就处在这种激奋的情绪状态之中。或者说,他比别人更清新地感到生命的可贵,以至于他的心情竟难以用语言表达出来,只得不停地轻声哼着歌子。

詹英高兴地盯着小邓,意味深长地说:

"反映革命现实的意识形态领域,是多么丰富多彩呀! 它可以是一个哲学家的思想漫步,可以是一个诗人的热情歌咏,也可以是一个音乐家的美妙歌曲。一首短诗,一个长篇,一部交响乐章,一个抒情小调,它们之间的形式又是多么的不同呀,但只要那内容是革命的,形式是艺术的完整的,同样能唤起人们高尚的情操。可要是一离开革命,一离开无产阶级,那就什么也谈不到了。"

小邓并不理解这些话的全部含义,他还不习惯于深思这类看来很深奥的问题,他觉得这是理论家或领导人物的事。但从几个月来的实践中,他却能深深体会到这一点:没有革命的斗争和胜利,也就没有他的歌声了。就算他还活着,又有什么意义呢? 就像那个背弃了革命也背弃了他的戚焕仙,你能想象她现在还唱这样的歌吗? 那个卑鄙的女人呀!

当小邓完全沉湎于歌声之中时,詹英也经常善意地提醒他:

"我们的歌手呀,从你的云端暂时飞回咱们现实的地面上来吧。我们的生活当中不仅有美妙的诗歌,还有许多麻烦的枯燥的散文呢。"

有一次,詹英帮助小邓拆补衣服,并帮他把一些碎烂的布条缝裹在铁镣上。一边做着,一边断断续续地给小邓说:

"学会一些手头活儿很有用。对于一个革命者说来尤其是这样。你知道做一个电影明星要学会多少本领吗? 骑马、击剑、游泳……我们呢,比一个电影明星又要难得多了。他可以用巧妙的镜头作补充、作代替,我们却什么都得要实演。这就要求我们学会更多的本领,要会做,会想,会说,会写……"

说到这里,他抬头看了看小邓,见小邓正瞪着一双黑碌碌的眼睛在听他说话,就又加了一句:

"当然，最好也会唱。"

小邓腼腆地笑了。

"你笑什么？一点也不是讽刺呢，真的，歌唱是一种迷人的艺术，又是一件锋利的武器，它于我们有很大的用处。凡是于革命有用处的好东西，我们都应当夺过来，占有它。但又不能现成地夺过来，先得有革命的精神准备，还得用革命的精神去改造它。我看，关系就是这样，革命的需要，产生革命的艺术；革命的艺术反过来又鼓舞革命前进……你说对吗？"

詹英自己也没有想到要把话题引到这里，但既然说开了，就索性接着说下去：

"……我们的革命是需要特种各样的人才的。鲁迅也说过：能做事的做事，能发声的发声。革命同时又能锻炼一个人多方面地发挥自己的才能。将来到了我们的新社会里，工农大众都会成为出色的艺术家或各种艺术的能手，工作和歌唱绝不会是对立的东西。你看咱们田里的农民，村庄的妇女，不常是一边手里做活，一边哼哼曲子吗？码头的搬运夫，深林里砍大橡的，水手，矿工……不都有自己的劳动号子和歌声的吗？本来嘛，一切艺术就都是劳动人民所创造的，只不过在收集来就更高级地发展了罢了……你看我扯到什么地方了呀……"

说到这里，詹英停了一下活计，定睛细看时，不禁笑道：

"哈，偏偏我这手头本领不争气，反对我的论点了，你看，袖口缝成了口袋。"他笑着把缝错了的线头拆开，一边重新缝着，一边接着说道：

"……还是兜回来，我原来说的是为了革命尽可能多学几种本领，要学会，还得学好。要会说、会写、会做、会想、又会唱。会想，最重要，也最难，不是一朝一夕的工夫。会做，却就是从日常的身边的事做起。什么小事也不要嫌弃，只要为革命所需要，它就不是小事了。什么麻烦事也不嫌它麻烦，你克服了它，它就不再是麻烦。比方说，到了冬天，你的腿经常被铁镣磨破，那不单自己的身体受了制，而且自己的意志也可能大受影响。说革命者不怕受折磨，那是指敌人所强加的，不可避免的折磨。可避免和可克服的，为什么不去克服呢？那叫无能、无用，或者是懒汉，却绝不是革命家。你读过法捷耶夫的《毁灭》吗？你记得那个知识分子美谛克，就是为了不会骑马、不会备马鞍等等小事，而终于吃不了苦，做了逃兵的……"

小邓的手指被针扎了一下，"哎哟"叫了一声，随即，脸涨得通红，赶忙不好意思地低下头。

"哈，"詹英笑了笑，"你是怕我把你比成美谛克吗？你不用怕，你和他不一样。那是一个意志软弱的人。不会怕什么，他不会学吗？可是他成天把心思用在勾引人家的爱人身上，他还革什么命，所以他是个坏人；他也没有你那种热情，他老是愁眉苦脸，不会像你那样热情地唱歌的……说来说去，你看，我还是赞成你唱歌的，不过，首先要把自己锻炼得更坚强，更成熟一些……这回总该说完了吧？"詹英放下完成了的活计，向小邓笑了笑，去做别的事去了。

小邓一面耐心地做活，一面回味着老詹的话。他觉得这些话既说得透辟中肯，又亲切和婉，比起老尹的话来也更容易懂一些。在一些道理上面，两人的说法虽然不同，可那意思听来是一样，就如同出自一人之口似的。可一联系到自己，老詹的话可就更重要了。虽然他一再地说，并不是把自己比作美谛克，可是，不正是在这些方面，自己有着很大的弱点吗？当初要不是遇着老詹的热情诱导和帮助，自己说不定会成了什么样子呢？革命革命，真不像嘴上说说这么容易，有多少东西需要学呀？看看老詹，又要掌握大势同敌人做斗争，又要鼓舞大家斗志，还要同这个那个办交涉，得空还得帮助同志做这个那个的事，连这类补衣裹镶的小事他也不肯放过去。从极细小的事情里，他偏能看出许多极大的道理来：做什么？怎么样做？什么时候做？做的结果会是怎么样？什么事情该放在什么位置？它们和革命的关系如何……都想得那样的深刻和周到，因此，说起来头头是道，做起来兴致勃勃，安排起来那样妥帖熟练，正像一支好的乐曲一样，唱了上句，不由得就使你唱下句似的。和这些同志接近，他既让你高瞻远瞩，又要你脚踏实地；既要有不可遏止的革命热情，又要有坚强的韧性的努力……

骤然间，邓天池仿佛觉得自己正在向过去的一切告别，面前兀然耸立起一座巍峨的山峰来，等待着他勇敢地去攀登……

19

政治犯们就要被解往监狱去了。和颜季仁同牢的两个难友忙着给他收拾行李。瘦弱的文书，一边收拾，一边流着眼泪说：

"颜老哥，你这一走，我就像失去了主心骨一样。我这冤枉官司，也不知道何时才是个了哇……"

颜季仁心里也有些难受，他咬住嘴唇，默默地打量着这两位难友，良久，缓缓说道：

"难友们在一起待熟了，乍一要分开，总不免觉得难过……往后，你们在一起，要多帮衬一点，遇事多商量，多考虑，什么好主意好办法也就都出来了。都是在患难之中受压迫的人，千万要团结呀！"他还想给他们说点什么，外面却又一声声地催走了。

彪形汉子已帮助老颜收拾好了行李，匆匆地说道：

"颜老哥，你的话我们牢牢地记在心里了……我看，你就走吧，狗囊子们又号丧了……话是多咱也说不完的……我有一天活着出去的话，总要找你们去的。"他把老颜送到门外，又把行李递到老颜手里，用两只粗壮的手紧紧地握住老颜的胳膊说："可不要忘了我们呀！"

这个火性子的热情汉子说这句话的时候，忽然有两颗亮晶晶的泪珠涌

124

到他眼眶里,他掉头跑回屋里"哇"的一声哭了……

颜季仁遑遑促促提着行李赶到院子里,院子里的人已差不多集齐了。

瘦麻麻班长正和一个值星看守查对人名和人数。班长手里拿着一份名单,值星看守手拿一炷香,班长念出名字,每查对一个名字,这看守就用香火头在那名头上面烧个小圆圈。

点过名之后,瘦麻麻班长向大家讲话了:

"难友们,你们的官司都定案了。今天是送你们到反省院服刑期去……那里比这里好……住的地方也比这里宽敞……你们到了那里要好好守那里的规矩……在那里刑期服得好,遇着大赦,还能提前释放;刑期服得不好,就还要送回来重新判罪……我们这些人虽说吃的是这碗饭,我们可不盼望你们回来的呀……听懂了吗?"

人群中有的"哼"了一声,也有几个零落的声音说:"听懂了。"还有些人低低议论着:

"怎么回事呀? 这就算宣判了吗?"

"也不给人说说,谁是多长多短的呀?"

"反省院是个什么鬼地方呀? 不是说到监狱去的吗? ……"

"怎么算刑期服得好? 怎么就算不好? 有个什么标准没有呀……"

"不明白,不明白。问一问他好不好……"

"问他顶什么! 他能给你改判一回吗……"

"你还没有住够不是? 要不你就留下,等它个地老天荒……"

"不会是哄我们出去,来一个机枪大点名吧?"

"看样儿它还不肯,那样就太苦了那头儿了。"

瘦麻麻班长并不准备回答人们的问题,他不过履行他的职务作一番交代罢了。他向看守兵们把下颌动了一动,看守兵们就又吆喊了;

"走啊,走啊,上车啦……两个一排……跟上……按着次序……不要乱……都要上去啦……"

人们挤上一辆带篷的大卡车。大卡车后面带一个斗子车,装了十来个看守兵。大卡车上后排的人正冲着这些看守们的刺刀。待到人们站定了,车"呼"地开动了。

汽车发疯般地往前开。车上的人从篷布的缝隙里,隐约能看见几星绿色,那也许是北平街上的绿树。这些人有多少天没有看见一片绿叶了呀……

车过了西单牌楼,向右拐了一个弯,不一会儿驶进一个黑铁皮大门里。两扇大门恰如旧县城城门那样高,那样厚。大门的右手有个高大的铁栅栏门,里面是两排卫兵房,每面各有十多间房子,对面蹲着一座二层楼,汽车就在这个甬道形的院子里停下来了。

人们纷纷下了车。

卫士和看守把人们拥进那座二层楼下拐柄形的过道里进行检查。

检查是很细的。小剪子小刀子之类的东西不准带。针线也不准带。书籍、纸张、钢笔、铅笔也不准带。行李包里都要打开看过,褥角被角衣角都要细细摸过。

本来在宪兵队的时候,这类东西是一律没收的,军法处机关大,似乎认为人们不会用这来造反,这类东西就又慢慢有了些。军法处只照例收去人们的裤带,到走的时候才发还。据说那是怕人们用裤带自杀。

到了这里,裤带的危险性似乎被认为不大了,但小剪、书籍、铅笔类的东西要收去,这就引起了人们的不满。

"这都是从军法处带来的呀,那里不收,为什么这里又要收呢?"说话的是老古。

"那里是那里,这里是这里,"一个看守气狠狠地说,"为什么? 我知道为什么?!"

"那我要缝缝衣服、补补袜子,用用剪子和针线该怎么办呢?"

"上司叫收就得收,我管你怎么办!"这看守说着,又瞪了老古一眼,"哼,还要问为什么?!"

"怎么?"老古也很生气,"问一个为什么就问下错儿了吗? 连一个为什么也不准问一问吗?"

"我知道准问不准问!"看守说,"你一定要问,我领你到该问的地方问去。"他索性放下手里检查的东西向老古这边走过来。

"你领我,我就跟你去,"老古毫不示弱地说,"你吓唬谁!"

人们"呼"一下拥了过来。

从人丛中走过来一个紫檀面皮中等身材的兵汉子问道:"怎么回事?你们吵什么?"

"班长,你快来看看吧,"看守怒气冲冲地说,"这个人要带书,那个人要带剪子针线的,我不让带,他们就闹起来了,你看该怎么办?"

这班长将要发话,徐彦这时却接过话来道:

"你胡说,当着这么多人的面,你就扯谎捏造。"然后他转向班长:"是这样的,班长,这位难友只说了一句:这些都是从军法处刚带来嘛,怎么还又要搜走呢?这位看守先生就算捞住错儿了,气汹汹地说:这里是这里,那里是那里,我管得着?你要问,我领你到该问的地方问去!他就这样地大闹起来,还说我们闹起来了,我们闹什么来?还是不让检查来?还是抢了一根针一条线来?你倒让他说说!分明是故意给人作难、吓唬人嘛,班长先生,你就评评这个理。你也问问大家看是不是我说的这么回事?……老实说,我们这些人也够苦情的了,何苦给我们来这一套?谁也不是三岁的小孩子,一吓就吓倒了的。"

许多人这时都说:"就是这么回事嘛。这位看守先生的脾气就是太大了……"

"我当是什么大事呢!"那班长看了这情形就说道,"人家难友先生们问你一句,这有什么问不得?好好地讲给人家不就对了吗?嘴和舌头都是骨头做的怎么的?……还不快去干你的,好让人家快进到号筒屋里安点收拾,你还等什么?……饭桶!"他又转向大家高声说道:"请难友们多包涵一点。以后有什么要问的事,可以多给兄弟打一声招呼……也不能尽怪我们的弟兄们。今天是兄弟我少说了一句话:按照上面的意思,是要把这些刀子剪子书籍铅笔都收起来的,以后怎么办,上面还另有安排,该留的留,该发还的发还……至于缝缝补补用点针线,今天也先按这么办,用的时候,随时和看守说一句,随时就给,决不肯让难友们作难的。"

詹英把这些都看到了眼里。他除了对于徐彦的有力的辩驳感到满意之外,也觉得这个班长很有一手,既能摸着大家的情绪排解了纠纷,又还要履行他的职务达到他现定的目的;他一面呵责那下属又给那下属解了围,一面又自己兜一把给下属们留了余地;他答应给大家些方便,却又不轻易吐口承诺点什么。……看来这是个办过点事的人。就只还不知道他是个老油滑子呢,还是个稍有点良知的人……

老詹提着自己的行李和包裹走到离别人略远点的地方向那班长打招呼说:

"你是班长吧,请先来把我检查检查怎么样?"说着就把衣扣解开,两手向左右一掀,"请你搜吧。"

那班长略微有点不好意思:"你这……你这……"就把詹英的裤兜裤角都虚摸一下说:"你这没有什么。"

"看好了啊?"詹英说。

"待一会你就和那些先完了的人进去好啦。"

老詹这时却从捏着衣服的一只手里露出一截半寸长的铅笔来给他看,同时把另一只空手也给他看看,他用半低的声音说道:

"我这人,明人不做暗事,这一截东西你看见了吧? 反正这也造不了反,你给个面子呢,我就拿去;你要收呢,我就交给你。怎么样?"

这一下弄得那个班长有点哭笑不得,他也用半低的声音说:

"唉,也没有你们那些人那样较真,也没有我们这些人那样土头傻脑不会办事,不要挂出幌子来,大家都留点面子,不就什么事都好办了吗?"

他没有去接詹英手里那截铅笔,却去解他的包裹去了。

詹英明白了他的意思,心里感到一阵松快。

班长把詹英包裹里的书都拿出来放在一边。詹英说:

"那不行呀。我在这里不知道要关几年的,不看点什么的怎么行呀?"

"我说过了,"班长说,"上面看过还要发给你们的,你们要就得和上面打交涉,我做不得这个主。"

詹英看见他说的斩绝,就有意回报他个面子,说道:

"既然你班长说到这里,我就先不争执了。你看这样好不好,请你转达给你们的上面,和大家早见个面,我们也好亲自得到他个话口;要不他拿去了不发还我们或是迟迟不发,那不显得你也给大家放了空话了?你看这样成吗?"

"这倒是可以的。"

"什么时候呢?"

"今天午饭时候大概也成吧。"

这时,班长就吩咐一个看守把先检查完的十多个人引到"号筒",老詹边走边看,就在距离二层楼十多步远的正西面,有一排长房约二十多间,中间开一道门进去,一条直南直北的甬道从中切开,两边就是牢房。甬道正中一条横十字过道,又把南北切成两半。詹英被领到南号筒。看守吆喊说:

"各人找自己的号头住进去吧。"

原来这号头和名字却是事先已安排好了的。詹英找到自己的名字,进到屋里把行李放到床上,刚转身要出去看看时,顶头却碰上了尹坚。老尹大声说道:

"你在这屋里呀,我看看你们这个屋好不好!"说着就走进来,见只有他一个人,立即走过来,低声说道;

"老詹!趁着初进来、敌人还认不清我们谁是谁的时候,马上把支部成立起来,你说好不好?"

詹英用惊喜的眼光看看尹坚,刚想开口说什么,这时却又涌进来一批人。

看守又在那里吆喊了:"各人找自己的号头,快进屋,快整点,就快开饭了。"

詹英朝尹坚坚定地点点头,两人迅速分开了。

20

　　饭厅在二层楼过道的南头。由北开门进去,是一间颇为宽大敞亮的屋子,靠西有两个大的玻璃窗。靠东是一排白木板,靠南有个讲台样儿的东西,东南角靠讲台的地方留有一道门,那大概就是通往楼上管理监狱的人住的地方了。屋子中间,由南到北横摆着十几排光腿木桌和条凳。每两副桌凳横挨在一起各靠东西两面,中间空出一条掔身小道。人们坐下的时候,四个人紧挤在一起,和前排的人恰好是个面对背、背对面:这样的安排自然是为了便于监视了。

　　饭具在人们到来之前就已经摆好:两桌中间一个绿瓷盆盛了米饭,上面插一个竹柄木瓢小杓;一桌上一小碟萝卜咸菜;每人的碗筷之外,面前还有一碗照得见人影的白菜汤——这就是一切了。等这些都齐备之后,一个看守向着监筒那边高喊一声:"放!"那边照样回应了一声,人们就"咣哩咣啷"地走出来了。

　　颜季仁和林陶挤到了一张桌上。坐定之后,盛了饭。林陶用筷子在那菜汤碗里一搅,又仔细看了两眼,然后笑眯眯地对颜季仁低声说道:

　　"老颜呀,你的伟大发现在这里不灵了。"

　　"你说什么?"老颜一时没有解开林陶的话,怔了一下。

"油星呀!"林陶说,"你不记得在军法处,第一个发现菜汤里有油星的不就是你吗?现在你瞧,你看它还有吗?"

"噢,"颜季仁不禁笑了,"你的眼力该比我的强,既然你都没有发现了什么,我也就不用去发现了。吃吧。"说着端起菜汤碗正要喝一口,却又怔了一下,随后又忍俊不禁地笑道:

"你发现了什么没有?"

"什么?"

"'举杯邀明月,对影成三人',"老颜说着把脖子往碗前面伸了一伸,"每个人在这里面都可以发现自己的影儿呢。"

"哈,又是你第一个发现的。"林陶说着,端起饭碗就吃,猛不防头一口饭"咯崩"一声碰到一粒大石子,林陶放下饭碗,疼得直龇牙。

"怎么样?还不要紧吧?"

"托祖宗的福,总算原来长得很牢固。"林陶摇摇头,又端起饭来。

"我说呀,"颜季仁又笑着说了,"这汤要叫它'清心寡欲汤'呢,这饭就该叫'山石荦确饭'了,清心寡欲汤紧点慢点喝都不大碍事,山石荦确饭可是吃得慢点为好。"

"我看这里面有鬼,"林陶却认真地说:"有毛病。"

"嗯,恐怕这才是真值得去发现的呢。"老颜也认真地向他点了点头。

"好不好问一问他呢?"林陶瞅着看守班长说。

"看看再说吧。怕他也主不了什么事。"

看来别的人对饭食也不满意。有一个人吃了几口,把筷子往桌上"乒乓"一扔,高声问道:

"班长,咱们这里能不能向外边叫饭?"

林陶举目一看,见那人瘦瘦的体型,满脸大胡子,样儿却很精悍,便悄声问老颜:

"这是谁呀?"

"你还没认住啊?这就是鼎鼎大名的郝伦甫。"

林陶很惊异地又看了那人一眼:"怎么能说出这种话来?有钱的人向

外面叫饭……没钱的怎么办呢？要不要人管啊？"

"要不说呢，"颜季仁意味深长地说，"人心不同，人心也还不齐啊。"

班长正在指挥伙夫添饭，听得有人质问，就回答道；

"向外边叫饭嘛，上边还没有规定。咱们这儿三天买一次东西，火腿啦，酱肉啦，饼干啦，罐头啦……都能买得到。想叫饭嘛，路远点，不过只要上面答应了，我们弟兄们多跑几趟腿倒是可以的。"

有一个人不知道是由于误会呢，还是有别的用意，问了一句：

"火腿酱肉要不要钱呢？"

许多人笑了。

"看你说的，"班长打趣地说，"不要钱，去抢人家的啊？"

"那没有钱的该怎么办呢？"又一个声音。

"那……那只好被点屈呗！"班长说。

詹英留意到，这班长说这句话的时候，没有了那种打趣的味道，倒像有点羞赧似的，心里想：总还是个有良心的人哩。

人们这时在纷纷地谈说着。有的说，得想法多弄几个钱来吃一吃；有的说，这伙食应当设法改善改善。改善的意见也不同，有的说，菜汤要稠点；有的说，咸菜加多点等等。

林陶对老颜说："怎么那位'大名鼎鼎'放了那么一炮倒不说话了？"

"炮弹落到他自己的阵地上了，你还让他说什么呀？"老颜说。

班长这时提高嗓子说："难友们不要吵啦。我说呀，大家都在患难之中，对付点也就成啦，我们是办事的，上面叫怎么办，我们就怎么办。难友们不给我们作难，我们就不会作难啦。"说着就催大家回去："回去吧，下班人还等着吃饭哩。"

"等一下，班长，"詹英站起来说，"你不说吃中饭的时候这里负责的人能和大家见见面吗？他倒是来不来呢？"

班长本以为大家就要走了，没防住这一手，他说话有点支吾了：

"官长——管理员……没有……工夫……没有在。"

"没在呢，没有工夫呢？"老詹拦住他，但却不想给他难堪，便庄重而温和地笑笑说,"班长呀,咱们说话可要守信用呀!本来我们这些人,打了官司坐了班房,只要人家不给我们作难,我们有什么给人家作难的呀?不过人家要给我们作难,我们可也不让。政治犯嘛,就是如此,什么事都得争一个理。你班长自然也免不了有觉着作难的地方,可那原因不在我们呀,你也兜不了那全盘的责任。就比如说这伙食吧,分明你是看见大家都有意见的喽:这伙食费有多少?多少钱的伙食该办成怎么样?能不能给我们改善一下?肯不肯给我们改善?……你不要小看这样的问题。"詹英加重了语气,"要知道,'囚粮'管理得好不好,出不出毛病,这可是连你们,连你们的上司,都脱不开干系的呀!——我这话说得明白吗?"

"……看你说的!我们也有管理我们的人啊。"

詹英看出他明白了自己的意思,就接着说道:

"咱们今天是初次见面,你也不能一下子就解决了问题。耽搁下一班人吃饭也不好……那就请你把大家的意见转达给你们主管的人好不好?"

"这行啊,这行啊!"班长正想法来对付詹英的话,没想到对方留了这样一个台阶,赶快就着坎儿下台了。

"还记住催一下,把我们带的书快点发还我们呀。"詹英加一句。

"行啊,行啊!"他满包满应之后,客气地请大家回去。

回到屋里,徐彦兴兴头头地说:

"老詹说的话真过瘾,那个郝伦甫说的算什么话呀?筷子乒乓一甩,高声大气,我以为他要发什么崇议宏论了;没想到说的是那种自私自利的话,完全是一个资产阶级的落魄政客嘛。让那个班长的几句话一绕藤,他倒一声也不响了……"

"你说的也不完全对,"古易达插进来说,"火腿、罐头、坛子肉,两个人的意见相合了嘛,他还用再响啊?"

"这点算让你说对了。"徐彦继续说,"不过一个是阔气的买主,一个是想捞点过水面吃的,这一点是不同的……你看那个班长,模样儿粗粗憨憨,说话也不多,可是话都能说在点子上,软中带硬,话里有话,看似一个囫囵枣,说不定里面就撒了砒霜,往后还真得留点神儿。……闲言少叙,抽一支烟吧。"说着,不知从哪里拿出一支揉得皱皱褶褶的香烟安到了嘴上。

"你这个烟鬼怎么搞的?"古易达惊讶地说,"我们都被搜查得光光的,你哪里来的烟?"

"烟鬼嘛,自然有烟鬼的办法,"徐彦摸一阵口袋,两手一摊,怎么也找不到火。

"看,还是白搭!"

"不见得!"说着,徐彦就从牢门上那个四方小洞里伸出去手。

"你要解手吗?"看守走过来问。

"劳你驾,"徐彦说,"我想借一个火。先生你贵姓?……你抽烟吗?你看,我这里统共有这么一支烟,咱们俩分得吸了吧。'饭后一支烟,赛如上了天',半支也差不离呢,哈哈。……不要不好意思,不要看我小气,我要能买到,我就再敬你。……有这个吗?"他用手比画了一下。

那看守起先有些难为情,后来见徐彦说得挺和气,就伸手把那半截烟接过去,一面问贵姓,一面从裤兜里摸出半截火柴,噗儿一划,把烟都点着了。

老徐道一声谢,那看守却嘱咐说:

"这里可是不准抽烟的。你把那烟子捂住些,不要让冒到外头来。"说着就走开了。

"唉呀,"老古摇摇头,"你看你为吸半支烟,说了一布袋好话,这也值得呀?"

"嗨,你才不懂哩,半支烟,拉一个交情,怎么不值得! 大开工作方便之门哩。"老徐飕溜溜吸了一口,又掬着口吐出几个精致的烟圈,然后又长长地舒一口气把那些烟圈一个个地吹散。

古易达看着他那怪舒服的样儿很可笑,说道:

"我就不明白你们那些抽烟人的乐趣在哪里!"

"其乐无穷,"老徐懒洋洋地说,"一可以解疲劳;二可以提精神;三可以息思虑;四可以五湖四海交朋友,实行共产主义……"

"胡诌瞎扯!"老古驳他:"怎么能拉到共产主义上面?"

"说胡诌瞎扯也好,说有点道理也好,"老徐说,"你看,两个吸烟的人,原来不认识,一遇到一起,一会就能拉成朋友了。常说的,烟酒不分家,他没有了,你把你的分给他,这不就带点原始共产的味道了? 你和他交朋友的过程中,你了解他,你影响他,你宣传他,教育他……如果他真好,他就帮你的忙,跟着你干,逐步和你走上同一条战线,并且把革命干到底……那不就实现共产主义了?"

"真是刍断筋。"老古笑着说。

"哈哈。"别的人也都笑了。

正这样漫天漫地闲扯着,前院里忽然响起了咳嗽声:

"咳!"

看守慌慌张张地跑过来说:

"可不敢再抽烟了,是管理员下来了!"一会儿又跑回来说:

"徐先生,劳你驾,告他们不要扒在窗子上看,不准扒窗户的呀!"

老徐的烟蒂早灭了,他对那看守说,

"不要慌,以后不扒窗户可以,这一回不要紧,他就是专为给大家看看的嘛!"

看守没听他的,又跑到别的屋门前去了。没想经他这一告诉,反倒把更多的人点醒了,都要看看这位咳大嗽的管理员到底是怎样一位人物。

邓天池和连仲子早已从床上跳起来,扒在那有着一层铁丝网孔和一道木栅栏的窗户的边沿。

这时,只听得一个破锣嗓子喊道:

"牛班长啊!"

"有。"

"你们是怎么搞的啊! ……监筒的窗户里冒烟,你们看见了没有? ……起了火你们也不管啊? ……有一点规矩没有? ……你怎么告看守们来着? ……"

"报告管理员,我都吩咐过弟兄们了,我再吩咐他们就是。"

"给他们点厉害嘛!"

"是!"

"好大的气派!"连仲子说。

"臭架子!"邓天池纠正他。

"怎么个样子啊?"老徐问。

"秃光头。"

"苦胆脸。"

"蜘蛛肚子。"

"八字脚。"

小邓连仲子一替一句描画着。

"眯缝眼睛,看不见有脖子,姿势是这个样儿。"小邓把手向后一剪,装出一个架势,引得老徐老古都笑了。

"牛班长呢?"老古问。

"台阶下面立正站着。"连仲子也摆了个样子。

"看像不像要来的样子呢?"老徐问。

"不知道,先在第一层台阶,现在下到第三层了。哎,下到院子来了。"小邓说着。

"他要来了我们跟他们说什么呢?"连仲子问。

"说什么?"小邓说,"要他给我们改善伙食,发还我们的书。"

"或许是牛班长把我们的意见转给他了,他向我们示威来了。"

"他示他的,我们示我们的,"小邓说,"他来得正好。"

"你们先坐下吧,"老古说,"要不,我的烟友就会说我不帮他的忙了。"

那两个却只把身子往窗两边闪了闪。小邓在数着:"嗯,一步……两步……三步……嗨,又把身子转回去了……上台阶了……妈的,不来了。"

这时,又听见那个破锣嗓子又喊:

"到女犯那里看看。"

只见邓天池身子一仄楞,悄悄地坐下了。

詹英心里一动:这里是敌人的反省院,要有女犯,必定是政治犯了。那么,或许柳贞她们也被关在这里……那就一定要尽快找机会打问一下,那位戚焕仙到底是怎么回事……

第三部

21

漫长而严酷的监狱生活开始了。

这座监狱，坐落在北平西部的草岚子胡同之内。胡同两端，北连天庆宫胡同；南通刘兰塑胡同，早先曾经是树木葱茏，也算得一处景致。到了后来，南京国民党政府便在这里设了监狱，大门口却挂着"北平军人反省分院"的牌子。

监狱能容纳一百多名犯人，由奉系军阀的海陆空军副总司令行营军法处直接统辖，专门关押政治犯。"反省院"对犯人实行军事管制，围墙上拉满了电网，监狱四周和大门外右侧都设有岗楼，戒备森严，一派恐怖景象。

牢房后面，有一个小院子，是犯人放风的地方。从牢房筒子正中间横十字路出来，前后左右共有四道门：前面的门是通往前院和饭厅去的；左右两道门要是关起来就可以完全隔断南北号筒；后面一道门却蝉联着一个小耳房，小耳房左右各开一道门，向北开的门锁着，向南的门一开，就到了后院。

后院是一个扁豆荚形的院子。南北约有三十步，东西不到十步，被一道弓背形的围墙圈起来；墙高约有丈五；墙头矗着木柱，安两条带角刺的电网。围墙的正中间有一扇低矮的小门，拦腰贯一根碗口粗细的木闩，另加铁锁一把。院子的南端是两座敞棚厕所。厕所再往南是一座碉楼,上面有一个持枪的兵嘹望着,碉楼的梯道却和这后院是隔绝的,那是准备在必要的时候,碉楼上架起机枪,再从那个低矮的小门开来兵或堵死那座小门,形成对于整个监筒的包围与夹击。

正是放风的时间,詹英从监筒走到后院,很快向四周浏览了一下。

人们围着一只大木桶舀开水喝。这水是刚由两个伙夫抬来放在院心里的。一个伙夫是个圆头方脸的大胖子,敞开的胸口,由腹到胸长着一溜黑毛,他放下水桶就走开了。一个伙夫却是一个瘦长条的年轻人,留一个偏分头,有一只眼略斜,手里拎着那只抬水来的桦木橡子站在一旁好奇地看着。詹英走过来的时候问他说:

"你看什么呀?你看着我们这些人奇怪吗?"

年轻伙夫不好意思地笑笑:"怎么年轻轻的,都给关在这儿了呀?"不等回答,接着又问,"戴着那个东西走起路来很不方便吧?"

"你想吧。要是方便,他就不给你戴了。"詹英笑一笑说,"不过也没有什么,该走还是要走的。你看,就是这样……"说着就迈开步子走了两步给他看。

伙夫摇摇头:"唉,在苦难中呀,先生,受点屈吧。以后你有什么事托我,我可以办,我天天出去买菜的。你快喝水吧。"说着就扛着橡子快步走开了。

詹英看着这个年轻人的背影,直到看不见了,才弯腰从桶里舀了一缸水。

尹坚独自站在北墙根,手里托着一缸水,正对着一株垂柳出神。这株垂柳长在小耳房旁北面不远处,离北号监筒的后檐只有一步,树身斜斜地向西欠伸出去,长在一人多高的地方分成两股,再长上去又分成若干股,柔条纷披,浓叶成荫,高高地突出在监房的屋脊之上。这要算是监牢里唯一的天然景物了。夏天在这里乘乘凉倒也好。只是除此之外,怕也没有什么实际的用处了……

正自沉思着,见詹英向他走来,便笑着迎接他。一次党的会议,将要在这里召开。

不一会儿,古易达和徐彦也走过来了。

尹坚望望詹英,示意他先说。詹英便说道:

"同志们,敌人费了很大的手脚抓来我们,那就决不会轻易放过我们的。我们必须准备长期战斗,争取自由,这就需要有个坚强的组织,经常地估量形势,制定方针,采取对策,统一行动。究竟怎么办,请大家发表意见。"

"我是这样想的。"尹坚接着说,"我们应该在这个老虎口里安据点。我们都在一起共同经历了这一段严重的考验,对于共产主义的不可动摇的信念和坚决不反共,这就是我们的思想和政治基础。更确切地说,我认为,一个领导核心,已经自然地形成了,我们只需用一个组织的形式把它确定下来,以后的一切事情随着就都好办了。"

徐彦理一理眼镜说:"这叫势有必至、理有固然。要没有个统一的步调,我们就不好行动,谁知道敌人或郝伦甫这些人以后还会出什么点子呢? 何况还不仅仅如此……"

"从长远着眼,敌人的力量必然有变化,我们的力量也必然有发展;对敌人要斗争,我们自己还需经常总结经验进行自我教育;对群众,团结、争取、说服、教育的任务更是不轻的。组织的领导是绝对必要的。"老古补充道。

徐彦接着说:"这个环境不能允许我们太讲求民主的形式和手续。我的意思是愈简化愈好。机构有三个人就成。人选,我也提出,你们两位是当然候选人,我现在就各投你们一票……"

古易达打断徐彦的话说:

"他这意见和办法我赞成。我也一并各投你们一票。"

尹坚笑笑说:"你们两位未免太简捷了当了吧?"

詹英却说,"也好,这算他们的民主意见。那么第三个呢?"

徐彦说:"老颜或林陶,你们俩推荐或决定一位,你们看这样成吗?"

"我也实行我的民主吧,"詹英说,"我的意见是,老尹是我们当然的总负责人,我投他的票。老颜、林陶和我,选定谁算谁,如果是我,我就顶一个;此外,天津来的同志当中,应该有一位,我提议齐远山同志。"

"我同意你的意见,"尹坚说,"只把你换成我就行啦。我的意思是说,老詹应该负总责,他对各方面都更熟悉,更胜任。"

"哎——哎,"徐彦连连摇手说,"你们这样推位让国可不行呀。这又不是请你们做皇帝去享受,是请你们领兵打仗战胜敌人的呀,人家为什么不选我?这里有个标准嘛。比如老古是我的好朋友,是一位好同志,可我就是不选他,我今天选了他,他明天就把工作做进了敌人的心窝去,自己赔着去挨板子:个人挨板子事小,连累大家为他担心,工作还受损失,事就大了。所以他想赢得我的选票,就还得锻炼几年……怎么样,老古,这一点你能同意吗?"

老古赧然地笑着说:"那据你的估计,我帮你竞选不竞选?你能赢到我的选票赢不到?"

"不劳驾,不劳驾,"老徐说,"我这人,我自己知道,在组织的领导下做一名马前卒,我心甘情愿;交我个具体任务或是打个什么交涉,我可以不辱使命;可你要我领衔挂帅,执掌三军统筹全局的话,我也不说我不是那种材料,但我至少和你同样还得锻炼几年,所以我们俩就称得难兄难弟了。"

"你怎么还肯对我服一回输呢?"老古笑着说。

"哈,我这人,你不要看着马马虎虎,我衡量自己,总是和对别人的要求同样地严格,因此我和你争论起来,总是立于不败之地,所谓知彼知己,百战百胜,这怎么是服输呢?"

"算了算了,你这个话匣子一开起来就没完了。"古易达说,"你看他把正事都耽搁过了,他还自我吹嘘百战百胜哩。"

他们正这样愉快地谈笑着,那边有一个姓扈的看守踅过来,边走边喊道:

"都不准开会呀!可不准开会呀!"

尹坚愕然地问:"这家伙是想找什么别扭呀?"

"这家伙是和我别上了,"老古说,"我走开他就没事了。"

"不行，"老徐说，"我们一走，倒证明他的疑心是有根据的了，且等一下看他怎么地。"

詹英却向扈看守招手道："先生，先生，你来！……你来听听我们开会好不好？"

这么一来，扈看守反倒不好意思了，走近了几步又停下来，詹英见他不往前走了，招呼得他更紧了，"你来嘛。你来听，不听怎么能打报告呢？……再往前点。我们又吃不了你。"

扈看守只好再往前挪几步。詹英却突然问他：

"先生，你是不是想拿刀杀我们？"

"你怎么说这个话？"扈看守猛然一愣。

"我怎么不说这个话！"詹英反问过去，"你想一下，先生。在外面一有人喊'共产党开会了'，这就捕的捕，跑的跑，关的关，杀的杀，闹的乌烟瘴气一塌糊涂，你不是不知道。我就是这样给捕来关来的。好容易拼死拼活拼到了这里，我又闲得没事，玩儿命开起会来了！让你这么一喊，我这也不用跑了，你也不用捕了，不用关了，不用看了，剩下的不就是拉出去枪毙了？你这不是要杀我是什么！"

扈看守尴尬地辩解道："上面的规矩和命令，要我们这样告诉大家的呀！"

"上面的规矩和命令！"詹英说，"上面一道令，下面千条命，不是玩的呀，这都看你怎么说了。你有良心，我们还有嘴。我凭空说你和我开会来，这行不行？"

"我怎么和你开会来？"

"我和你说话嘛，这不是和我开会来？"

"说话怎么就是开会了？"

"这不对了吗？我们也说说话嘛，你怎么就喊起开会来了？你们上面还有不准说话的规矩和命令吗？"詹英见他没什么说了，就又劝他说：

"我说你呀，先生，吃粮少管闲事。你吃你的粮，我蹲我的牢，咱们井水不犯河水，相安无事，你要无事生非，有的没的乱说乱喊一通，寻我们的晦气，你可知道我们这些人，是所谓赤化分子哩，我们怕什么，你和我们碰，碰不出好处来的。你想想去吧。"

扈看守没趣地低着头走开了。

詹英正想去找颜季仁和林陶，尹坚却回到这边来说：

"我刚和齐远山同志谈过了，他的意思是这样：外面组织用了很大的力量对他们进行营救，并且已经有了希望，他们在牢里的，时间可能不太长了，就不再担任职务。但作为一个党员，他在这里一天，就一天是这个组织的成员，服从支部的决议，执行支部的决定，过支部生活。他说从天津来的同志都没有发生组织关系，支部可按他们各个的情况甄别和吸收他们。"

"这样也对，我们原来就应该注意到这个的。"

詹英说："从老齐的谈话中，我联想到另一种情况。我们这种在虎口安牙的举措，是带有极大的危险性的。我们两个呢，没说的，在敌人的生死簿上注了册，挂了号，所以倒也觉得平常了。别的几位同志，我们完全信得过，都是出生入死，个人安危在所不计的。但从组织的角度考虑，我们就该尽最大的可能，保存实力。这样，在这个机构里，我就偏重在林陶身上。老颜同志头上顶戴过四个'罪名'了，每个罪名都是死刑；虽说在军法处翻供时都翻掉了，但敌人是反复无常的，一有新的借口，必然重翻老账……这样我们就应该把他隐蔽起来，绝不容许在四个'罪名'之外，再来一个万一可能的第五个'罪名'……"

"是的，"尹坚点点头，"我们是该把最严重的情况都估计在内，才好做全盘的准备和部署。到我们的力量更充裕和发展的时候，我们还要有我们的第二梯队，第三梯队的。一个是起点，一个是前途……现在就找他们两位商定一下……"

四个人谈过之后，收风的时间已到，大家背过夕阳的余晖回到阴暗的牢房中，心中感到异常的喜悦。

22

自从选出了支委会,支部工作就逐日地展开了。

支委会是由詹英、尹坚、林陶三个人组成的。三个人进行分工的时候,詹英推请尹坚做支书;尹坚却坚持:詹英对北方的情况更熟悉,支书应由詹英担任,林陶分管组织,尹坚自己分管宣教;林陶同意尹坚的主张,这就确定下来。另外林陶还提议:必须严格执行党的组织纪律,特别是党的秘密工作条例,还应根据监狱的情况有所增补,保持组织的绝对严密性,采取单线联系,不发生横的关系。青年团的工作,由尹坚负责指导。老尹与小邓直接联系,经过邓天池,影响连仲子和其他青年……这些提议都一致通过。

经过反复研究,支委形成几条纲领性的意见:一、坚决反对敌人的反省自首政策,准备长期鏖战,在党员和群众中,随时揭露敌人的阴谋和欺骗,打退敌人各种形式的进攻,争取社会同情,争取无条件释放。二、组织日常生活,争取生活待遇的改善,保证党员和群众最低限度的健康,由日常经济性的斗争逐步引向政治性的斗争,并善于取得二者之间的有机联系,保持和扩大战果。三、提倡学习风气,造成学习运动,采取各种不同的形式,在党员和群众中进行马克思列宁主义的基础理论教育和时事教育。提高阶级觉悟,蓄积和扩展力量,配合革命形势,迎接革命高潮,打着红旗出狱。

另外,在特殊的形势之下,有计划地组织越狱暴动。

目前要抓的工作,一是看到报纸,二是打通与外面的联系。这两件事都要公开地与秘密地双管齐下,交由专人负责。在群众中最主要的是广泛地征求对于生活的意见,收集起来加以研究,形成具体的行动纲领,提出具体的行动口号,又到群众中进行酝酿、补充和鼓动。对敌人要继续摸清情况掌握动向。还有,个别甄审和接纳党员……

支委把这些意见和决议传达到支部,要求展开讨论,汇报支委。

同时,反省院管理人员也在摸这些犯人的底。初来的时候,他们都用一种陌生、奇异、敌对的眼光看待这些人。渐渐地,因着他们的出身、经历和地位的不同,就显出区别来了。比方那个年轻伙夫,看这些人是"在苦难中"值得同情的人,就断断续续地塞到牢里几张报纸。那个牛班长也不愿轻易得罪这些有知识的犯人,到管理员那里催过几次,发还了一部分书籍。那个管理员,自从在院里大咳过一次之后,再没有发作过。他穿一双毛布底便鞋,脚步压得很稳,往往出现在人们面前,人还没有觉察。他站到了牢门前,人们先是觉得那个小方洞透进来的光线被人隐住了,接着就露出一个刮削得青溜溜的脸蛋。

他在牢门上端的门牌上看上一阵,有时突然问道:

"你叫什么名字?"

被问的人刚要回答,却发现他已经走开了,到了另一个牢房门口,还是这么站一阵,有时问一句,有时什么也不问。他略略地俯下头来向屋子里瞅一瞅,对这个人看一眼,对那个人不加理睬,对另一个人打量一阵子……但在郝伦甫几个人的屋门前,每次来了都谈得很热乎,唧唧哝哝说一泡子话,说话声音之低,和那一次在院子里高喊大叫的声音十分不称。郝伦甫屋子的对门,恰好就是詹英和徐彦他们的屋子,看到了这些,也就猜测个十之八九;郝伦甫这伙人有钱,管理员对钱也不嫌恶。至于还有什么别的事情,暂时还不知道。

为着说话方便,徐彦给好几个人取了绰号。那个说话和善第一次给他点烟的高个子段看守,他叫他"我的烟友";年轻伙夫因为一只眼睛有点斜,他给起了外号叫独眼龙;班长姓牛,就取名欧克司;管理员姓兰,也由英文意译转音,叫布禄。

徐彦从他的烟友那里,老詹从欧克司这边,已摸得一点院方的组织情况和布禄的情形了。院长由军法处长活阎罗兼任。院长之下常驻这里的有三个官儿。一个是训导员,是活阎罗的干儿子,据说有一份才气,只是抽了白面儿,一切事情都不放在眼底,人称"大少爷"。大少爷有个大舅子,带来这里做庶务,也算个官儿,人长得特别矮小,要想从牢门的小方洞里看进去,必须带个二尺高的脚凳才行,徐彦叫他"小不点"。露过面。另外一个官儿,就是管理员布禄了。

布禄是小知识分子出身,当过警察。跟着活阎罗闯荡过几年,活阎罗在军法处给了他个差事,他从办事员熬到了三等科员又到二等科员,虽然也算官运亨通,却因出身微贱,文墨上也不大在行,在同事中就又被嫉妒又被奚落,吃了几年闷肚子饭。科里的事,类乎一种闲职,施展不开手脚,他也干得不快意。恰好活阎罗兼了这个院长,正要找两个人替他办事,第一个自然就想到了大少爷,第二个还未得其人的当儿,布禄就不露声色地到活阎罗那里跑了几回,活阎罗倒也乐意给他这份差事,认为布禄不但有才干,并且和他那个"名士派头"不爱管事的干儿子正好一文一武配搭一对。虽然他知道当一等科员的干儿子对他不会满意,也顾不得许多,只觉得这样一来,可以替自己和干儿子省去许多操心。事情就这样定下来。布禄感到老上司这种恩宠有加的特意提拔,使自己赢得这个别人巴望不到的肥缺……也可算足慰平生的一大快事了。因此他在走马上任之初,就立意要显露几手给他上司、同僚和下属看看。

这也就是他这几天来亲自出马勤跑监筒的原因了。

布禄这么一脚勤,监筒立刻起了变化。欧克司和看守们不敢接近政治犯了,独眼龙不敢跑进号筒递报纸,徐彦的烟友也断了来往,只好被迫戒烟。

这一天放风,人们都哗里哗啷走出去之后,詹英留住老徐和老古说:

"你们给咱看守住布禄,我给咱们挖一个防空洞。快!"

詹英早就想挖这个"防空洞"。牢房一进门,是半步宽的一窄溜儿地。地以外,是通间的木板床,由墙根到地脚都用二寸宽二尺长的板条严严地封钉着,不留一点空隙。这个床筒子,无疑是可以利用的,但要撬开木板不大容易,又容易留痕迹,于是他又想到另一个地方,就是在两面墙上靠近地段的一边的上面有一个墙缺口,原来敌人为着节省电力,两间屋子只安一盏电灯,电灯就高踞在这缺口的顶上,通夜照亮。詹英想,只要电灯不说话,在这里挖一个洞,就能存放秘密文件了。

"好好地看着啊!"詹英说着,一下就跳到床上。

徐彦拿起一个水碗站到了门口。古易达也拿了水缸子走到横十字路口准备要舀水。

进行得很顺利。监房刚赶修好,墙皮上还湿漉漉地往外渗水,也为这个缘故,詹英才急于动手。他把挖下的泥土抓了两把装到裤兜里,但因地势高,从浮面挖挖还好办,想折回手来往深挖就很难,并且身子这样欠伸着,吃不上力;要一手扶着底下的墙,把身子弄正着些也才好,但又不想在墙上留下手印的痕迹,于是只好招呼徐彦:

"你来,老徐,你来扶扶我就好办了。"

"不行呀,布禄来了怎么办?"

"外面还有老古,"詹英说,"你快来吧,一得上劲,挖起来很快的。"

徐彦走过来站到墙角,詹英一脚跨在床上,一脚踏在徐彦的肩头,果然得便多了。他火速地挖着,猛不防被一个尖东西正正地刺进了中指,疼得几乎失口叫出来。向周围摸了摸,原来是一个尖石子,不知被什么东西别住了,费了好大一阵劲才把它起出来,头上涔涔地冒出一层热汗。

"快了吗?"

"快了,快了,底下是松土了……"

古易达在横十字路口站了一会,看到前院没有人来,就想抽个空子去舀水;站在这里端着个空缸子也不像话呀。

他走到后院,却遇着了尹坚,尹坚问他:

"你看见老詹了吗? 怎么没见他出来呀?"

"他有点事情，"古易达说，"办完就出来了。"

"他在屋里?"

"是的。"

"你现在是不是回去呢?"

"回去。"

"那你见着他，就说我有事和他谈，让他找找我。"

古易达不敢耽搁，急急忙忙舀了一缸水就往回走。

一走进门，劈面就看见布禄正从对面进来向南号筒打弯，古易达急出一头汗，快步把他拦住，高声说道:

"管理员呀! 管理员把我的《古代社会》给了我好不好? 管理员给了我吧。"

布禄绷着脸说道:"老是什么书书书的，不是都给了你们吗?"一边继续往前走。

古易达见徐彦不在门口，心里更急了。他绕过布禄的左边，一直贴着他，隐住了这边开着的门，继续喊:

"好你兰管理员，你兰管理员也是读书人嘛，给了我吧，兰管理员。"

徐彦揞在那个墙角终于听见了，他猛然掀了一下詹英的脚，说道:"布禄，布禄!"抽身就往门口走。

詹英被他一抽身，身子一歪，几乎撞到墙上碰了脑袋。他猛力用拳头一抵，弹回来，咚一声栽倒在床上。

徐彦刚走到门口，却正和布禄撞了个满怀，他半埋怨半抱歉地说道:

"哎呀，哎呀……怎么一回事呀? ……没有撞着你吧?"

"搞什么鬼呀?"布禄厉声叫道;"为什么放风的时候你们不出去?"

"你看，你看，"徐彦听见詹英倒在床上了，就回头指着詹英说，"这个难友栽倒了，我该不要管管吗?"

詹英在那里呻吟道:"哎哟，徐彦，你快不要和管理员吵了。你给我点水喝好不好? 我肚子疼得快要死了。"说着就把那只没有挖泥的手从被窝里有气无力地伸出来。

古易达抢过来说道:"水来了,水来了。"说着就上床喂水。

布禄看见詹英的头上果然汗油油的,也就不好发脾气了。他装着进来看病,在屋子里来回转悠。

詹英一面就着古易达的手喝水,一面慢悠悠地说:

"管理员呀,咱们这里有个急病什么的,能不能请个医生来看看呀?"

布禄假装没有听见,他见墙上抵下的一个痕迹,审视了一番,问道:

"谁在这里弄的这个呀?"

"谁知道!"徐彦不在意地答道,凑上前去看了看:"我们一来就看见了,都说像个羊蹄印呢。这房子太潮湿了,我们挨都不敢挨它,不信,你摸摸,保管一触就是一个洞,不说人生病呢,以后咱们多放些风才好。"

布禄觉得没趣,就说了一句:"放风还得你们出去哩。"

说罢,转身走了。

三个人不由得都擦擦头上的汗。

23

布禄这几天并没有白跑腿。他不单跑牢房,还跑了军法处。他收集了不少情况,掺和上自己的意见,想出了办法,请示了上级,并通知了大少爷,对反省院上上下下做了安排和布置,他要着手来感化这些共产党的顽固分子了。

这天下午,比平常放风时间提前半小时,牢门打开了,到后院的门也打开了,牛班长站在横十字路口高喊:

"大家都朝我这边来呀!"说着就领着前面的人往前院走去,后面的人习惯地向后院的方向一打弯,那里一个看守,做出一个赶水的姿势说道:

"前面,前面!跟上去,跟上去。"

"怎么?要改到前院去放风了?"

"不知道,跟着走吧。"

前面的人已经进入饭堂。牛班长和几个看守,一面催大家入座,一面把落在后面的催齐:

"快一点,快一点呀!"

饭桌上放碗筷饭盆的地方,周周正正摆着一只寸楷羊毫,一个电镀墨盒,一个灰皮本子,都是每人面前一份。一个蘸笔盂,两桌伙着一个。灰皮本子十六开,正中偏右下方,有三个围棋大小的圆圈,左角上方,是三个很恭楷又很俗气的石印字:作文簿。

牛班长操着山东口音说:

"今天哪,教大伙儿作文哩……早些作好,咱接住到后院放风去。"

有一个人高声问:"教写什么呀?"

"唉,你看你,"牛班长答道,"大伙都是有知识的人,这还用问,我说句不识深浅的话,咱们可不是白吃白米饭来啦,你住反省院,你就写你的反省呗。"

人们低声地吵嚷开了:"什么鬼地方! 又不是我愿意来的。我寻的吃你这砂子饭来呀?""反省院! 还不和监狱一无二样的吗?""比监狱还坏……"

一个直杠杠的声音问:

"不会写怎么办呀?"

"……不会写,"牛班长说,"你总会写你的名字吧? ……那你不就会写了吗? ……再不会写,就把你的名字填到那三个圆圈里。"

"名字也不会哪。"那个声音说。

"这……这……"牛班长难为地说,"那你就想写也不能写了呗。"

人群中有人窃笑了。有人问:"什么算反省呀?"

这时候,板壁那面"咳"了一声,布禄从那个小门走了出来,背剪着手,迈着八字步,上了讲台,说道:

"我说呀,你们都是政治犯,咱们明人不用细讲,可都要明白自己所处的环境和地位。上司为了体恤大家,成立了这个反省院,用意是在不咎既往,只要肯悔过自新,将来都是国家有用之才,前途不可限量。这个反省院一共只有三个反省期。半年算一个反省期,时间不算太长。每到一期,反省成绩好的,上司就可考虑释放。我为大家着想,特意请准上级,要大家早有个准备,早日做出成绩,我兰某脸上也有光。今天是头一回,不出题目了,以后还要出题目。那实在连自己的名字也写不上来的呢,我也无法替你拿笔,只好另作一种说法;你能写的,可千万不要耽误了自己! 究竟兰某有光无光事小,那好处和坏处可是在你自己的身上!"

他用沙哑的嗓子慢悠悠地说着,音调很是委婉柔和。

这一席话没有白说,许多人揭着墨盒,摊开本子,拈起了笔。

尹坚这时愤然说道:

"我没有什么过可悔,这我在宪兵司令部说过了,在军法处也说过了。现在还是这样说。"

布禄装着没听见,他转身从台上走下来,到一些桌子边察看去了。走过詹英面前的时候,他似乎很关心地问:

"你为什么不写呀?"

詹英傲然地支着头,朗声说道:

"我是政治犯,我有不写的权利。"

布禄却不辩驳,只瞟了詹英一眼就走到别处去了。他在这里问一句半句、又在那里指画一番,后来走到郝伦甫跟前站立了一会,连连点了几下头,啧啧地称赞道:

"写作俱佳! 单看这一笔好字,也知道你是一个富有才学的人物。"然后满意地迈着方步从那个小门走了出去。

詹英看尹坚和林陶,自言自语地说:

"要我写嘛,也行。我只能写:根本不应该把我关在这里,这里的生活糟得很,你给我改善改善行不行啊?"

尹坚和林陶的眼色没有表示异议。三个人各把身子转向自己的座位。

不多一会儿有人问道:"写完了可以走了吗?"

牛班长说:"等一下,有一半人齐了,咱就先分一批出去。"

但是大多数这时已经站了起来。牛班长和看守们就催了一下几个没完的,等着一齐走。

到了后院,古易达问徐彦:"我看见你也写了。你写了些什么呢?"

徐彦说:"我写了十二个大字,加上标点符号算十五个。写的是'我头疼、不能写。希望找个医生。'我这是从老詹那一次'闹肚疼'联想起来的,算不得我的创作。"

152

"你这个家伙,"古易达笑了笑,"对于'无病呻吟'的本领倒学得蛮快。我写得比你多点,'房子太潮呀,放风时间该延长呀,该有个医务所呀'等等的。也是从那天想到的。那天吃了批评,倒也学到点乖……"

"哈,你比我还发展了呢。我只要请医生,你倒想成立医务所了,不错,不错。"徐彦打趣说。然后又说:"在这样的环境里,学点这样的乖,是很必要的。"

"……可是坐在我旁边的齐远山同志,他也没有看我写的是什么,却只用手捅我说:不能写,不能写! 在我右边那个陈琪,我看见他写了'幡然悔悟,重新做人'这样的话。我问他:'你怎么能这样写呢?'你说他说什么呢?'对敌人说一句谎话吧,有什么不可以?'他把这看成是对敌人说谎话了。……"

"唔?"

"听说还是党员,他有半点共产党员气味没有? 分明是背叛嘛,他还装着欺骗敌人呢!"

"我建议开除他,"徐彦说,"你这消息很重要。走,找'老兄'去!"老徐已给支委起了个代号叫"老兄"。

古易达边走边问:"我见你坐在郝伦甫旁边,你看见他写的是什么?"

"这还用问?"老徐答道,"给敌人擦脂抹粉呗,什么当局的深恩厚德啦,院方的教养感化、体贴备至啦,所有肉麻字眼儿都堆上啦,要不布禄那么称赞他。你想,敌人称赞,会是什么玩意儿,我只瞟了几眼,脸蛋子热辣辣地烧了半天,现在这眼里还像留一根刺呢……"

两人找到"老兄",徐彦一张快嘴,毛连口袋倒西瓜,一会儿就倒完了。

"现在考虑的是,"詹英听完情况后说,"我们如何采取正确的政策粉碎敌人这种进攻……"

尹坚点点头,沉思良久,说道:"敌人让我们写文章,这是他反省政策必有的步骤和方法之一,这是一场严重的政治斗争,也必然是一场曲折的斗争。我当时很愤怒,本能地回击了他。但问题是群众……群众怎么办? 你不写,群众要写,怎么办? 你提出干脆拒绝,群众是不是就会跟上你来? 群众举棋不定,跟了布禄的话写怎么办? 我同意老詹侧击敌人争取群众的办法,这是必要的及时的……"

"我认为,"林陶说,"现在要继续告诉群众,什么是可以写的,什么是不可以写的。郝伦甫对敌人歌功颂德,不可以写;敌人出了题目,比如说'共产主义的错误'啦什么的,决不可以写,写了就是错误,党员要开除党籍,陈琪就该开除,在党员中宣布,借以进行教育。至于生活的痛苦,敌人的摧残压迫……不单可以写,而且要大写特写,好容易敌人给了我们件武器,为什么我们倒不肯利用呢? 我们还可以把这一斗争,和我们正在发动的争取生活改善的斗争结合起来。关键就在于积极在群众中做好工作。你们俩今天对敌人的回击是必要的,话虽简单,但有力、中肯,代表了我们基本的立场和态度。后来老詹想出的办法和老尹刚才的分析,也都是对的,应该肯定下来。"

"你们谈的都可以肯定下来,"詹英说,"我不重复了,当然要补充也可以补充些。比如说,拥护封建道德的话啦,伤春悲秋的情绪啦,它虽然不直接就是向敌人投降,但容易引起敌人的进攻,这也不要写。又比如在安排上,我们可以有计划地让某个党员和某些人坐在一起互相检查文章的内容,或是预先就帮助群众出主意,但这有个先决条件,就是群众关系必须搞好,这都在以后按情况来安排吧。总之,像你们说的,群众工作做得好,他立场坚定,觉悟提高了,写文章怕什么? 多一件武器不更好? 我们的工作没做到,他不坚定,他动摇,他今天不写,他明天会写,你收起他的笔,你收不起他的嘴,他用嘴也可以叛变,出卖,投降。嘴和笔都是在人用的,并且这写文章也不是敌人进攻我们的唯一的办法呀? 叫我琢磨不透的……这布禄是个什么人呢?"

"蠢家伙!"尹坚说,"有一次老颜对我说,这是一个色厉而内荏的人,外表似乎厉害,他底子里虚,一个卑鄙的家伙。"

"为什么底子虚呢?"

"他贪财,他使郝伦甫他们的钱。他做贼心虚。这也是老颜看出来的。"

"老颜很细心啊。"詹英说。

"我今天还看出来，"林陶说，"这个人在政治上是低能的，你看他对你们俩的回击，竟装聋作哑地躲起来了。"

"这看怎么说，"詹英说，"你说他低能也好，说他狡猾也行；他觉得打不赢你，就打一个弯回头说，他会见人行事，见机行事，这就不能太低估了他，他懂得打迂回战。"

"你对这个人发生兴趣了啊?"尹坚笑着问。

"也可以这样说，"詹英也笑了笑，"他是我们的直接统治者，我们要和他长期打交道，就不能不多摸摸他。同志们说的几面都很对，我说的也仅是一个侧面。要全部摸透一个人，不太那么容易。"

林陶和尹坚都点着头。詹英继续说道：

"从今天发生的事还可以看出来，斗争还只是开始交锋，离白热化还远，所以布禄也不和咱正面碰，他掌握着时间，他有各种方法折磨人，想使你'就范'；我们呢，就也要充分利用时间做好工作，给他来几手漂亮的，一为我们争取个较好的，能生活下去的环境，二也让他看看我们的力量，使他逐步就我们一点范，怎么样？咱们的准备工作怎么样？林陶，这要看你的戏了。"

林陶露着一口洁白的牙齿笑了。

24

在"老兄"的安排布置下，斗争开始了。

开中午饭的时候。

南号筒的政治犯们，镣铐在身，哗里咣啷地走进了饭堂。一个个面容严肃，各就座位。

饭桌上照例摆好了碗筷盆勺，盆里的饭热腾腾地冒着气，每人面前都摆了一碗凄眉苦脸的白菜汤。

人们一个也不动手，全都肃静地坐着，望着面前的碗筷。

一个清脆的声音震响了宽敞的饭厅：

"牛班长，劳你驾，请你去请管理员来，我们有话说。全体政治犯今天有意见，我们的伙食太不好。"说话的是挺身站着的林陶。

牛班长从来没有见过这阵势，一下子给镇住了。但他缓了一口气，搁着一盘红脸赔笑说：

"唉，难友们！请多包涵些了。哪点不好，下回咱们该改就改，现在还是先吃……"

"请你不要耽搁时间，"林陶打断他的话，"请你快去！我们找管理员说话。你误了可是要怪你的。"

牛班长苦着脸去了。不多会儿,带着更苦的一盘脸回来,结结巴巴地说:

"管理员病了,大家先吃饭,吃完了饭,有什么话,慢慢说。"

"不行!"林陶怒气冲冲,"你们对待政治犯是一种虐待的态度,连面都不肯见啊!"他举起一只手指挥似的说:"请你再去请,你告诉他:几时他不来,我们几时不吃饭。"

牛班长二话不说,匆匆地走了。

老一阵不见人来,但是饭厅里很稳定,"老兄"有意地安排党员和一些人坐在一起,沉住大家的气,饭摆在面前,人不吃不动,也不回屋,也不吵闹。

大约等了一个钟头。人们都又饿又疲倦了,忽听后面的楼梯上响起了脚步声,大家的精神顿时振奋起来。

板壁的小门推开了。牛班长在前,布禄居中,一个看守兵在后,走了进来。

布禄换了一身褪了色的米黄色呢料戎装,腆着个大肚子,几步就到了台上,看守兵背了一把盒子枪紧站在他的身后。牛班长规规矩矩地站在台下,他的气色倒是舒坦得多了。

"你们找我要干什么呀?"布禄双手叉腰气冲冲地摇着他那短脖子问。

林陶刚要站起来答话,早有一个声音接着布禄的话口喊道:

"我们对你们有意见……"

这个人名叫栗俊,共产党员,是"老兄"指定他今天讲话的。"老兄"估计布禄可能要发发威,特意挑了栗俊和他对阵一番挫挫他的锐气。栗俊这个人极有口才,语音清晰,火足气旺,讲话的调子不算太快,却也不慢。火气过盛的时候,有时击不太准,但条理畅达、气势贯串,有一个很大的特点是:话在他口里总是一套又一套,一旦他讲开了口,你就是有十个人想来打断他,也插不进去,他总要一口气讲完他的。这个霹雳火式的人物,早已等得不耐烦了,他毫不间歇地讲道:

"……我们这些叫作政治犯的人,并没有罪过的,我们是不该坐牢的。

只因为国民党残暴无道，才蛮不讲理地把我们关到这里，我们现在要求你们的，第一条是：改善伙食。伙食按你们的规定每月四块五角钱，现在却连三块钱也吃不到。其余的钱哪儿去了？分明是你们克扣去了，这一条我们不能答应。我们要求改善的条件是：每天一顿米，一顿面，每餐一个菜一个汤。第二条是——"

"慢着，慢着！"布禄想打断他，栗俊哪管他这一套，他只管说下去：

"……我们要求放风。人见太阳吸空气该是自由的。犯人也应该见太阳。为什么不准见太阳？为什么不准吸一点新鲜空气？你们这是中世纪野蛮人对待野蛮人的办法！"

"你胡说！你侮辱国体！你侮辱党国的官吏！"布禄竭力大声喊着想止住他，但是无用，他的声音被栗俊淹没过去了。栗俊根本就没听他咕噜了些什么。

"第三条，"栗俊接着说，"自从进到监狱还没洗过一次澡。全世界也没有你们这么黑暗的一个监狱！为什么不许我们洗澡？……"

政治犯听得浑身舒坦，不由自主地动了动身子，好像就是要去洗澡了。布禄翻了翻眼，不再打算去打断栗俊的话，看来这个人的话是非听到底不可了。

"下镣！"栗俊说，"第四条是要求给我们全体下镣。你们墙上都安了电网，还怕我们跑掉吗？"

接着他又把看书看报、会见亲友等项一一都提了出来，说完之后，脸不红气不喘地坐了下来。

布禄倒咽了一口气，好像说：谢天谢地，你总有个完了。现在倒该是我说了。可他又不知怎么说好，问题不好答复。……他好容易找到一个话头，说的时候却也不是那种像要打架的姿势了，他知道那是无用的，他采取了耍赖的办法。

"你们这是要干什么呀？是不是要暴动？"

"我们一无武器，又戴一副脚镣，我们怎么暴动？！"栗俊把他顶了回去。

"那给你们下了镣，不就好暴动了？"

栗俊一时没有识破他的挑衅,他发火了:

"你少废话,回答我们的要求!"

这下又把布禄触怒了,他马上便抓岔子:

"你口口声声:'我们我们'的,这个'我们'是谁? 你给我说出来! 是你在鼓动啊? 牛班长,给我把他关起来!"

牛班长连声答应着"是",但是却没动。

"关就关,"栗俊拍了一下桌子,"我这条命早都豁出来了,我看你要怎的!"

布禄激怒地喊着牛班长:"给我钉上双镣!"

"再去拿一副镣来。"牛班长只得对着看守说。

"双镣怎么样!"栗俊硬到底,"你把我拉出去枪毙了怎么样? 我看你现时还办不到。"

空气很紧张,双方的火气冲到了顶点,布禄给顶得上气不接下气,恼怒地站着。

林陶这时起来讲话了:

"管理员,你先不要动怒,咱们把话说回来,你看,"他把手向后一展,"这些人都在这里平平稳稳地坐着,你说这是要暴动吗? 大家是来讲理的。我请问你,你是不是准我们讲讲道理呀?"

"唉,我怎么不准大家讲理呢?"受了一番顶撞之后,布禄简直像是原来就是个很讲理的人了,他这时很想松一口气,但还不肯完全放过:"可你看你们那位同志是不是和我来讲理呀?"

"在火头上,那位难友也许和你一样,说话是不太平静的,"林陶先说了一句平和的话,接着又说:"但是他提出的几条要求没有一条不合理的。那位难友他一句话也没和我交谈过,可是管理员你要让我说,我也是要求这几条,那是怎么的呢? 我们受的同样的待遇,有同样的切身之苦呀! 为什么一个政治犯脚上还戴一副铁镣? 为什么国民党出的书籍报纸不准我们看? 洗澡总不会是政治问题吧? 你管理员三天五天洗一次澡,我们一星期两星期也该洗一次吧? 我不用一个个再提了,我们不容易请到你,请你给我们答复吧。"

"你们也得给我个思考和商量的时间。这么些问题都得考虑一番才成嘛。"布禄说了这句囫囵话,就想逃走。

林陶赶快说:

"哪一件需要思考和商量?哪一件可以答复?请你说个一定的话。"

布禄沉吟了一下,却向牛班长问道:

"延长点放风时间这可以吧?"好像他凡事真可以商量似的。

"报告管理员,"牛班长打了一个立正说,"管理员怎么吩咐,就怎么办,弟兄们受点累,这是可以办到的。"

"牛班长爽快得多。"池子里响起许多人的声音。布禄装着没听见,又沉吟了一阵说:

"接见的事我们可以订个办法出来,给大家以答复……下镣和看报现时办不到。……洗澡和伙食,我和别位商量以后答复。"说着他就迈步要下台了。

"管理员,我只再说两句话,"林陶高声地用话拦住他:"第一句:咱们的事都还没有完,请你们快考虑快答复,第二句:咱们请你的时候,请你快点来,这个总行吧?"

布禄拐回身点了一下头。林陶又补充了一句:

"不然咱们这个饭是吃不好的。"

牛班长吆喊开了:"快把第二班的热饭抬来,把这饭折回去热了给第二班吃。"

大家忙碌开了。

吃饭下来,人们纷纷议论刚才发生的事,十多分钟之后,第二班吃饭的人也吃完下来了。牛班长却因为刚才那个会争持的时间太久了,并且还答应下延长一点放风时间,他就把两班合在一起放风。他也计算过了:要是将来分开放,那么每班多给一刻钟,他和看守们就增加了半点钟,合在一起放,他们反而可以减少一刻钟。这都还未成定局,他今天权且是这样便宜行事。

这却给了南北号筒难友们一个接头碰面的好机会。饭堂上的斗争,立刻在所有的人中嚷嚷开了。

但意见却极其不一致。

郝伦甫那一派人,认为斗争得太猛烈了。他们说:"这就搁到我们身上也受不了。要知道这是在监狱里面呀!这样闹下去会招来横祸的。"

栗俊和一些青年,意见刚好相反,认为斗争还太软弱无力,对敌人太客气了。为什么把那个布禄找了来,什么也没有答应,就把他放走了呢?斗争不坚决,这是在敌人威吓面前的退缩、恐惧和动摇。

还有的党员认为这种斗争"无异与虎谋皮",徒劳无益,即使斗到一点什么,也动不了统治阶级半根毫毛,没有多大价值。但表示绝对服从"老兄"的意见,对内持保留态度,对外在群众中不宣传这种观点。

"老兄"迅速地集拢了这些意见并且做了总结。"老兄"认为这次斗争是个很好的开端,在这个会上提出了我们改善生活斗争的全部纲领,是一个很大的胜利,这给以后的斗争拉开了一个序幕。林陶对会场的掌握也很好:他把欧克司压了上去,把布禄压了下来;待到布禄爆发又受到顶撞之后,他却保护住了我们的阵地,不使我们的战斗者受到损失,并且把斗争的目标重新树起,迫使布禄不得不承认我们讲话的基本权利,迫使他不得不答应去作考虑和商量。在争取到哪怕是极小部分的利益之后,比如放风,就给他个回旋的余地,留住话口,约定来日对阵,并且警告他:这阵逃不得,他想逃也逃不开。我们却因此争取到了时间,重新聚集和部署我们自己的力量;只要我们准备好,哪时想斗就能斗。可以说,斗争的主动权已握在我们手里。……这都极其有利,而且符合"老兄"原来的意图。

这次斗争的最大缺点,是说话的人太少了。这一方面是由于对待斗争的态度各有不同,许多人在存心观望,另一方面"老兄"在作布置的时候也有顾虑和局限,这是头一炮,既要打得准,又不能打得绝,这就不好乱哄哄地打;初次交锋不可太多暴露自己的力量,别方面的力量却事实上没有调动起来。这样只有极少的人讲话,你就再激烈也无用,他反而容易寻找借口打击你。转移斗争目标。你不使他感到群众的压力是不行的,不使群众

161

参加到这个斗争中来是不行的。"老兄"因此设想,可以提出倡议,成立一个政治犯统一战线经济斗争组织,这个组织可以叫作政治犯斗争委员会,或政治犯权利委员会什么的,这样才便于广泛地吸收群众的意见,使群众深切地感到这些有关切身利益的事,从而自觉地参加到斗争中来;这样也才便于和一些在群众中有影响的头头们遇事商量,采取统一行动。

在分析和研究了这些之后,"老兄"就分头去进行活动。

詹英被派去和郝伦甫、曹车等人商量,恰好这俩人正在一起交谈着些什么,詹英没搭他们的话茬,却把成立委员会的意见提了出来。

"不行啊!"郝伦甫抚着他那把大胡须决然地说,"你想,在外面搞组织活动,敌人知道了是要杀头的;何况如今陷身图圄之中呢?"

"是呀,"曹车附和他的话,却滚动着两只很灵活的眼睛左右关顾地说,"你们两位说的都有理,可我们究竟是身在缧绁之中,不能不郑重地考虑,情况不允许呀。"

"是的,"詹英说,"应该郑重考虑,但是怎么说情况不允许我们斗争呢? 斗争什么时候才会被允许?"

"不行,"郝伦甫说,"这叫冒险主义。"

"为什么一定就是冒险主义呢?"詹英问道,"正是为了有一个机构,大家遇事商量,才好一致行动。这不也正好减少和防止了斗争的盲目性和冒险性吗?"

"不行,"郝伦甫再一次说,"一有组织形式,谁保证不走一点风声,不漏半点破绽呀?"

"我们先要保证我们自己。"詹英说,"当然了,如果出了工贼,那我们就是没有任何行动,也还是会有危险的。"

"这就不一样了呀。"曹车钻空子说。

"那么你说,"詹英退了一步,"我们还要不要斗争了?"

"这我说过了,"曹车不安地说,"斗争是可以,但我不主张激烈,更不赞成有组织。"

"就像咱们这次的斗争,"詹英说,"总得有人商量吧? 总得有人出来说话吧？现在的情势是这样,如果我们不搞,大家也要起来搞。你们总不能当工贼吧?"

"那是当然的!"被詹英这么一逼,两个人同时这样说道。

"既然如此,我们就组织起来斗争,不是很好吗?"

"那不行!"郝伦甫说。

"那不行!"曹车也说。

詹英的努力也快到尽头了:

"那咱们每个号子,有个说话的人代表大家说话,这总是可以的吧? 你们那两个号子,也应出来两个说话的。"

曹车鼓鼓勇气看了郝伦甫一眼说:

"我们出两个说话的。"

总算得到了这么个结果,詹英又赶快找到林陶和尹坚,汇集了情况,商定了下一步的行动。

25

第二天,仍是吃中饭的时候。这次轮北号筒的人先去吃饭,一进去就吃。按着惯例,南号筒的牢门也早打开了,到时候喊一声"放",南号筒的人很快就涌了上来。今天北号筒的人却蹲着站着或坐着没动,有少数在门边的人,这时也都返了回来,这是为了加大声势,在昨天就已商定好了的。

南号筒的人上来,仍是各就座位地待着不动。林陶这时站起来说:

"牛班长,请找管理员来答话。"

牛班长赶快就走。

不多一会来了人。牛班长和布禄之外,又来了两个。布禄对其中一个略微让了让,就都先后走上了台去。

走在布禄前面嘴里叼着一支烟管的人,是个留着平头的干瘦干瘦的中等个子,在他的脸颊上,你就是用锥子也掘不起半点皮肉来。走在布禄后面的,是个粗矮人,眉心有颗黑痣,嘴上有些胡碴子,留个分头,他不论走到哪边,那个子也在别人的腋窝之下。大家猜想,这自然是"大少爷"和"小不点"了。他们都穿了长衫,布禄也没再穿他的戎装。

布禄先开口说:"这不是,训导员和段庶务都在这里,你们有意见可以陈述呀。"

林陶说道："意见已在昨天说过。今天我们是来听答复的。管理员不是说商量好了就来答复的吗？"

布禄和大少爷互相看了看。大少爷操着南方口音懒悠悠地说：

"你们是一个人有意见呢？还是几个人有意见，还是都有意见呢？"

池子里许多人举起了手："我有意见！""我也有意见！"曹车这些人也夹在里面说了。

"你们一个一个说嘛。"大少爷说。

徐彦、古易达等党员打先锋，许多人也跟着说。有说洗澡的，有说下镣的，有说看病的，有说要求看书报的……也有别人说了再换换话头重说一次的。却都一人只说一个或两个问题。

大少爷换过了好几支烟，一支一支不停地吸着，每次都要牛班长给他燃火，他不耐烦地说：

"大家都有这么些意见啊？"

"是呀，都受着这样的痛苦的嘛。"池子里不约而同地喊道。

大少爷新换了一支烟，慢悠悠地说道：

"我看这是你们的管理员待你们太好，纵得你们都要暴动了！"

"我们没有暴动，"池子里的人大喊，"我们提了要求，听你们答复的。"

两面话都激怒着布禄，他大声喊道：

"牛班长，到他们号筒里去搜！他们必有共党的宣传品！"

这话大大触怒了政治犯。林陶在大家的喊嚷声里站了起来：

"这样的搜查我抗议。我申明，如果没有我屋子里的人在，搜查出来的任何东西，我们一概不负责任。"

"对呀，对呀，他们栽赃怎么办？"池子里的人大喊起来："你们要给我们栽了赃算谁的呢？"

"天地良心，"牛班长也急得高声喊着，"谁能做出那种没人味的亏心事呀？不信，你们出来两个人跟着。"说着他叫了两个看守走了。

"这是对我们的侮辱！""这是对我们的挑衅！""这是阴谋转移斗争目标！""问他们，搜不出东西怎么办？""要他们自打嘴巴！""他们已经在打自己的嘴巴了。""可耻!"

等声音平下来一点之后,大少爷仍用他那慢悠悠的声调说:

"我劝你们安安分分地待着,不要胡闹、自讨苦吃!"

林陶接住了他的话说:

"我们怎么不安分呢? 我们提出了些生活上的迫切要求,你们却无事生非地说我们要暴动,并且无理地进行搜查,胡闹的到底是谁呢? 你们压迫了我们,反而说我们自讨苦吃! 你们不用恫吓,我们人有人在,命有命在,我们不怕你! 你们压迫我们的事实俱在,休想逃脱得了!"

大少爷被这番话抢白得哑口无言,却又似乎触起了他逃阵的动机,他觉得既然辩驳也不好辩驳,要是搜查不出来他脸上也不好看,况且他本来也是放一通虚炮并无任何实际根据的。他就仍然用他那种做作出来的漫不在意的神气,和他那种不屑置辩却又很尖酸的口吻说道:

"你不用和我强辩了。你们的好日子在后面,长着呢。"这么虚晃一枪之后,就扬着一个咬着烟嘴的瘦干下颏,提起脚来从台上扬长走下去,大概他的大烟瘾也早发了。

林陶刚想用话抢白他几句,牛班长却从饭厅门口远远地打个立正高声喊道:

"报告官长:南北号筒一个一个都搜查过了,危险和违法东西,一概没有。完结。"

布禄不知道是暗暗得意还是恼火。池子里的政治犯却同时吁了一口大气。

"你听见了吧? ……"林陶还刚刚来得及把这句话追送到已走到小门口的大少爷耳里,"我告诉你,跑了和尚跑不了寺,有你这个反省院在一天,不论你哪一个走了,问题终究得有人出来解决,既然我们得在这里生活下去,饭就得吃,话就得说,谁想剥夺我们这个权利也办不到。"这后面的话,大少爷早已听不见了,其实是说给布禄和小不点听的。

布禄本来是想请到大少爷帮他壮大声势或是抵挡一番,好便于他向政治犯讨价还价。没想大少爷捅了个漏子之后却逍遥地溜掉了,自己不好再跑;他同时却也暗暗欣喜:自己在大少爷面前总算没有丢了脸,反而是大少爷蹼了半鼻子灰。大少爷走了,倒少了牵掣,可以操纵自如了,他看了这时的情势和听了林陶这些话,就换了一种缓和的口气说道:

"唉,谁不让你们吃饭的呀?几次上来,你们总是不吃,光闹!"

林陶想从这个题目上先压他让步,就说:

"还说是我们闹啊?你看看我们吃的是什么。"交代过这么两句之后,他就把早已计划好的,按现在应该吃到的标准极其详尽地计算了出来,照这样计算,每天一米一面,每餐一菜一汤,正是绰绰有余;菜汤里还应该加上豆腐和粉条,每隔三天还能加一次肉片;每个菜里粉条该有几两,豆腐该有几块,肉该有几片,他也都算得确确凿凿的。在说了这些之后,他加上说:"这都不凭你讲,也不凭我说,市场上的盘秤价格有它的规定,你们也还有你们的上司,再要办不到,怎么也难说过去的呀。"

"不说了,不说了,"布禄在这样精确的计算和压力面前让了步:"给你们解决。"然后又看看小不点说:"怎么样,你答复他们吧。"

小不点头一次见到今天这样的场面,又觉得这个实际的责任是在他身上,因此,态度就比较老实。他先诉了一番苦,说经济财力有限,上面又把得紧……但他答应改善,说每天一米一面办不到,逐步隔三天两天吃一顿面食是可以试办的。菜里加豆腐粉条可以办到,但加不了那么多,肉片顶多一礼拜加一次可以试办。他还说,澡堂要修一个,医疗室也准备成立,这笔经费是有的,就是还都找不到人来办,他还透露出了,这月的伙食有困难,是因为写文章的纸笔等项借支去了……"总之,"他说,"我们也是初办,大家多包涵,我们总要极力办好的。"

林陶看出问题的主要方面不在他身上,并且他态度也较老实,就不去压他,却说道:

"写文章的纸笔费决不能归到我们伙食账里,这又不是我们要写的。庶务的答复,虽然还远没有达到我们要求的标准,但答应给我们逐步改善就好,这就看以后怎么样了。那几件事怎么样呢?看书、看报、放风、下镣、接见这些事呢,管理员?"

布禄似乎对小不点很有点恼火,觉得他让步太快太多,并且泄露了一些在他看来不该泄露的底。相形之下,他也不得不答应几件事。他踌躇地说道:

　　"书呢,只要不是违禁的,经过这里审查,送进来的都可以看。报纸呢,现在不能看。"

　　"为什么?"

　　"以后再说,以后再说,镣呢,牛班长啊!"

　　"有。"

　　"不是有一些小镣吗?经过批准,可以给他们换一些小镣。"

　　"是!"

　　在这一声"是"的答应声和立正的姿势中,布禄边走边说:

　　"已经答应得不少了,哪能一下子什么都解决了呢?"

　　他终于也溜掉了。

26

经过这一次斗争，"老兄"简单地总结了一下，认为斗争是胜利的，一是压了一下敌人的气焰；二是在生活方面得到些利益；三是初步团结了群众，使群众认识到，在监狱中斗争是可行的，只要大家团结一致，有明确和恰当的目标，就可以争取到某些胜利。因此，"老兄"在群众中的威信无形中提高了。

"老兄"自己也取得了若干领导斗争的经验。其中有一条就是：在广泛地发动群众进行斗争的时候，首先要有一个适应群众迫切要求的明确的行动纲领。其次，还要有个适应于这目的的广泛的群众性组织形式，两者缺一不可。在这个问题上，"老兄"通过詹英曾两次和郝伦甫他们反复地磋商过，虽未完全达成协议，但在实际行动中却有一定成效。不是吗？每屋里推选了说话的人，说话人在会上也或多或少地发了言，他们在事先事后也可碰头磋商并和屋里人取得联系，这在实际上不也是某种形式的委员会或其雏形吗？"老兄"认为这种方式以后还可大加运用，有事需要和群众商讨的时候，就可以找说话人碰头。"老兄"给这个新生的斗争产物，取了英语转音的代名，叫它"司皮克儿"并且决定加强对它的领导。

生活方面取得的改善是，伙食好些了。每碗菜汤里，可以看见有半个火柴盒大小的三四块豆腐和几根粗粉条,并且漂着几个菜油花。米饭里的砂子少了,似乎还换了一种较好一点的米。另外,还第一次吃了一顿面虽然黑,却蒸得很暄乎的馒头。

第一次吃馒头的时候,布禄踱到了饭厅里来,用一种厨艺欣赏家的口气赞叹说:

"啧,多好的馒头!"他是满想用这句话引起大家对他的感谢的。

"蒸得是不坏呀。"詹英边吃边说,"就是面太黑了,按说让我们吃头等白面,钱也是足够的。"

布禄大概是把头一句话听成是"真的是不坏了",他狠狠地点着头;听到了后面几句才觉出是误会了,摇头咕噜了一句:

"真是人心没足劲。"说着就一歪一歪地走开了。

放风的时候,他又出现在后院里。

人们围拢来问:

"咱们这个澡堂什么时候才动工修呢?"

"段庶务出去找人去了。"布禄答。

"医务室到底成立不成立呀?"

"什么事能一口气吹起来呀?"他有些不耐烦了,"到时候就会看见了。你急什么!"

"不要让我们等得太长了呀!"

布禄就不再作答,却也不发作,不走开。

他还是那么一副俨然不可侵犯的样子,但显然是有些心事。他被迫答应了一些事情之后,想趁这个机会来卖卖好儿,偏偏这心思没人理会。

詹英其实早看透了他。但偏偏不说,只盯住他问:

"那给我们换小镣的事呢? 这总费不了你们什么事吧?"

"看你说的,"布禄说,"哪有你想的那么简单呀!"

"这有什么不简单的! 你动一下口,牛班长动一下手,咱们的事不就成了吗? 这有什么犯踌躇的?"

"我身负管理的责任,怎么能不仔细考虑一下呢?"

"你这很容易考虑的嘛。你先把我们身体弱的一些难友的镣换下来，这总能办到吧？"

"是呀，每个人都须考虑一番。"

"你看，就像这一位……这一位……这个……这个……"詹英边说边指着在近边的老尹、老徐还有几个人说："这都一眼能看出来是带病的人嘛，这有什么要考虑的？咱们办事情应痛快些！先把他们几个换了，别的你再一个个考虑去。"

"各个人的情况都是不同的呀。"布禄尽力支吾着。

"要说不同，也有。"詹英说，"比方说我，我的身体就比较强些，你就先不要给我换；可是除我以外，你看看这里所有的人，哪一个身体比得上我？要是给你开起病历来，你那个没成立的医疗室也要放不下了。我说他们的镣就都该换。"

"你越说越远了，我说的不是这个。"

"那还有什么别的呢？要再说，也还有。比如那个何谦，从宪兵司令部和军法处押到这里，就一直闹肠胃病拉肚子，他就不该是换镣问题，就该是下镣取保就医的问题了。你想他走路还要人扶着，那你还怕他跑了怎么的？总之，这都看你管理员肯不肯给办，你有无这个诚意就是了。"

"唉，"布禄装出一副很受委屈的神气，"你们这些政治犯真是难惹呀。你们只说你们的，就不懂我的为难处。你们的要求总是没完没了。"

"你这话又没说对。当然了，有谁故意惹我们，那是另一回事。不是这样的话，政治犯实在是世界上最讲道理的人。你说我们的要求有哪一条不合理？你把这些应有的要求都答应了，我们还和你要求什么呢？咱们也不用把这些已经答应过的事再到饭堂上一一叮咛了吧？"

一听到再到"饭堂上叮咛"，布禄很懂得这是怎么回事，连忙摇头说：

"你真是越说越远了，你们也不用再难为我了。我答应过的就是答应过了。你们总还得给我办理的时间吧？"说着转身就走。

林陶找到詹英和尹坚商议道："你们看布禄这个家伙还得压一压呢？"

尹坚笑笑说："依我看，这个家伙得压压，也得喂喂。他两次跑下来，分明是窥测我们的态度的,他一面想'布恩',一面更想谋利。特别在这镣的问题上,他自然是认为有买卖好做的,否则他就给你拖时间,甚至说了不办。你们以为呢?"

"我看也是如此,"詹英说,"压压,喂喂,也还要等等。为什么这样说呢?压,我们是压过两次了,压出了点结果,现在是趁热打铁,让他兑现。喂呢,看来也难免,他们的规律嘛:无钱不办事;但我们不开先例,这会给后来的人添麻烦,群众也会乱猜疑,说闲话;压是经常的,这要靠群众力量;喂要看情况,尽可能少花钱多办事。换镣的事,我们采取群众路线,让'司皮克儿'提出名单来,他们也讲,我们也讲,我们也帮他们讲,这样我们就不会脱离群众,你们看怎么样?"

"这样好。"老尹、林陶同时说。他们还商量了些别的事,又把几件打算交涉的事委托给詹英,就各自干事去了。

果然到了晚间,布禄就跑到号筒里来察看。每屋里说话的人都提到换镣的事并提出具体的名字,布禄却仍用活脱的口气,含糊答应着:可以商量。

郝伦甫他们也早看出布禄的心事了,他们有钱,暗暗应许布禄些钱,布禄就让牛班长给他们换了小镣。

走到了詹英门口,老詹就问他说:

"管理员,你说这换镣的事,困难究竟在哪里呢?"他其实知道这话是多余的。

"你想想看嘛,"布禄环顾了一下左右,压低声音说:"换了镣,就给看守们加了责任和麻烦,我不得不关照我的下属呀。"他当然知道他的话完全是假的。

事情是摆得很明白了,老詹就说:"这样好不好,请你多打个关照,上次接见,给我送来些钱,不用过账了,你就用了吧。换镣下镣的事,麻烦你多费点心了。"

"唉,你可不要以为我……"布禄说了半句就咽住了,脸上却是装也装不住的笑容:"我马上让牛班长给你换镣。"

"不要，不要！"老詹打断他的话，"我的你不用管，这我说过了，请你把尹坚、颜季仁、徐彦几个人的镣先换了吧，他们同我从宪兵司令部军法处一道同难而来，身体又那样弱，我实在看不下去了。"

"唉，你这个人！"布禄摇了摇头。

"咱们还是初交，日久见人心，你肯多给我们方便，我们是不会亏待你的。"

"就按你说的办！"布禄作了决然的答复。

"何谦的镣你也给他下了吧！"老詹说。

"也换小的。"布禄大概怕詹英又提什么要求，赶忙走开了。

接着他就把詹英提出来的人让牛班长给换了小镣。为着掩盖耳目，他还让给别的人也换了几副。

牛班长拿着一串钥匙和一副小镣来到老詹屋里，给徐彦换镣之后，老詹悄悄地唤住他，手里拿出来一块钱。

"管理员没有吩咐给你换镣呀。"牛班长怔了一下说。

"不是这个，你接了钱我再告你。"

"有什么话你就说呗！"

"请你给我送封信，带进一份报纸来，《世界日报》《大公报》都可以。不看报纸实在闷得慌。"说着就把钱和信交到他的手里。

牛班长还想推辞，老詹却说："以后短不了劳累你，你还是快给别人换镣去吧，开步——走！"

牛班长过意不去地退出去了。

第二天早晨就带来一个便条，还有一份《世界日报》。

詹英又拿出一块钱对他说："请把下一天的报纸也带来吧。"

"这可不能，"牛班长避开些说，"看一看报纸，你只要不露了馅，不要连累我，就成了，哪用时常这样啊！"

"这一层你放心！"老詹安抚他说，"不过是这样：你很忙，你又不常在班上，你歇了班，我们就看不上了，这也不成呀！你可以另外关照一个兄弟吗？"

"行!"他略微顿了一下说,"咱们瞒上不瞒下,都做个利落就成。你也不要惯坏了他们的脾气。你们有难,我们多沾你们也亏心。"他这次没有接受钱。

詹英感到这个人还有几分义气,两人的谈话就逐步地深了,老詹问他:

"你们那个管理员可和你很不一样啊,你说他身上倒是干净的吗?"

"看你说的,"牛班长讪笑说,"他怎么样,我们管不着;我们怎么样,他可要管。"

"咱们再商量一件事,"老詹说,"南北号筒分开放风的时间一共是一点钟,现在合到一起,咱也延长到一个钟头,你说这行吗?你们是同样辛苦一次,我们可就能多吸点空气了。"

"我和管理员说说,"牛班长说,"他放一句话,咱们就可以办的。"

这两日詹英想完成的两桩任务都有了进展,一是看报纸的事。现在打开了门路,已有三四份报纸可以看到。二是和外面的党组织发生联系。这更是一个担风险和困难的事,因为组织经过这样一次大破坏,很难立即恢复。即使恢复了,一时也难于联系得上。好在这时已打通了一些社会关系,并且找到了欧克司这样一个可靠的人,这就比较好办了。

詹英感到相当的满意。

27

草岚子监狱的空气,突然紧张起来。

放风的时候,看守加多了,一个个都绷着脸,在四周来回不停地巡逻。岗楼上的哨兵加成了两个,还带有一挺机关枪,似乎准备随时开火。报纸也没人敢往里带了。

小门和后墙的外面也发生了变化。往常放风的时候,常有小孩子来砸门。边砸边童声童气地问:"你们在里面干什么呢,不是滚铁环吧? 让我们进去看看吧。"

一个政治犯从里笑着回答道:

"是滚铁环啊——小兄弟,不过这铁环和你们的不一样,我们这是套在两只脚上转呢。"

"铁环怎么能套在脚上转呢? 怪了!"孩子们又把门敲了两下。

一个看守赶过来捶了两下门,恶狠狠地骂道:

"滚开,不准你们砸门,再砸把你们也关进来。"

"好凶的家伙!""怎么你还骂人呢?""你说不让砸怎么你还砸呢?"咚咚! 孩子们更重地砸了几下,笑哈哈地跑开了。

自后,有时候干脆咚咚砸两下,有时候又听见高嚷:"骂人的家伙,你滚出来!"

看守们打不成这隔墙的仗了。孩子们突然不来了。

这一天,却又听见这惯熟的稚气的声音在欢腾地笑着:

"嚙咻,怎么这儿堆了这么多沙袋呢? 咱们爬沙袋玩儿吧。咱们来玩‘抢梁山'。"说着就听见翻上滚下和吱吱咯咯的欢笑的声音。

"滚开!"岗楼上的哨兵从远处厉声吆喝着,还摆开射击的姿势,"滚开不滚开? 不滚开都枪毙了你们!"

"你滚开! 你滚下来!""这是你家的祖坟不是,你怎么不让上?"

"怕死鬼!"一个较大的孩子的声音:"叫你们去打仗你们不敢,就懂得吓唬小孩子!"

墙里面的政治犯这才知道墙外面堆了沙袋,并且也更感到气氛的严重了。

究竟发生了什么大事,竟至这样严重呢? 有些青年难友开始骚动起来。詹英去问郝伦甫他们,他们也一点不知道。问牛班长,牛班长只含糊地说:没什么的,以后就知道了。

布禄到后院来巡视,又一次穿了他的"戎装",黑着一副脸,一句话也不说,死盯着犯人。他立在离门口不远的地方,好像随时准备逃跑似的。

政治犯本能地抱着一种敌对情绪,谁也没有过来和他说话。

詹英大步走过去,扬着头问:

"管理员,怎么外面把沙袋都堆起来了? 枪毙我们呀"

布禄低了一下头说:

"现在外面情况不好。东北,北大荒,日本人打了过来。咱们的部队通通退下来了,张副帅没有打,通通撤进关内来了,形势不好……堆沙袋是怕有暴徒来捣乱,是为了保护你们的。"

真是晴天里一声霹雳!

詹英略微定定神,立即找到尹坚和林陶,将布禄的话原原本本地重述了一遍,然后说:

"看来这些话都是真的,他不敢谎报这一类军情。他只调换了一句话:

176

当然不是给我们做保护,那是害怕我们暴动,我想,这正是国民党反动政策的必然结果;也好吧,革命运动新的高涨必然会随着这个形势加速到来的。"

"是呀!"老尹和林陶在震动和愤慨之后同时说,"没有想到这样突然,这样快。"

接着"老兄"作了进一步分析和估计,认为:如果日本人紧接着在关内也大干起来,在极度混乱的情势之下,暴动越狱的可能性是存在的,但现在还不行,应该先尽力打通同外面的关系,尽力买到报纸,密切注意时局发展,进而决定狱中的行动。现在应该立即提出抗日和释放政治犯的口号,要抓紧时机发动一次斗争,在这次斗争里,不提经济口号,集中全力,指出国民党不抵抗政策的错误,要求将全部政治犯释放出去,开赴前线,共同抗日。

"老兄"把消息和行动决定,通过支部和"司皮克儿"传到全体政治犯当中,激起了人们对这个行动决定一致同意。

第二天,又是在饭堂里。

"管理员,"詹英先揭盖子,"我们这些政治犯全都知道了:日本人打进我们的东北来了,这是不容许掩盖也是任何人也掩盖不了的事情。这是关系到我们整个民族生死存亡的大事,关涉到每个中国人的身家性命,包括我们这些政治犯,也包括你管理员、班长和看守先生勤杂人员们在内。听凭日本人打了进来,我们就都要过亡国奴的悲惨生活,团结起来抵抗,才是我们唯一的出路。我相信,只要是血管里流的是中国人的血,只要有一颗中国人的心,对这样的人事就不能无动于衷。管理员,你不仅是中国人,同时还是东北人,你一定对我们的话抱有深切的同感。"

紧接着詹英的话,政治犯一个个踊跃地起来发言。徐彦以他快速的语调,林陶以他爽朗的话音,古易达用热情的宣传,颜季仁用愤怒的抗议,栗俊、小邓……一个个都讲了话。发言普遍而热烈。郝伦甫、曹车他们也都在中间讲了话,连仲子也讲了……这是震动着每一个中国人的大事呀!

尹坚是在最后说的。他以一个雄辩的政论家的气度总结了大家的意见。他指出：日本帝国主义所以敢于猖狂进攻中国,正是国民党反共反人民的必然结果;但是伟大的中国人民必然不甘心接受日本帝国主义的奴役,抗日的民族救亡运动必然要高涨起来;国民党如不幡然醒悟,改弦更张,它自己和它的不抵抗主义必然不会长久存在下去。他指出:挽救民族危亡的大计,只有不分党派,不分种族,结成民族统一战线,对待日本帝国主义,除此之外是别无出路的。接着他就提出大家一致的要求,说道:

"应该把我们这些爱国的热血青年,全部释放出去,立即释放出去,开赴前线,共同抗日! 我们坚信,有着五千年悠久历史的中华民族,有着四万万五千万人口的祖国,一定不会被日本帝国主义灭亡的。"

所有在场的人都被这些热烈的语言所激动,牛班长和看守们一动不动地听着。

布禄最初听到詹英说话的时候,不免有些惊讶:这不是把我的话给漏底了吗? 但是随着詹英的话,他很快就转过来了:是呀,用不着遮盖,遮盖也枉然;这样天大的事,责任又不在他身上! 越听下去,那种本能的敌对的担心与顾虑早已失掉,思想里的波动却扩大了。他有时觉得沉重,有时也觉得愤慨,有时觉得开豁,有时又觉得无可奈何;有时有些听不惯,但又觉得倒也新鲜……但是无论如何,他觉得这些道理是无可辩驳的。

在听完大家的发言之后,布禄背着手,低着头,心事重重地说道:

"大家的话我不能说没有道理……我可以把大家的意见,相机向上司转达。"

"希望你立即转达!"詹英高声说道。

布禄再没有说什么,但也没有像往常那样匆匆地跑开,倒似乎颇为关心地看着大家吃开了饭,才慢慢踱了回去。

从饭堂下来之后,"老兄"决定把大家的呼吁写成书面的意见递交军法处让他们来答复。

"老兄"这个提议,大家无不赞同,于是推定郝伦甫起草这个意见书。郝伦甫也没有推辞,他觉得也不必推辞:反正大家的意见都公开讲得明明白白,责任由大家来负,他的手笔也确实来得很快,把大家讲过的话一归纳,很快就写出一份草稿,暗暗传阅之后,"老兄"又经过仔细的增删、修改和推敲,再交给大家讨论,有些不识字的工农同志,还要人一字一句地念给他们听,都无意见了,这才算定了稿,然后托由看守买来折子纸,又在政治犯中挑出最会写正楷小字的人,整整齐齐缮写成一份正式的文件,再交每个人看过,盖上了指模。

这一切都做好之后,由詹英交给了布禄。

布禄起先推诿着不想转达。但经过"老兄"布置,消息早已透露到社会上,还发了报道,布禄知道压不下去了,只好答应递转。从此,政治犯有了个新的斗争目标:催答复。

28

国土在沦丧,草岚子监狱的管理者们却玩着无耻的把戏。

这天下午,人们又被集合到饭堂上。小门后面不高不低地"咳"了一声,布禄和一个人厮紧厮让地走了进来。

布禄将来人让到台上,就走过台子当间郑重其事地介绍道:

"难友们,这位是西城教区的爱德华神甫,今天来给大家讲道,爱神甫学识渊博,精通教义……希望大家好好地听。"说着,将两个叠着的杯子分开,拿起一个,亲自斟了一杯茶,放在那神甫跟前。

来人中等身材,穿一身黑色的夹长袍,脸面圆滚滚地没一丝皱纹,年纪并不大,嘴上却蓄着一撮浓密而光滑的黑须。

池子里的人低低地议论开了。

"这不也是个中国人吗? 怎么取了个洋人的名字?"

"是呀,皮肤也是黄色的嘛,鼻子也不是钩子样,可惜他变不了这两宗。"

"是神甫,怎么不见挂十字架?"

"我们坐的远,看不见,他脖子上一定有一条黑绳子,那物件是藏在里面的……"

詹英和尹坚坐在一排凳子上，林陶坐在前一排。他转过身子来说：

"妈的，我还以为军法处来答复问题了，没想到来了个二毛子。我来揭揭他的皮……"

"且听一下他胡扯些什么再说。"詹英说。

"他要骂我们，就回敬他，"尹坚说，"不骂呢，我看也就算了，这种人，你和他永远也缠搅不清。"

六只眼睛心照不宣地互相看了一下，林陶就转回了身。

没想到那神甫刚说了几句话，就出了一个小小的笑话。

"诸位！"小黑胡子呷了一口茶，清了一下嗓子，高声说道：

"我们教会，是信仰上帝，办理慈善事业的。目的是要拯救世人脱离苦海，同享天国的永生之福……"他似乎很欣赏自己的调门，于是又呷了一口茶，加重语气地说：

"我们的这种宗旨，真是所谓司马昭之心，路人皆知的……"

池子里哗然大笑。

有些犯人不知道为什么要笑，就问道：

"他说了什么？为什么笑！啊！"

有人就解释道：

"他说他们教会，在中国进行文化侵略、麻醉群众，这种丑行就像戏里面那个大白脸的司马昭，他的心肠不论谁也知道的，连在路上走路的人都看得明明白白。你看，他自己说他们是唱大白脸的。"

经这么一解释，笑的人越来越多，笑的声音也越来越响。

神甫以为这些人爱调皮，或是发生了什么别的可笑的事，就庄严地制止道：

"大家不要笑，好好地听，我说的完完全全是真话！"

他越这么说，人们越笑，有人笑得前仰后合地对他点头说：

"是呀，是呀，你这完完全全是真话……"

他看见有人对他点头，便越发得意了，又灌了两口茶，声调高昂地说道：

"我们尘世上的人,都是生来就有罪的,你们也是有罪的,因此,我告诉你们,你们要忏悔……"

人们不笑了,徐彦问道,

"神甫先生,你怎么刚说了尘世上的人都有罪,就又单单挑出我们来,说我们有罪呀?你也在尘世上活着,你有罪没有呀?"

"我有我的罪,你们有你们的罪。"

"你先说说你的罪好不好?"老徐盯住他。

"你们宣传共产主义、宣传了和三民主义不相容的主义。"

"你宣传的天主教义和三民主义相容不相容呀?"

"我们自然是相容的。"

"那么你不是就无罪了吗?怎么你还说你也有罪呢?"

小黑胡子答不上来,他拿起杯子往嗓子里灌茶,装着顾不上回答的样子,老徐就又问他说:

"你说爱国算不算有罪呀?"

"……爱国怎么算有罪呢……"

"日本人打进中国来,我们要不要抵抗?'

"……这要看国家的主意了。"

"那么'天父'的主意呢?"

"天父的主意……也要看看人的主意……国家的主意。"

"天父不是只有一个吗?可是中国是一个国家,日本也是一个国家,它现在千方百计地要灭亡中国,你那个天父该向着哪一个呢?是不是他也赞成灭亡中国?"

"神甫先生,"徐彦不愿意和他多纠缠,"再说下去,不是你宣传的那个主义和三民主义不相容,就是你的主义和你所说的三民主义都要站不住脚了。可是不管如何,你说你也有罪,你却吃得胖乎乎地站在那里吃茶讲道;我们这些爱国青年,本来什么罪也没有,被人家加上罪名,关在这里戴着脚镣受罪。为什么有罪的倒不是那些不抵抗和不爱国的人,反而是我们?为什么要给我们横加罪名,这倒真是所谓'司马昭之心,路人皆知'啊!"

池子里又是一阵哈哈大笑声。

小黑胡子似乎觉察到他说过的话有什么毛病了,但又不明其所以,只好支支吾吾地撑持门面:

"我,上帝的有罪的仆人,来指引你们这些迷途的羔羊忏悔,你们不听我的话,可是要后悔的。"

"算了吧,神甫先生,"徐彦接住他的话说,"我们既不是迷途的羔羊,也绝无忏悔的必要,我们不听那些路人皆知的话,我们不后悔。上帝保佑你,多喝两杯茶吧,不然,你就又要继续犯你们十诫中那种欺诳之罪了!"

小黑胡子果然又灌了几口茶,头上、胸口、左肩、右肩触点了几下,嘟嘟囔囔地呜噜了几句,摇着头走下台去。

人们也都嘻嘻哈哈回到牢房。

林陶笑着对尹坚说:

"宝贝,宝贝!我小时候在乡村里也见过些传教的,吃教的,不知道是因为那时候小呢还是怎么的,总觉得比这个小黑胡子还有点迷惑人的本领,现在国民党却乞灵于这样的宝贝,可是一代不如一代哩。"

"我看他要有脸,下回就未必敢来了。"

"这可说不定。你不知道这种人是比苍蝇还勇敢的,招来容易,送走却难。"

"来就来吧,反正咱们放风的时间也不多,大家多接一次头,谈谈事情,也开个小玩笑取取乐。"

真让林陶说中了。过了一个星期,小黑胡子又来了,这回没有布禄领,他自己上台,桌上照例给他泡了一壶茶。

他一到台上,就仓仓皇皇地画十字,一双白眼翻向上面,喃喃说道;

"上帝呀,你的仆人犯了大罪,上帝惩罚了我,我已经忏悔了,上帝饶恕我,我说了渎圣的话,魔鬼钻到我脑子里,蛇钻到我心窍里,我说了我不该说的话,我不该说我们教会是'司马昭之心路人皆知'的呀……"他慢慢把眼睛放平了。

人们初看了他这个怪样子有点莫名其妙,后来才知道又落到这个题上来了，前后一想，又不禁笑了起来。

徐彦上次和他开过点玩笑，使得人们很开心，他像是成了治这个小黑胡子毛病的专家了，这时紧接住神甫的话说：

"神甫先生，怎么你又要忏悔呢？你上回说的，那完完全全是真话呀。那不也是你自己说的吗？"

"是，是……"小黑胡子慌乱了，"可是我说了渎圣的话。"

"那为什么？你说了'完完全全的真话'倒反而渎了圣，那你们的这个圣，是只许你们说完完全全的假话吗？其实你那一句话并没有说错，你只说了一句真话。你想想吧，你现在又说你们教会不是'司马昭之心路人皆知'，那难道还有什么路人不知道的秘密在吗？难道你说成了别的样子或别的好听的话，路人就真不知道这个用心吗？难道你说成你们别有用心反而好听些吗？你有什么错？你只说了一句真话，你反而忏悔了，我看你今天回去之后，就又要作忏悔的忏悔了，因为你怕渎圣你就更不敢说半句真话了。神甫先生，你这个上帝犯罪仆人的角色也是不好当哩……你喝茶吧。"

徐彦故意把他弄了个蒙头转向，自己也就谈别的去了。

小邓却完全不理那神甫，用了低沉的却富有表情的声音教青年们唱起歌子来，待到那家伙又要张口说话时，小邓手一挥，干脆唱起了《国际歌》：

……从来没有什么救世主，

全靠自己救自己……

歌声越来越洪亮，几乎所有的政治犯都唱起来了，并且两脚轻轻地打着拍子。

小黑胡子摇头叹息道：

"上帝，你们这是干什么呀？"

徐彦对他说："我们听你的话也忍耐够了，你也听听我们的吧，你就不能忍耐一会儿吗？"

小黑胡子终于愤然退场。

自此每逢星期日，"司皮克儿"就琢磨几个话题寻开心：

"地球是怎么形成的?"

"人是不是猴子变的?"

"救世主是不是上帝和玛利亚生的? 玛利亚是不是上帝的太太……"

小黑胡子来了,就拿这类问题问他。他被问窘了,大家就又笑一气。想多待一会儿,就让他多讲点,不想听了,就用难题目,礼送他退场。

看守们对这种斗法,兴趣蛮高,也学着讲调皮话。有一回,徐彦问牛班长:

"今天又该是上帝的仆人要来的日子了吧?"

"今天哪,"牛班长说,"上帝的仆人司马昭不来了。司马昭的妹妹要来了。"

"司马昭的妹妹? 哈哈哈。"徐彦笑得流出了泪水。

29

北方的冷风,嗖嗖地刮着。天空挂了一个铅片似的月亮,冻僵了似的,漠然地瞪着人世间。

政治犯们拖着一副冰凉袭骨的脚镣,踏着薄薄的月色,跟跟跄跄走进饭厅。

果然是"司马昭"的妹妹要来了。

人们一面寻找着座位,一面看见讲话的台子上,桌子没有了,却有一个用薄木片钉成的四方架子,支撑着一株一人多高的砍断了的松树,葱绿的树枝间,放着一些粉色的笑嘻嘻的洋娃娃,还挂着一些闪闪发光的玻璃球串,紧贴松树两侧有两个颀长的黑影子,正把深红色与乳白色小蜡烛点燃起来。

"还没有完吗?"松树前的黑影问。

"就完了。"松树两侧的黑影款款地移动脚下的两个小方凳,慢慢转过身来。站在前面的一个款款地画着十字,后面的两个也照她的样子做了,然后她们就像一道幕似的缓缓地移向台边。

池子里一个青年问旁边一个人:"这就是牛班长说的那司马昭的妹妹吗?"

"嘘——"

大概是接受了那个神甫说话吃亏的经验吧,这几个修女不讲话,却请牛班长替她们讲,牛班长红腾着一盘脸,只好侧着身子把一只耳朵凑近那个修女的嘴,听她提词。

"今天哪,"牛班长说,"是神旦节啦……不对,不对,是……今儿夜间哪,是圣诞节啦,是圣诞节啦……西城区的女修士先生们,来慰问大家……大家不要拘礼,不要死板板地……要高兴一些……还可以屈膝谈心……不对,不对,是……可以缺席谈心……"

池子里有人低声地笑了。

"我这口山东话哪,真是……"牛班长也不好意思地笑了,"不是缺席哪,是要出席哪,出席谈心哪。还不对呀? 是促进的促,膝盖骨的膝,促膝谈心哪。"他出了半头汗,总算把这件差事交割清楚了。

"圣诞节和我们有什么关系呢?"坐在老尹左边的林陶低声地问,"怎么修道院的修女们倒要和我们促膝谈心? 怎么个谈法呢?"

"你问得没有道理,"尹坚笑笑说,"路人皆知其心嘛,偏偏你还要问。别说话了,要注意我们政治犯的身份。"

女犯们第一次被允许和男犯坐在一起开会,詹英正好和柳贞坐在一起。柳贞向他介绍了徐彦的爱人肖艾。趁这机会简短地谈了"老兄"的活动情况,柳贞听着,眼里放出了光彩,悄悄地说:

"向你们致敬,我们也要争取参加。"

詹英点点头,沉思了一下问道:

"怎么不见戚焕仙?"

柳贞侧过身子问:"你认识她?"

"不,有人让我帮着打听一下。"

"那是个很好的姑娘,"柳贞说,"她在监狱里很坚强,曾经把吴仁维那个狗东西打了一耳光。她经常惦记着一个叫邓天池的青年,他们好像是……"

"晤……"詹英略微顿了顿,把邓天池曾经告诉给他的话对柳贞讲了。

"卑鄙!"柳贞气愤地骂道。

詹英赶忙用眼光制止她。

柳贞吐吐舌头,放低嗓音说:

"敌人一旦知道了男女囚犯们的恋爱或夫妻关系,常常采取这种卑鄙的方法。他们从妓院拉一个妓女,钻到女牢里待几天,模仿她们的音容笑貌,到过堂时在门外一晃,专门瓦解男犯的意志。小戚是个好姑娘,怎么会干出那种事来? 她是前不久才保释出狱的……"

"唔,明白了!"詹英咬住嘴唇,再没有说话。

这时,那个原先请牛班长讲话的女修士,指挥着另两个修女,给大家散发糖果了。她自己也和她们走在一起,她走在前面,很注意地观察着每一个人,时不时还要问一两句。

人们这才看清了她们的面容。前面的这个,个子挺高,浓黑的眉毛,突出的颧骨,凹陷的两颊,从颧骨两坨不自然的绯红和她那严峻而灼热的眼神中,仿佛能看出上帝与魔鬼永远在这个女人的躯体上交战着,谁也战胜不了谁。她很艰苦地做着克制自己情欲的工作,结果毁灭了自己。在这个躯体上很难找到任何可以称为性别的特征了,这是一种介乎两性之间人为地制造出来的第三种性别。

跟在她后面的两个,却有着完全不同的样子。那第二个,有着颀长苗条的身材,一张秀丽的鹅蛋形的脸,修长的弯弯的眉毛下面,有着一双淡淡的哀愁的眼睛,丰腴而多褶的上眼皮轻轻慢慢地放下来的时候,就再不想往起抬了,似乎宁愿就此安息了似的。手指纤长而白皙,慵懒柔顺地动作着,这似乎是一个有过一段失恋故事的年轻女性,年纪多不过二十五岁。末一个却像一个野孩子,雏形未足,肤色红润,眼睛老是圆圆地睁着,和第二个恰好相反,好像那眼皮永远不会放下来,她看人的时候一点也不拘束,有时还故意噘噘嘴,扮一个天真可笑的鬼脸。

她们各自拿一个纸方盒,缓缓地走动,在每个人的面前放下五六个彩色的糖球和带皮头的黄杆铅笔。

她们走过去之后,小邓拿起铅笔来,看了一番,低声低气地问身边的徐彦：

"铅笔不错,糖可以吃吗?"

"当然可以啦,"徐彦高声地说,"甘蔗是农民种的,糖球是糖厂工人制的,吃的时候只记住爱神甫的那种心就成啦。"引得人们又轻声笑起来了。

浓眉女修士不知道话里有话,却以为这句话极可赞赏,便一本正经地接过来说道：

"是啊,大家记住我们这番心就好啦。我们的心、爱神甫的心,和上帝的心都是一样的,都是爱你们的。"说着还庄严地画着十字。

这个误会,把大家逗乐了,接着也就随便吃起糖果来,会场的气氛显得活泼了点。

浓眉毛以为是她的成功,就让另两位去散完东西,自己却掇了一个方凳来到老詹的面前坐下,一本正经地问道：

"你结过婚了吗?"

詹英没想到出来这么个麻烦,只好眨眨眼,用同样庄严的态度说道：

"我对于结婚的问题,和你们一样,是不大感兴趣的。你们是由于你们的教义,规定你们成为独身主义者,我呢,是因为我已经结过婚了……"

许多人转过身来想听听底下的戏文。詹英本想用几句话把这个修女打发开,现在听众多了,不由沉思一下,说：

"不过在我看,年轻人到了该结婚的时候,还是让他们结婚为好,不结婚是不自然的。比方说我们这位年轻的难友吧,"说着,他指了指小邓继续说：

"你们看,他还很年轻,长得也不算坏,也到了结婚的年纪了,可就是不能结。为什么呢?"他提起脚镣,"这个东西让我们失掉了自由了。为什么我们失掉了自由呢? 不为别的,只因为我们要打日本。要不要打日本呢? 日本占领了我们的东北,他要打进关来,可就不管信教的也罢,不信教的也罢,结了婚的也罢,不结婚的也罢,都要受它的欺侮和糟践,这才是火烧眉毛的大事!"

"一切都看上帝的旨意。"修女说。

"这个我们不辩论了，"詹英和蔼地说，"我们和爱神甫已经辩论过了。对于爱神甫个人，我们也许有礼貌欠周的地方，不过这都是次要的。现在第一要紧的是，只要我们算一个中国人，就不管信仰的不同，性别的不同和其他种种的不同，都应该团结起来，一致对付日本侵略者，才能免于陷到亡国奴的悲惨地位！"

"我们能做些什么呢?!"

"为什么不能呢？只要你们愿意，就可以向你们的教民宣讲这个道理！你们和我们不同，你们是自由的！"

浓眉毛不以为然地摇摇头。

"当然，你们恐怕也有困难，不过至少你们亲眼看见我们这些青年人是为着什么受磨难的，亲眼看见我们这些人都是些什么样的了，既然承你们诸位热心来看我们，我们是愿意把真心话讲给你们的。"

"师姐，"那个野孩子似的修女说，"把他们放出去多好呀？"

那个秀丽的修女向她瞟了一眼，并用怅惘和同情的眼色向近旁的几个人看了看。

"你小孩子家懂得什么！"浓眉毛修女站起来说了一句：

"愿上帝赐福给你们。"然后又在身上画了十字，影子似的从这里移开去了。

这幕戏，总算收了场。

30

斗争,斗争把政治犯们逐步团结组织起来。

"老兄"通过"司皮克儿"逐步把大家的生活引上一条正常的轨道,严肃、紧张而又活泼。一早起来,出恭和洗漱之外还有一点空隙,这就床上地下加紧锻炼身体,有的来一套柔软操,有的练几手八段锦,有的耍一阵太极拳,会的要教,不会的要学;不会的要笑,会的却不准他笑,结果是自己也笑了,又回头认真地来教。

上午下午,是紧张的学习时间。不识字的人,主要先学文化课;青年人喜欢学外国语。这两种材料都是不缺的,因为监狱当局不禁止这种材料书。大家喜欢的俄文、英文,世界语,英文是较普遍的交际工具,俄文是无产阶级革命策源地语言,许多青年向往着能有一天到苏联去。世界语却被认为是将来的一种国际语。有的人同时学好几种。在学习当中也常有许多有趣的事。有一位老洪,挑定了学英文,学习的精神很顽强,发音也极其准确,记得也很快,他只学习了两三个上午,就试着会话了:

"老西,你听我说的对不对?"那个教他的人是山西人,他想和他开个玩笑。

"你说吧,"老西说,"不要怕错。"

老洪极其清晰地说道:"You are a old boy(你是个老小伙)。"老西点点头。老洪继续说:"I am a old girl(我是个老姑娘)。"同屋里的人哄的一声笑起来。

老洪的原意显然是要说对方是个老姑娘,却因为不熟练,反把自己说成是老姑娘了。老洪初还以为大家是笑他说的笑话,或是笑他发音不准,及至发现这个离奇的错误时,自己也捧腹跌足地笑得不可开交。从此大家开他们的玩笑时,就对老西叫 old boy ,对老洪叫 old girl ,但是没有多久,老洪就能用英文写出通顺的信并且在学着译书了。

支部的三个人,除了日常工作和一般的学习外,还要把买到的报纸都细细看过,从反面文章的字里行间剔拔出真实讯息进行分析、考量、推断。詹英这时还打通了一些关系,搞到些秘密文件和一些不易得到的禁书,有中文的也有外文的。外文的由尹坚、颜季仁翻译过来。文件都是急速传阅再及时销毁。禁书却要巧妙地伪装起来珍藏着,越是这样的书和文件,就越看得仔细和用心,工作和谈话当中随时运用和参照它们。他们就是这样现买现卖,热吃热用地获取着革命的知识。多么丰富,多么新颖,多么贴切又多么广阔的领域呀!睡梦里也为它们萦心着,也对它们神往着,在它们陡峭的高峰上攀登,在它们坦荡的草原上嬉戏,在它们阳光灿烂的天空下鼓翼翱翔……

每到放风的时候,那是这些人最活跃的时候了。你看吧,这个找那个,那个找着这个,急急匆匆地倾吐着,讨论着、争辩着;或是简短地交代一两句又跑开了,活像那些工作着的蜜蜂和战斗着的蚁群。因为时间对他们是宝贵的,特别是这个短短的时刻,他们要把他们的计划,安排和行动付诸实施,不要以为蹲监牢的人总是愁眉苦脸,总是呆望着断头台而唉声叹气,至少对于这伙年轻的政治犯来说不是那样的,他们有疾苦、有悲愤,有不平,但他们有信心,有希望,更有勇气。你看他们面黄肌瘦衣不蔽体,像一群病夫,他们有的却是雄心壮志,你可以叫他们为天之谬民,但你也可以称他们为天之骄子。谁要是为理想的热情所鼓舞而战斗着,那他不论遇到多大的艰难困苦,也会是幸福的呢。

"老兄"按着既定的步骤布置着斗争,不断地在饭堂上或放风的场合催问那些已经答应了和需要答应的事情。布禄和大家也混熟了。他的策略是,能推就推,能挡就挡,推挡不过去的就敷衍,敷衍过去了还想买好;于他有利的就削尖了脑袋往进钻,于他不利的,就放刁耍赖。人们都在提防着这条癞皮狗。

有一天放风的时候,布禄来到后院,突然问徐彦:

"肖艾是你什么人?"

这突如其来的一问,确实抓住了徐彦一宗心事。原来老徐被捕时,肖艾恰好不在家,听说老徐被捕,她就到别处躲了一些时候。后来回到原处看看,却被叛徒盯上也被捕了。叛徒一口咬定她是徐彦的爱人,肖艾却只承认她是来找老乡的。肖艾被送到军法处的时候,老徐已定案了,军法处看见肖艾朴朴素素,本本分分,料来不是多么"危险"的人物,她又别无其他犯案的证据,也就不予深加追究。因她去找了共产党,就判了她个"共党嫌疑犯",也给关到这个反省院来了。

老徐很为肖艾的处境担心,还有一层原因,就是肖艾身怀有孕,分娩期已近了,他若不承认他们的关系,就不能名正言顺地帮助她。承认了,又怕加重肖艾的案情,他为此很犹疑,曾经和古易达他们商量过。古易达主张不能暴露,暴露了于肖艾于他都无好处。詹英却说,公开了也无妨,反而可以争取对她进行帮助,不过敌人不问也不必去讲,同志们会帮助她的。

徐彦倾向后一种意见。听见布禄这样问,就反问一句:

"怎么,你问这个干什么?"

"我问问怎么啦,肖艾到底是你的什么人?"

"是我的爱人。"老徐正色地回答。

"你爱人!"布禄冷笑一声,"多新鲜的名词儿! 她是你的学生!"

"是的,她当过我的学生。怎么,这也犯罪吗?"

"好啊,你们共产党就是这样儿呀,呃? 你还为人师表哩,你说出来也不害臊,教着教着,学生就变成你的爱人啦,倒也不错!"

"你少扯淡!"老徐摸着了他的意思,就反击起来,"这于共产党有什么关系,这完全是属于个人的事情嘛,我爱她,她爱我,我们就结合了,这有什么害臊的?没有男女结合,世界也没有了。男大当婚,女大当嫁,师表也是这样讲。她当过我的学生就不能当我的爱人了?谁规定的?非得父母之命,媒妁之言,两不相识,互不了解,才准结合吗?这又是哪个师表规定的?我这有什么做不得师表的?你倒说说!"

"你这真是一套共产共妻的理论呀,可以登到你们共党杂志上去哩,嘿嘿……"

徐彦被惹火了,他圆睁双眼,愤怒地说:

"我这共了谁的妻,共了谁的产?莫非因为我打了共产党的官司,就也要给肖艾栽一个共产党的罪名,也扣她一顶红帽子吗?共产党人就不准有爱人吗?共产党人的老婆就都是共产党吗?就都该捉进来吗?她有什么罪?她怕连累我,又怕吃官司,可不就逼得她连夫妻关系也不敢承认了。这有什么奇怪的,她就要生产了,你还扣着她干什么!你兰管理员真要灭人九族吗?我告诉你,我们两人是穷光蛋,你趁早别想在我们身上打主意!"说罢,拿起缸子打水去了。

徐彦不论讲多么严重的话,都好像是漫不经心脱口而出似的。况且他说话看来是随随便便,细寻去却也很难找出漏洞,再加上他那种满不在乎的态度,使人很难对他生气。平时说话他喜欢引用几句成语,有时借了成语正面道出他的意思,有时又用作反语,庄谐杂出,和詹英有点相似,他形容老詹"猝然临之而不惊,无故加之而不怒",对他自己说来倒也很是恰当,那是由多年的艰苦处境锻炼出来的。

布禄的用意,本来是想借这一件事阻挡一下大家的要求,趁便把"共产党"刻薄几句,精神上也占点上风,没想徐彦一张利嘴毫不让人,倒把他拴套住了。那"穷光蛋"的话分明是有所指的,这话敲打了布禄,但布禄还没回过味儿来,弄得他张口结舌,一时竟不知何以对答。只好嘟囔一句"怪物",摇摇头趔趄而去。

徐彦正靠着墙根一个地方喝水,詹英招呼他:

"师表,师表,你过来,我问你,咱们那位师母什么时候生产,你知道不知道?"

徐彦笑着说:

"我哪儿知道?"

"大人孩子用的东西你筹划了一下没有呀?"

"这有什么可筹划的呢?"

"你个书呆子,你算算,我们被捕多少时了,可不该是快生了吗?"

"是呀,按说快了。"

"那你怎么不早些提醒我们一句?"

"这类私人的事……"

"不对,这不是私人的事情,这是我们共同命运的一部分,你想法去把柳贞同志找来。"

徐彦憨憨一笑,端着水就走……

31

孩子平安地出生了。

最忙的要算柳贞了,她又要调护产妇,又要看顾婴儿,又要和"老兄"取得联系,又要和看守们办交涉,还要给新生的宝贝缝小衣服、小被褥,双眼都熬红了。她开了一个单子给詹英,上面有棉花布料这类东西,詹英看了后对她说:

"我们多开支点钱买现成的吧,何必都亲自动手做呢?这些照护的事情也够你忙的了,还是人当紧,钱的问题你不必操心,我们想法子凑一凑。"

"这你可没有说对,"柳贞说,"省钱固然是一面,可我正是为了人。你知道,买现成的,费钱不说,买来还不容易合适和称心,你可知道他们给你买了个什么东西回来?表面上看去光光亮亮,里面却装的是破絮烂套子,我还不放心呢,哪如咱买原材料,钱虽然一样要他们七折八扣,货他们却不敢给咱假的和次的,在这类事情上面,你们男同志们没有我们细心,你还是听我的吧。"

詹英满怀兴趣地听着她的话。从这些话里面,他不但听出了一个同志的事务性方面的细心和耐心,而且还对她的精神品质有了深一层的了解。

他用赞许的眼光看着柳贞说：

"那自然,女同志确实比我们细心和周到得多。一切都依照你的办吧。你告诉给买东西的人要什么样的花样和质地,我让欧克司好好关照一下,一定要让肖艾和你称心满意。"

布料和棉花买来之后,肖艾心中很是不安,她对柳贞说;

"哎呀,贞姐,他一个屎尿娃子,用这么好的东西做什么! 冷不着就行,你就不能稍微歇歇吗? 坐下来咱们说说话儿。"

柳贞笑着说：

"屎尿娃子? 你可知道他成龙呀,变虎呀?"说着走近小东西跟前看看,看他酣酣地睡着,轻轻地说道："睡吧,我的儿子,咱们不听他们的。"

肖艾泪盈盈地笑了。她知道柳贞也生过一胎,但由于颠沛奔波,没有保住孩子。往日一提起这事,就很难过,但自从肖艾生了这孩子,她们就都绝口不提前事,仿佛从前的一切灾难,都被眼前这个象征着快乐、希望与幸福的小宝贝给补偿了。

柳贞要动手剪裁,就向看守借剪子。看守却不敢做主,找来了牛班长。牛班长也踌躇地说：

"这个剪子哪,倒是一个难事了,你知道这里是不准使用这类东西的……"

没等他说完,柳贞早抢上来说：

"看你这个老班长说的! 你教买这些东西的时候,就没想到用剪子? 那你说这些东西我是吃了它,喝了它? 还是扔了它? 我不用剪子裁铰,那用手撕,用脚踩,还是用牙咬? 你们的那些穷规矩没有一条是合理的,有个一条半条的也是空话。我说过,产妇早该送医院,你们可推三阻四地拖着不给办。现在这孩子总算平平安安地生下来了,你说该看着他赤腿露胳膊挨冻不成? 咱们处得也算惯熟了,你还这么信不过人。我拿了剪子不裁衣服还做什么使! 行凶去呀? 挖墙凿洞去呀? 还是自杀去呀? 你有什么不放心的? 牛班长,回头我裁好了小衣服,把这孩子打扮出来,让你们大家都开开眼! 你在别的地方见过小孩子,可是在这里你见过孩子吗? 不多说了,你快去拿吧。"

牛班长被她硬说软说,只好把剪子拿来了。柳贞把该裁剪的东西,一件件裁剪好,还分出几件请几个热心的女难友帮忙,却把细致的活计留下,一腾开手她就做。

徐彦来过几次,却插不上手。只好悄悄地望着孩子,心里止不住甜滋滋的。他对柳贞说:

"柳大姐,你稍歇歇好不好,我不会做什么吧,你指拨我还不成吗?这个小东西,还不知道能不能成个气候,倒先把你累坏了,那可就不值得了。"

一句话触恼了柳贞,她截断地说:

"你这算个什么父亲?我可是不愿听这类话。孩子生出来,就是要长大成人的,要不他来这世间做什么!我们做父母的,就是要照护好他们,特别是在这样的环境里,越是需要好好照护,忙累一点怕什么?你也不用瞎操心了,你让大伙儿来看看这儿子,进来的时候容款些,不要带进冷风来……"

老徐看了肖艾一眼,高兴地说:

"大家早想来看看了。不说别的,就为你这份辛劳,咱们也该开展览会了。"

放风快完毕的时候,徐彦引着一批人来了,先进来的是詹英。詹英看过孩子,问肖艾奶水怎么样,又问柳贞还有什么缺少的东西。柳贞说,就是尿布还太少,用新布吧,一来可惜,二来也不软和,要有些破衬衫之类的东西就好了。有些长衬衫,后面有很长的一块,剪掉也不碍事,倒是挺合用的。

"好!"詹英拍一下手说,"这是个好主意。我们又不穿洋装,要这一块羊尾巴干什么呢?有办法了,来,动手!"说着就把自己的衬衣后襟揪出来,又让老徐也抽出来,笑着说:

"先从你这个做父亲的开始。"

两人嬉笑着互相剪下了对方的后襟。

这时小邓也来了,詹英拦住他不让他看小孩,装作严肃的样子,对他说:

"小邓,我问你,你热爱未来共产主义社会的新人类吗?"

"当然热爱。"

"那好,"詹英说,"我们现在需要你一点小的证明,如今新人类需要尿布,你看——"他提那两块剪下的后襟,又指指老徐和他自己,"这是我们两个人的。你呢?"

小邓赶紧笑着抽出后襟剪去了。

看过孩子之后,詹英笑着嘱咐小邓,要他把外面的人一个个领进来,还告他不可走漏了消息。

尹坚跟着小邓进来了,詹英把他引到婴儿面前,俯身看他那酣睡的模样儿,尹坚口里不住地说着亲昵的话儿,詹英转身使个眼色,小邓就去揪尹坚的后襟,尹坚觉得有点异样,刚要展起腰来,柳贞早"呲儿"一声把个后襟给撕下来了,大家都开心地笑起来。等尹坚明白过来的时候,自己也笑得流出了眼泪,他对柳贞说:

"不早说嘛!把这衬衫拿去不就行了,还用费这么多手脚!"

"那倒也用不着,"詹英故意绷着脸说,"大材小料,各有各的用处,截长补短就正好,大人小孩的全有了。且看下面的戏文——"

进来的是齐远山。柳贞迎住他,笑微微地说:

"老齐,你的衬衣怎么那样脏,让我看看。"说着就抽出他的衬衣,齐远山还没有来得及说话,柳贞早动手撕了下来,然后提了那条布说:"你看,小宝贝做尿布用的。"

齐远山微笑着点点头。

接着是林陶、颜季仁、古易达几个人一同进来。林陶一进门就笑着说:

"我们的觉悟高,先纳税后过关,不用强迫命令,来吧。"说着一转身,衬衣的后襟已经抽出来了。

柳贞说:"哪能用了这么多。"

老詹却催她说:"剪掉剪掉。韩信用兵,多多益善!"

古易达笑着说:"不是把咱们的都剪了,老詹的倒给留下了吧?"

一句话提醒了林陶："对呀,我看他们笑得有些古怪,咱们得检查一下。"

詹英故意护着自己的身子,一达连声地说:"下一回我给咱们挡头阵还不行吗?"

徐彦笑着说:"你是始作俑者,没有人会搜你。"

詹英这才转过身来,笑模悠悠地说:"看吧,咱们都是绝无后顾之忧。哎,咱们这场剪辫子运动,我倒发现了两宗稀罕事,差不多和奇迹一样,你们猜是什么?"

徐彦说:"我猜着了,我发现古老兄的警惕性倒是提高了,可惜没有用上。"

古易达憨憨地笑了。

尹坚说:"我也猜着了一宗,红楼梦里面有一篇撕扇子千金一笑,柳贞那么呲儿一撕,一向皱着眉头的老齐同志竟然喜笑颜开了,真是稀罕事呢。"

正在这时,婴儿醒了,柳贞拍手道:

"嗨,你们都只看见他睡着来,你们看看他这醒了的样儿。"

大家的注意力都被吸引过去了。只见小家伙睁着黑骨碌碌一双大眼睛,一眨不眨地看着人们,既不哭,也不笑,也不害怕,他被人们传递着,好像在什么柔软的、舒服的东西上浮动一样。人们轻轻地吻他,他似乎还感到痒痒了,睫毛迅速地颤动了一下。詹英不由动情地说:

"你认识伯伯吗?你知道你在哪里吗?你大了的时候,也许就知道了,到那时,大好的江山要靠你们来建设哩……"

徐彦拿起柳贞做的大红绸洒花小斗篷,激动地说:"你看,爸爸都没穿过这样的好东西,你认住这些伯伯叔叔阿姨了没有?他们比你亲生的爹妈还亲你呀!你知道为了什么?为了革命,我的乖儿子!我们革命又为了谁?就是为了你们呀!这懂了吧,乖儿子!还不懂?唔——唔,很快就会懂的,唔——唔——唔。"

人们走了之后,肖艾说:

"贞姐,我这会儿真不知道是想哭还是想笑……"

柳贞说:"有了这个宝贝以后,大人们也变成小孩了。"

她们紧紧地挨靠着坐在一起,但都斜过了身子,谁也没敢看谁的眼睛。

第四部

32

瑟瑟寒风中,一九三二年到来了。

上海的"一·二八"抗战,使草岚子监狱的空气骤然热烈起来。从布禄、大少爷、"小不点"到"欧克司"和看守们,都和政治犯公开谈论这件事。自然,他们的态度各不相同,但是争论最激烈的,还是在政治犯内部。

"老兄"认为,由十九路军发起的这次战争,是带有革命意义的,是由于人民群众抗日要求的强大压力,使得国民党内部爱国人士起而进行抵抗的。他们所代表的虽然是民族资产阶级的利益,但只要积极抗日,我们就应该参加进去积极地予以支持,从而壮大和发展抗日救国运动的力量……

但有人不同意这种看法。

放风的时候,齐远山找到詹英,开门见山地说:

"我不能同意你们的看法。严格地说,这完全不是什么'看法',这是在散布对于国民党的幻想,给它擦胭脂抹粉,这是充当敌人的义务宣传员,是妥协投降的前奏,是对国际工人阶级与劳苦大众背叛的所谓'理论'准备。一句话,这是彻头彻尾反马克思列宁主义的十足道地的右倾机会主义!"

詹英也很激动。他努力使自己冷静下来,无论如何,这毕竟是一场党内的争论……他压抑着自己,缓缓说道:

"请你充分说明理由,然后咱们一起来判断好吗?"

这倒有点出乎老齐的预料。他本来是准备激烈争论一场的。齐远山有个特点:争论的气势愈是激烈,劲头就愈大,话语脱口而出,滔滔不绝,好像他平时的沉默寡言就专为这个时候来爆发一样。詹英这样一说,他倒没劲儿了,于是也放慢声调说:

"这有什么理由要说呢? 每一个立场坚定头脑清醒的无产阶级战士,对于这一点是不会否认的:任何时候都不应该让工人阶级为着资产阶级老爷的利益去流血、去卖命、去充当炮灰。任何时候,任何借口,都不能违背了这一条列宁主义的铁的原则。这是资产阶级民族主义与无产阶级国际主义原则的分水岭;这也是一切资产阶级改良派与无产阶级政党革命派——布尔塞维克的分水岭。谁要是混淆了这条界线,就要堕入机会主义的泥坑……"

"简短些,老齐,"詹英提醒他,"我们没有混淆了这条界线。我们谁也没有要工人阶级去为资产阶级老爷的利益流血效命,但是当民族敌人侵略我们的时候,首当其冲与受害最深的就是工人阶级与劳苦大众,那么我们是不是要起来抵抗呢?"

"问题在于这个抵抗战争的领导权握在谁的手里。依你说,它是握在我们手里的吗?"

"那看怎么说,也看我们怎么做,"詹英说,"以现在的实权说,它显然不在我们手里。但我们从政治上发出这样的号召,在行动上又积极地参加进去,就能逐步掌握这个运动。反过来,我们袖手旁观,甚至加以破坏,就会处于极其孤立与不利的地位。"

"好了,你总算也承认领导权掌握在资产阶级手里——"

"但它有别于大地主和买办阶级的民族资产阶级,这一点你不能忽视。"

"黄狼与白狼的区别吗?"

"这个比喻不确当。你不能忽视这个阶级的两面性,也不会否认:抗战总是比不抵抗强的。"

"依你的逻辑说,只要抗战,那蒋介石也可以做我们合作的对象了吧?"

"以单纯的逻辑说,这也并非讲不下去。但逻辑要拿事实做根据,我们现在并不做这样的推论。"

"那你的推论是什么呢?"

"积极地参加进去,壮大抗日的群众运动的力量,我们就有了更大的主动,就可以争取更为有利与必要的条件。比方说,既然抗战了,就不应该再打内战,就应该停止进攻红军;既然抗战了,就应该给群众以武装抗日的自由,就应该释放政治犯共同抗日。"

"你估计蒋介石或是你所说的民族资产阶级会答应这些要求吗?"

"不能轻易地作这样的估计,这是一个艰巨的斗争过程。连民族资产阶级在内,他们总是惧怕人民的力量的,但没有群众的支持,他们怎么能抗日呢? 在某种限度内,他们也可能会答应群众的一些要求。"

"如果你所说的这个民族资产阶级,明天屈膝投降了,那又该怎么办?"

"那只能使它自己更加陷于孤立,更为群众所唾弃,更加统治不下去。但怎么也不能在它还抗战的时候,我们去拆它的台。"

"你真的相信,统治阶级在真心诚意抗战?"

"不能那么说,我们还是分析和区别一下事实。现在事态的发展是蒋介石不赞成这个抗战,虽然他还不敢公开这样讲。但他不肯派遣一兵一卒支援十九路军,十九路军在孤军作战,这才该是我们决定态度时的根据:支持它而不是搞垮它,扩大它而不是孤立它。"

"同志,"齐远山激动地说,"你说我们要谨防受骗,但你事实上是受骗了,你没有从历史接受了教训。几年来无数流血的铁的事实,证明了国民党资产阶级和国际帝国主义早已是一丘之貉,他们之间的区别,不过是黄狼、白狼、黑狼、灰狼之间的区别。他们之间也有矛盾,但那是狗与狗、狼与狼之间的矛盾;正如军阀与军阀之间也有矛盾,但他们在进攻我们这一点上却是非常一致的。而你现在,却又把全部的希望寄托在你所凭空结构出来的什么民族资产阶级的身上,你被这些新军阀的假象迷惑了眼睛。你对于马克思主义阶级斗争的学说发生了动摇或者完全不理解,从而想放弃国内战争而代之以机会主义的臭名昭著的爱国主义战争!你实在应该多读几本书。"

齐远山出身于一个生活很优裕的家庭。到了青年时期,受着当时革命思潮的激荡,他毅然决然抛弃了家庭,激昂慷慨地参加了大革命,不久参加了共产党组织,成为学生运动的领袖之一。不久,大革命失败了,许多像他那样出身的风云人物,都寻求到一条和家庭和社会妥协的道路。齐远山却发誓:"永远不再回到那个猪窝去!"他的家庭几次三番辗转寻到他,要求他回家去,他只说"拿钱来"! 送来钱,他借着党的帮助,一径跑到苏联。

在苏联学习期间,他是出名的刻苦用功的学生,桌上床上都堆满了书,抄笔记,做札记,编索引,剪贴报纸,跑图书馆,整天忙得不可开交。他很少同人往来和交换意见,一些集体活动和公共娱乐他也很少参加,即便参加,也只是纵论天下国家人事,争论起来,谈锋很健,兴趣蛮高。

回国后,他被派到党的顺直省委。怀着对国民党背叛革命的巨大仇恨,他是"举行全国暴动夺取大城市"的热烈的拥护者与执行者。他认为:中国革命一起来,世界革命必然同时起来。所以首要的问题是:夺取过来! 到这条"左"的路线被党纠正的时候,他已经被捕。被捕以后齐远山在政治上从来没有动摇过。他是革命的、坚决的;但他的思想又带着一种极端的反拨性,特别是对战略与策略的问题,存在着逻辑上的极大的混乱。

詹英的经历却和齐远山大为不同。他经历过许多的苦难。参加革命以后,先后领导过工运、学运、农运、兵暴工作,接触过各式各样的人,各种挫折使他成熟了。他必须在看来是铜墙铁壁的地方也打开一个进军的缺口,在飞崖绝壁之处也觅出一条迂回的羊肠小道;锥子插不下的地方,他必须站得住脚;一块石头递到手里,也必须把它揉成个泥团。严峻复杂的环境,使他不仅增长了知识和阅历,还逼得他不得不用脑筋去思想各种问题;他锻炼得既胆大又心细;同时善于接近各种各样的人。

齐远山说完之后,詹英沉思了一会儿,反驳道:

"上海战争发生了,各个阶级和阶层的反应如何,我们对它们总的和个别的对策该当如何,这都应该充分考虑。我们不能一切否定,一切打倒。

你的观点解释不了马克思主义对这个问题的看法：在殖民地半殖民地国家里面，民族革命战争究竟该占什么位置。列宁说过：哪怕是暂时的同盟军，我们也要争取。不知你是怎样理解的？"

齐远山不高兴地说：

"我们要不要把问题一个一个地重新来一遍，或是从列宁主义ABC谈起呢？"

"怎么都可以。"詹英也有点生气了。

同在一个伟大的阵营，同向往着一个崇高的目标，怀抱着同一的革命决心与自我牺牲精神……但为了达到这目标，人们要经受多少磨难与挫折啊！为了抉择一条到达目标的正确路线，又有多少人要付出极大的牺牲！

当历史的车轮前进到一个制高点的时候，人们也许觉得这两个共产党人争论的问题是好笑的、幼稚的。是的，革命总有那么一天，会给珠穆朗玛峰顶也修起宽阔平坦的环山马路来，那时候，大家就都能高瞻远瞩，把一切看得了如指掌，什么都那么分明和容易了。可是在此刻，在他们身陷囹圄，在这样一小块失去自由的场地里踱蹀着的时候，每前进一小步，都是多么困难啊！

33

"老兄"仔细分析了当前形势,决定趁着国民党内部分崩离析的机会,再次上书军法处,要求无条件释放政治犯,起码是首先释放像齐远山、柳贞、肖艾等判刑较轻的同志。同时,根据邓天池的要求和表现,决定吸收他入党。

入党仪式在后院放风的东墙根举行。林陶,徐彦担任警戒,由尹坚和小邓进行这场严肃的谈话。

小邓事先并不知道,当尹坚把他叫到墙根下僻静处时,他问尹坚:

"老尹大哥,是不是又要和布禄开战了?"

尹坚疼爱地望着这个小弟弟,笑微微地说:

"小邓,我考你一个问题吧。"

"考吧。"小邓笑嘻嘻地回答。

"你知道什么是'老兄'不知道?"

小邓只想笑;他以为老尹在和他开玩笑,就大大咧咧地说:

"你是说'老兄老弟'这个意思吗?这谁不知道。比如你比我年纪大,又值得我钦佩,你自然是我的老兄了;我比你年纪小,各方面又幼稚,自然是你的小弟弟了,这还能有错吗?"

"我不是这个意思。"老尹微笑着郑重地说,"我说的这个'老兄',是一个代号,是我们党在这个监狱里的支部的代号,现在这个支部的部分领导成员是我和老詹、林陶。今天由我来代表'老兄'向你宣布:'老兄'批准你入党了……"

一刹那间,小邓的眼里噙满了泪水,他努力抑制着不使它们掉落下来。一刹那间,所有这段时间的记忆,像闪电似的掠过他的脑海,纷至沓来:……在看守所时老詹对他的教诲和鼓励,教他修补衣服,教他从镣环中穿脱衣服,以及那些意味深长的谈话……那些殷殷的叮嘱……那些孜孜不倦的诱导……每次在饭堂上斗争时叮叮当当响着的林陶的清脆的语声……所有这一切,都汇合在"老兄"这个字眼里。多亲切、多光荣的一个字眼呀!"原来是这么一回事,"他想,"怪不得这些人对敌作战起来这么坚强有力,对同志却又关心得无微不至,原来它是伟大的中国共产党一个有机组成部分啊!"他还想起,他确实曾个别地向老詹老尹提出过他的组织问题,因为他钦佩他们,羡慕他们,又知道他们是党员。林陶、老徐、老古这些人,虽然他说不清他们是不是党员,但他猜想他们会是的,他有亲切和羡慕之情,但又觉得可望而不可即。"只有这些人,才配做党员呀,自己多幼稚呀!"所以他虽然迫切地提出过要求,却不敢希望能得到解决,不过像一个小孩一样,对着他伸手探不到的树上的苹果喜欢地跳跳罢了。他简直没有想到这个为他日夜所怀慕的珍宝,竟然在他毫无准备的时候朝着他落下来,他简直有些不知如何是好了,不由啜啜嚅嚅地说:

"我……我……老尹……我还很幼稚呀!"

老尹看出了他的窘迫的神情,并且深知其来由。他用柔缓的语气使小邓过于激动的心略略平静下来:

"是呀。在伟大的无产阶级事业面前,不仅仅你,我们这里的每个同志,也都还是在幼稚阶段,这不要紧,只要我们永远不离开革命,永远虚心学习,革命壮大了,我们也跟着要壮大起来的。坚强的种子终于会长成大树。本来,在这样隆重的时候,我们是在红旗面前举手宣誓的,但在这样的环境里,只好免去了。你就按照你心里想说的话,随便说几句吧。"

小邓攥紧了拳头仿佛就要往起举,老尹却示意他放在了胸口,小邓说:

"我不知道该怎样来表达我的心情……这是我一生中最不能忘了的日子……现在我不是对着监狱的灰白的墙壁,而是对着红旗,对着马克思和列宁在说话:我一定永远不离开革命,永远不离开无产阶级劳苦大众,永远不离开党!党指到哪里我走到哪里!任何艰难困苦我不怕,任何考验我都准备经受!我永远不离开'老兄'的队伍,永远虚心学习,我把我全副的生命交给党!我为共产主义奋斗到底!"

老尹郑重地点点头,说道:

"很好!"接着紧紧地握小邓的手,深情地说:"祝贺你,同志!"

放风的人已经在灰白的夕阳余晖中陆续地往回走了。北方春末的沙风峭厉地吹刮着,尘土扑刺在脸上怪不舒服。每个人捧着一个喝水缸,拖着一副铁镣艰难地走着,从那脸面的颜色上看,恰像刚从墓道里钻出来似的。但在小邓听来,那叮叮咚咚的铁镣声,简直比钢琴上击动着的音键还美,这些人和这些脸都是再可爱也没有了,这哪里仅仅是几十个人?在他们的周围和后面有着看不清、数不尽、无边无际的黑乎乎的大队伍……这不过是一个角啊。但这个角却正是饥寒交迫的奴隶们的一幅缩影,是逆着风暴向风暴作最后斗争的一群代表。他和老尹并排走着,心里对老尹说:"不论有什么话,你都代表'老兄'向大家讲吧,我永远在你身边,和你一起战斗。"

一缕庄严的神异的歌声又从他嗓子眼里冒出来了,那是别人几乎听不见,但却异常高亢的声调:

"英特纳雄纳尔,就一定要实现。"

这天晚上,邓天池失眠了。他想起自己短暂的一生,想起了在狱中的所有一切。他还想起了戚焕仙。是的,他曾经错怪了她,但正因为此,他们的友谊不是更牢固了吗?他们是肩并着肩,向着黑暗的营垒冲刺的战友,要是小戚知道心加入了党组织,一定会好好地祝贺一番的。

"将来吧,"他想,"将来终会有那一天……"

34

　　释放政治犯的要求无人答复,从军法处却又陆续押解来一批新人。他们初到这个新环境里,既有戒心,却也希望知道些"反省院"的底细。见了同屋的难友,总是问这问那,同时也带进来不少新消息和新的生气。

　　监狱里热闹,起来了。

　　徐彦那间牢房里,一下子就新关进来三四名犯人,经过几天观察,他已经初步掌握了这些人的情况,并向"老兄"做了汇报。

　　有一个叫原正的年轻人,原来是民国大学二年级的学生,参加过几次行动,表现很勇敢。以后参加了"社联"的一个小组,也搞得满热乎。他同组的一个人被捕后,把他也牵了出来,送到宪兵司令部,那家伙并没有吃什么苦头,很快就被释放了。吴仁维让原正也随便供出一个人,就可以得到释放。原正执意不干。后来他的家庭也来劝说,还威胁他,如果一味执拗,就要和他断绝家庭关系,原正也顶住了。可是最使他伤心的是,他刚一被捕,他的女朋友就抛弃了他,一头扑进了那个出卖他的家伙怀抱里。原正被搞懵了,从此认为世界上什么都是假的:家庭是假的,朋友也是假的,爱情也是假的,什么革命,什么同志,说来好听而已。一切都是虚伪,都是幻想罢了。

另外一个叫潘清,徐彦给起了个外号,叫"冷石头",他不理睬任何人,关于他自己的事更是绝口不提,好像唯恐人家刺探走他什么秘密似的。徐彦耐心地向他解释约法三章,"冷石头"什么也没说,只是冷冷地睽了他一眼。真是"三缄其口,泥封其背",那双眼睛里,冷飕飕地冒出一股冷气来,把入骨髓都刺得冷冰冰的。

再有一个,是个"吹塌天"。一进牢房,就说他什么也见过,什么也干过。说他留过东洋,留过西洋,西洋还不止一国,说他进过纽约的贫民窟,还进过比利时的王宫,非洲他也去过,说赤道的太阳晒得他脱了五次皮,因此,锻炼出一副好身体。还说他做过挑粪夫、搬运夫、海员、伐木工、捕鲸鱼的、大饭店的堂倌,还会弹钢琴,拉梵欧林,吹笛子,唱崩崩戏,跳芭蕾舞。说他尤其会写文章,他的文章在各大报纸上发表,但用的都是假名,因为革命家必须用假名,《北方红旗》请他当主编,他还不干呢,他要干的是比这更大的事。他说他做过曹锟的参议,做过冯玉祥的教习,蒋介石请他做顾问他不干,因为蒋介石在帮子里比他要下三辈,更重要的是他要革命,所以不屑做国民党的官。他说凡是革命党派,不论是共产党、国民党、社会民主党、国家主义派、无政府党,都和他有来往,里面都有他的熟人和好朋友,他还当过中国工人阶级的总代表出席过第三国际会议,差一点被选成中央执行委员会的主席……徐彦不耐烦了,问他:"第三次国际会议是在斯德哥尔摩开的呢,还是在莫斯科开的?""吹塌天"眨眨眼说:"哪里也去过呀。""那你一定认识美特英南斯基了,那可是一位无人不知的了不起的大人物。""美特英南斯基?那怎么能不认识?他知道我是中国工人的总代表,特地来拜会我,还邀我到英国皇家饭店吃饭呢,我们哥儿俩交情不坏……"

徐彦这才笑着说:"你看我记性多坏,刚才那个人名我是顺口溜出来的,说不定这个人还没有出生呢……"

"吹塌天"倒也不在乎,拱拱手,掉头就走。

古易达他们那间牢房里,也关进来好几名新犯人。

有个叫温平的年轻人,年岁比邓天池大,可是拘谨得像一个小学生,问一句,答一句,不问他,也就不言声了。有人说,"咱们走走吧,"他跟着就走,和他在一起,总是别人搜寻着话题和他说,不论谈什么,他总是"嗯、嗯、嗯",到底听懂了没有?有什么相同或不相同的意见没有?不知道。他样子并不傻,也不像是装糊涂、怀奸诈的人,可是为什么一句话都不讲,让人"唬不透"呢?

还有一个人,古易达刚想问问他大名贵姓,那人就连忙说:"请你不要挨我吧,我挨不得,挨不得。"见古易达一愣,他连忙又说:"你看,我该怎样称呼你呢?从前我称呼人家是同志,人家也称呼我同志,可是现在,连称呼人家为难友,我觉得也不配,我也不敢。你看,和我一起被捕的整整十个人,九个都拉出去吃了枪子儿了,单单就留下我一个。现在是人家让我活几天,我就活几天。我已经做下罪恶,只盼望不再做更多的罪恶,但我也不求人家相信我,不用说人家不信我,我自己也不相信自己。你不要挨我吧,我挨不得。"

邓天池那间牢房里新关进来两个人,情况要好一些。这天,他端着一缸子水,向院子里张望了几眼,就朝着东墙角尹坚站着的地方走过来,尹坚迎住他问道:.

"有什么喜事让我们的年轻歌手这样兴致勃勃呢?是作了一支'喜鹊曲'吗?"

"老尹,按着老兄的指示,我交了两个非常要好的朋友。很好,真的。"小邓以按捺不住的喜悦心情,一口气说道。

"是会唱《国际歌》的吗?"老尹语意双关地问。

"哎呀,这我可没有问,"小邓只听出了一面的意思,"反正他不会,我也会教给他的。"

"你知道他喜欢唱歌吗?"

"这个,"小邓迟疑了一下说,"我想,既然我们能谈得来,就会一起唱的。"

"你说说看。"

小邓没有马上就说。他朝着三三两两来回走动的人群望了一番,然后指给老尹看:

"老尹老尹,你看,嘿,正好他们两个在一起,正面朝着我们走来了……你看准了吗? 就是很年轻很年轻的那两个。"

"留运动员式头发?"

"不是,不是,两个都是光头。一个正劈着手势讲话,另一个,你看你看,睁着一双圆腾腾的眼睛仰头朝他笑着……看清了吧?"

"像个小葫芦样儿那个,对不对?"

"对啦,对啦。你别看他们年纪小,气魄可够大的,都参加过暴动哩!"

"两个人是一案吗?"

"不是。一个是唐山的青工,另一个是直南的,农民出身的小学教员。"

"两个人挺要好的嘛,你介绍的吗?"

"也是也不是,按那个青工同志的观点,工人就该是领导农民的,大概就为这个原因,他们俩成为朋友了。"

"哦,说下去。"老尹满有兴趣地倾听着。

"我一个一个地说吧,"小邓笑了笑,"那个青工,叫万喜,起初可不大容易接近呢。"

"那你是怎样接近的?"

"你听嘛,起先我问他:

"'你贵姓,难友? 你怎么打了官司的?'

"'你问我这个干吗?'他瞅了我一眼反问道:'你是敌人的探子吗?'

"我很生气,但是压制着,也反问他:

"'你很怕敌人的探子吗?'

"'嘿!'这下可把他激起来了,他拍拍胸脯说:'天底下没有咱老子害怕的。咱老子血统工人,国际无产阶级,公开的。怎么? 要杀咱老子的头吗?'

"'你还害怕杀头吗?'

"'嘿,怕杀头就不来干这世界革命。'

"'你总该有个出生的地方? 你贵处呀?'

"'没有告你吗? 国际无产阶级,还问什么地方!'

"'你有个姓名没有? 这也怕我探走?'

"'你倒能!'他看了我一眼然后说,'告你吧,大谅你也不害咱老子。咱老子行不更名,坐不改姓,咱老子就叫万喜,万人欢喜。除了反革命之外,谁都拥护咱老子,喜欢咱老子。你不喜欢咱老子吗?'

　　"我不由得笑了。

　　"'嘿嘿,看看,你也喜欢咱老子了,妈的。'说着他就握住我的胳膊使劲地摇起来。

　　"我又问他:'一口一个咱老子咱老子的,你是给谁当老子呢?'

　　"'给资产阶级呗。你想,无产阶级养活资产阶级,可不就是它的老子吗?你以为是给你当老子的吗?哈哈……'从此以后,我们就成了朋友,无话不谈了。"

　　老尹听得也笑了。

　　"他的经历也很有趣,"小邓继续说,"他已经三次被捕。头一次,是帮天津罢工的工人散传单。被捕后,敌人问他:

　　"'你这小家伙也是一个赤党吗?'

　　"'你们才是一伙吃党呢,咱老子无产阶级,干吗叫咱吃党!'

　　"他说,他那时还不懂赤党就是指共产党,还以为敌人骂他是吃白饭的饭桶。敌人大概认为他年纪小,不懂得什么,又没拿住什么证据,甩了几个耳光,就给放走了。他可是胆子更大了,出来以后,照样找那些青年矿工一起参加活动,他们都很爱护他,还帮他组织少儿队,让他当队长。结果事情干得不机密,娘老子知道了,他妈成天哭得像个泪人儿似的,他爸爸是个老矿工,四五十岁,就他这么个独苗苗宝贝儿,只怕他出篓子,就把他关在屋子里。这能顶事吗?他撬开窗户照样儿跑出来,照样儿在井上井下乱跑,做着秘密交通工作。这一次他可没让父亲知道,他'学乖了'。可是有一次,往出偷跑时,让他父亲捉住了,狠狠地揍了他一顿,他疼得直流眼泪,可是不哭,他只说:

　　"'爸爸呀,你真没出息,你就懂得打儿子,不懂得跟敌人作斗争,你成天价受死受活,难道就要一辈子给资本家做牛马,还要你儿子也做一辈子牛马不成?'

214

"几句话把个老人家说痛了,再也打不下去了。一家三口儿抱在一起哭了起来。从此以后就不再干涉他,他也在矿上做了杂工帮助家里过日子。同时参加了工会,在青工当中进行活动。后来他们还准备搞暴动,据说是红军要来接应他们。到了时候,他们小组一共三个人,都跑到集合地点,约定是击掌为号,红军就来接头。他们从晚九点就等上了,恰恰在这时,听见附近有人向他们这边走来,昏蒙当中又看见是军队的样儿,他们就'啪、啪、啪'击了三声掌,果然那边也啪啪啪地回应了三声。他们高兴极了,热情地跑过去就握手,那边来的人也伸手出来和他们握。没想手一伸出去,可就缩不回来了:

"'妈的,手铐子给戴上了。'

"起先他们还不明白是怎么回事,疑惑是给叛徒出卖了。到后来才知道,原来是恰巧遇到当天夜里敌人的巡逻兵。他说:

"'从此以后,我就再不跟人轻易握手了。'

"说的人和听的人都笑了。"

"这就是第二次被捕,"小邓说,"这一次在天津警备司令部一关关了三个月。因为到底也没有什么别的证据和口供,定不下案来,但是也不放。后来是在山西军阀撤退,奉军军阀入关的当儿,他们才趁着混乱逃了出来。出来之后,他以为父亲一定又要责骂他了,但是没有,父亲只对他说:

"'做什么事也好,特别是这种事,要多加小心,不要冒里冒失吃了人家的绕面。'

"这就是他记住的话。他说,看来他父亲也发生变化了。特别是从'九一八'以后,有一次父亲对他说:'你放心吧,孩子,真个做父亲的,给中国人当了多半辈子牛马不算,还要给日本人也当牛马吗?'

"'看起来,可能他加入什么组织也说不定,'他说。

"自后不久,他参加了共产主义青年团,成天忙着响应上海战争、鼓动罢工和示威等等工作。这一次,是在公开的行动中被捕的。他们和黄色工会的特务殴斗起来,小伙子手脚利落,又学过几手拳,一上去就干倒两个,有一个家伙被他一拳就打了个满堂红。后来警察赶来了,人太拥挤,展不开手脚，一个家伙趁势向他挥拳，崩一声，敲落他半个门牙。他指给我看：'你看，就是这个。妈的，我再遇着那小子的话，非把他的门牙敲掉不可，以牙还牙嘛！'他说，他们起先关在天津第三监狱。据说那里斗争搞得很好，解决了政治犯一些福利问题，但是搞得太厉害了，竟有人爬上屋顶扯出红旗喊起口号来，敌人就把他们分送到各个监狱，他就被转到这里。"

"也可能是敌人故意捣的鬼呢。"老尹插了一句，"是一个勇敢的小伙子。但要注意帮助他，使他的勇敢，发挥在最应发挥的地方。他的文化程度怎么样？能读书吗？"

"他说，只读过半年小学。名字是会写的，'打倒国民党、拥护共产党'几个字也差不多能写全，另外的就没有什么把握了。他和那个小学教员一下就能谈得来，大概这也是一个原因。"

"你说的那个小学教员，倒更像是一个完小六年级学生呢。"

"我先也是这样认为，"小邓说，"他姓马，已经当了三年教员了。他没有进过正式学校，只跟一个私塾先生念了两三年书。他很聪明，又很勤奋刻苦，先生很器重他，村里人也认为他很有出息。可是家里很穷，他不愿意让父母亲作难，就在附近一个地方教起书来，假日里帮他父亲把地里场里的农活做好。平日上课之外，还和大一点的学生们刨刨荒地，种种园子，瓜菜大伙分。他说，这样不但吃用方便，还强健了身体，学下了本领，让学生们懂得劳动神圣，不要学做懒虫。当地农民对他很是信任和爱戴，把他当作自己人。后来，县里同志来找他，要他帮助组织农民协会，组织青年团，他自己也参加了教职员工会。他们发动过一些斗争，得到过一些胜利。后来又策划暴动，给地主发觉了，县里就来捕人，他把外乡一些同志掩护走，自己被捕了。他纯洁、坦率、无畏。他说，能够在这里和一些大哥哥们一同打共产党官司，觉得很光荣。"

"他认为这里关着的都是共产党吗？"尹坚问。

"这倒没有问他，"小邓说，"但他见了人总是要问：'大哥，你贵处啊？''你怎么被捕的呀，大哥？''你让敌人拷打过吗，大哥？伤势重不重呀？'外边有人接济你吗，大哥？你家乡离这里远不远？"来到这里，我们就都是一家人了，你说对吗，大哥？'他一口一声'大哥大哥'地叫你，一点也不俗套，他从心坎里温暖着你，就像儿时在家乡里听到那些亲人们呼唤似的；他不要求什么，使人不由得乐意和他亲近。这个小马和万喜性格不同，可是他们同样让人觉得可爱，就像在乐谱上分不来叨和咪到底哪一个音更为可爱似的。"

"神圣的单纯，"老尹深有所感地说，"好好地保护他们，不要让郝伦甫或其他一些人把他们弄迷惑了。当然，这种人，看来似乎诚实易欺，其实他们在大关节上眼睛是雪亮的。你继续和他们交往，也帮助万喜学点文化，唱唱歌子，吸引他们参加我们的生活和斗争，使他们尽快熟悉环境，了解我们的对策，有了叨和咪，其他的音符或音阶，也要一个个发现出来，然后组成一部强大的青年交响乐，由你来领头。你说这样好吗？"

邓天池沉思着，庄重地点点头。

35

对于新来的人,"老兄"在积极地了解和团结他们,布禄却也没有闲着。

他在窥测每一个囚犯的政治态度。

这天,布禄走到放风的院子里,撑着八字脚立了一阵之后,忽然看见了"冷石头",就大声问道:

"这里谁叫潘清呀?"

站在旁边不远的欧克司连忙喊:

"潘清,到这儿来!"

"冷石头"神色不安地踅过来。

布禄上下打量了一番问道:

"你就叫潘清吗?"

"是的。"

"你不是在宪兵司令部已经写过悔过书了吗? 来到这里,有什么打算呀?"

"冷石头"一愣,端着水缸的手不自觉地垂下来,水淋淋拉拉地洒了半身。

"我……我……你说的是什么话呀! 我……"

"不用装好汉了，"布禄冷冷地说，"我们打算释放你……"说罢，转身悠哉悠哉地走到另一位犯人跟前。

潘清半句话也没说，痴呆呆地退到一个角落里，虽然缸子里早已没有了水，他却把一颗头俯贴到那个缸子上，像在那里专心喝水似的，一条长长的细脖子弯曲得像一个挠钩。

正在散步的人围过来，默默无言地向他看着。

徐彦走到詹英跟前，低声说：

"这就是我说的那块冷石头，现在他在冒冷汗了。真的假不得，假的真不得，我说他眼里怎么有那么一股幻灭的冷光嘛，这不，我费了九牛二虎的力量，从他嘴里抠不出一句话来，布禄却给他一锤子砸破了。可是这个狡猾的布禄，怎么变成一个笨蛋了呢？他怎么会当着众人的面，给他这个下不去呢？看来这是鬼中有鬼，你怎么看？"

詹英沉思着，还未来得及说话，只见林陶从人群中走过来，追着布禄问道：

"管理员，少见呀，你今天是来答复问题来了吧？"

"什么问题？"布禄没防住这一手，不免有点愕然。

"哎呀，怎么搞的，你老这么健忘呀，"林陶故为惊诧地说，"我们谈过多少次，你竟把它丢在脑后了？我们给军法处写了几次信，到底怎么样了？是答复还是不答复？"

"老问题呀！"布禄不以为然地说。

"对啦，问题老了还不给答复，你让我们等到什么时候？"

"不是我不给大家答复。"布禄乱了阵脚，只好用他的老办法——诉苦。

"那么是军法处明白地说了，不予答复，是吗？"

"这倒没有。"布禄只好支吾地承认。

"所以，管理员，"林陶紧接上说，"这个责任就在你身上啦。你请军法处负责的人来，我们直接和他们讲。我们政治犯，主张抗日救国，堂堂正正，对什么人我们也不隐蔽我们的观点，对什么人我们也不怕。你要找不来他们，我们当然就得向你讲，向你提出质问。"

"好啦好啦!"布禄觉察到又要处于挨训的地步,再听下去恐怕更为不利,就一面抽身向后转,边走边说道:"我给你们催好啦。"

"你走了也不行,"本来就是要送走他,林陶却用似乎盼他留下来的口气说道:"我们在饭堂里还要请你的。"

以往见过林陶和布禄交锋的人,看着布禄颠顸的背影,笑一笑走开了。

林陶回到"老兄"的地方,尹坚问:

"送走了吗?"

"送走了,"林陶说,"留下一个话口,还要在饭堂上找他见话。"

"那就得积极地准备了,"尹坚有点担心地说,"这些新来的人,情况是够复杂的。"

"话口是活的,"林陶也有同感,"时间还可以由我们主动掌握。但必须给他们个下马威,稳定人心,显示我们的力量,否则,人心会乱。"

尹坚略微沉思了一下说道:

"我的意思是这样:我们一面继续积极地了解和团结这些人,一面马上行动。这样有几点好处。第一,树立了旗帜,使大家明确了斗争的目标,心中有个主见。其次,从行动中最能看清一个人的态度,也便于我们识别人,组织我们的队伍。最近,我们和外边党组织接了头,组织上批准了我们的支部,认为我们领导的斗争是正确的,英勇的,对我们完全支持。外边的形势很好,党正在恢复和建立一些组织,群众性的一些组织和工作也扩展和开展起来了。党正在推动着各种社会力量来支援我们。上海方面成立了以宋庆龄、鲁迅等人为首的人权保障大同盟,不久也可能派人到北方来看我们……总之,释放政治犯、共赴国难,这个口号在外面也叫响了。现在就是要抓紧时机,迫使他们答复。"

"好!"林陶激动地说,"明午就可以找布禄。"

"我同意,"老尹说,"咱们再和老詹商量一下。"

第二天中午,把布禄请到了饭堂,林陶开口就说:

"管理员,我昨天就预先通知你,我们给军法处写的信,拖了不是一天了,催问也不止三次五次了,现在请你告诉我们结果。"

"我能说什么呢?!我现在只有随唤随到的份儿,刚才我还到军法处来着。"

"那结果呢?"

"结果是……暂时还难于答复,但总要答复的吧……"

"管理员,你未免太不注意我们的问题了。也没有这么一个军法处,这么一个国民政府,对于我们这些政治犯的命运就是这么样随意蹂躏。不要以为我的话仅仅是我个人的愤怒和不平。全国的人民都在这样讲!有良心的,有血气的,有一点正义感的,当着这民族生死存亡的紧要关头,谁能够无动于衷?为什么把我们这些爱国青年要关在这个黑暗的牢狱里?我们不能沉默!"

这些话像一个信号,又像一条导火线,许多人都接着跟了上来,新来的、旧在的、党员、群众,一个接一个愤懑地抗议着。

布禄只好采取挨打政策。在道理上,他反驳不了什么,在当前的问题上,他还没有得到上级的口风。只好让囚犯们发泄发泄,自己听着就是。

第一次见这阵势,万喜早就按捺不住火儿了,他从座位上跳起来喊道:

"喂,姓兰的,你怎么不说话?你在那里装孙子不是?"

这可把布禄触火了,他的脸忽地一下变成紫色,极力睁大细小的眼睛瞅着万喜喊道:

"你是个什么东西?你叫什么名字?"

万喜哪来的好气:

"怎么'什么东西'?咱老子行不更名、坐不改姓,大号就叫万喜。怎么,你杀了咱的头吗?"

"牛班长,牛班长,"布禄尽着破锣嗓子喊道,"给他再钉上一副镣!"

"再钉上两副三副又怎么样!"万喜说,"吓得咱还不革命了不成?"

会场为这件意外发生的事弄得特别紧张,布禄一面催着给万喜戴,一面在台上乱走着说道:

"不行,我不能听你们再讲下去了,我立刻到军法处去,我辞职不干了。"说着他拔腿就要走。

万喜还想站起来讲话，小邓一把拽住他。

"管理员，管理员，"老詹的沉稳的高声在混乱中响起来，"你听我说上一句话再走，好不好？"

布禄站住了。

"我劝你不要走。"

"就让我眼睁睁地受侮辱吗？"

"你要我评这个理，也很容易，但你既然赌气要走，那我说不说终归是一样的了。"

"谁不让你说了？"布禄转回来了，"你们这是应该的吗？"

"最好不要在气头上辩论。"詹英继续磨着他。

"我不生气了，你说吧！"

"以我说，这位青年难友急于想得到答复，所以口不择言，说话不太客气，可你也骂了他呀！咱们不要纠缠这个了。我们今天谈的是民族存亡，是释放政治犯……"

布禄不高兴地问：

"以你这样一评，倒是我没理了！"

"我说了，谈大事，不提这个枝节。"

"谈大事！谈大事！"池子里也跟着喊道。

"不行，"布禄余怒未息，"太岂有此理了！牛班长……"

牛班长提着镣向着万喜走去。

"牛班长，你且慢来，"詹英走出座位愠怒地说，"要是一定跟我们过不去，一定要摆摆威风，那就请你把这个镣给我戴上！"说着就伸出自己的腿。

牛班长不知该怎么办，望着布禄，布禄气哼哼地把头一摆，牛班长就势把镣拿走了。

这时候，林陶也趁势说道：

"管理员，我们今天表白的意见，也就差不多了，但问题还没有得到解决。我们希望你多费心给我们催问几次，老实说，每次向你催问的时候，看见你仍然没有带回来结果，连我也替你难为情。"

"大家肯体谅兰某一点苦情也就很好了。"布禄也趁势下了台。

36

　　根据当前的局势和詹英、齐远山、颜季仁等人的建议，"老兄"决定在监狱里展开一场秘密的学习运动。同时，根据党的民主原则，重新选举了支部成员。徐彦担任支部书记，古易达担任了宣传委员，颜季仁为学习委员。支部下设了学习委员会，由颜季仁负责，尹坚参加指导。还设立了管理生活委员会，统一支配大家集起来的资金和衣物食品，精心照护病号。这个委员会由林陶负责组织。邓天池负责团的工作。

　　支部的代号，仍然是"老兄"。"慷慨赴死易，从容就义难"的主导思想也不变。

　　经过"老兄"的精心组织，放风时，人们三五成群，围在颜季仁周围。他按照自己编写的讲义，低声讲述马克思列宁主义原理，听讲的人从不发问。好多问题，是要等到回到牢房后慢慢领味和复习的。不远处，有人负责警戒，看守一走过来，就轻轻吹一声口哨，大家马上开始聊闲篇，说笑话……

　　有些重要书报，需要在各牢房传阅，为了节省时间，就由一个人读给大家听，另外派人在窗口放哨，一看见对面小楼上有人下来，马上敲墙为号。一连好几天，看守们都没有觉察到眼皮底下这些人，在进行着怎样的"非法"活动。

但是终于出事了。

粗心的万喜,把一页纸揣在裤兜里,吃饭时掉在地上,小邓刚向他示意,就被眼尖的崽看守看见了,那家伙像条狗一样,立即抢上来,一脚踩住那页纸,随便拾起来,看了几行,"哼哼"地冷笑着,跑出去交给了布禄。

万喜被押到军法处,加判了十年徒刑。他倒不在乎,回到牢房,哈哈笑着说:

"判十年能怎么样?我就不信他们还能再坐十年江山!就算他枪毙了咱老子,咱老子也没白活这二十年。二十年之后,咱老子又是一条好汉!小邓,这话是谁说的来?"

尹坚的身体,一天不如一天。他不停地咳嗽,痰里满是血丝。腿伤已很难治愈,詹英给他折了一段树枝,削成拐杖,让他挂着。"老兄"经过多次交涉,尹坚被送到病号室,同时派颜季仁去照护他。

颜季仁像一位慈爱的大哥,一早起床,打扫家,涮马桶,忙个不停。一日三顿饭,都要亲眼看着尹坚吃下去。尹坚的衣服,他都洗得干干净净,经常给他替换。尹坚咳嗽起来,他轻轻地给捶着背,一边安慰尹坚,一边自家倒流出眼泪。

到了晚上,等得尹坚睡了,老颜便坐着两块叠起的砖头,趴在床沿上"备课"。他读书又快又细,记忆力特别好,再加上笔头子快,在狱外时,人们就常称他"博大精深"。越到深夜,他的精力越旺盛,一页一页的手稿,就像从卷扬机里飞出来一样。到了黎明时分,他把手稿整理起来,折叠成炮仗大小的纸卷,好生藏在身上。

后院每天有专人接受和传递这些"炮仗","专人"选择了小马。他行动起来异常敏捷,万喜称他是"鬼精灵"。和小马配合传递的,是温平,这两个性格不同的"传递员",是由古易达选定的,他认为这两个人不会被看守注意和怀疑。

"邮箱"设在厕所棚顶的东北角。那里有一个老鼠洞,老鼠搬了家,被颜季仁看中了。他把"炮仗"放进去,由小马取出来,南号筒读完后,放回

"邮箱",再由温平传到北号筒。

此后不久,"老兄"又通过外面的关系,陆续搞进来一批外文书籍,由颜季仁和尹坚逐篇翻译。两个人眼见的更瘦弱了,林陶主持的"管理生活委员会"决定,每天多分配他们两个鸡蛋。颜季仁一听,连连摆手:

"你们这是干什么!东西是外边亲人们通过几道关卡递进来的,要实行军事共产主义式的公社生活,也该先给病号……"

林陶笑着说:"老兄,咱们不搞绝对平均主义。我们给你们点物质食粮,你们给大家生产精神食粮,这叫不等价交换,你还得吃点亏。十月革命后,苏联那么困难,列宁还特意批准给一部分知识分子一定的优待,未必你这留苏高才生,连这一点也不知道。"

颜季仁只好笑着接受下来,第二天,通过"邮箱"再转回牢房,让给何谦等病号吃。

学习很有成果。"老兄"组织党员们,通读了许多马列主义经典,此外,还读了摩尔根的《古代社会》,河上肇的《经济学大纲》等。为了总结经验和进行自我教育,"老兄"还创办了一个小小的刊物。每期由小邓和小马用各种字体抄好,一律用外文和代号署名。刊物起名为《Red October》。小邓爱整洁,每期装帧十分精致。"老兄"严格控制阅读范围,除支部掌握的党员外,其余的人,都经过认真挑选。一经看过,立即交"老兄"销毁,不准保留片纸只字。

"老兄"安排的这些活动,引起了青年们的极大兴趣。邓天池还引导大家讲新闻、讲故事、讲伟人们的传记,气氛十分活跃。

一次放风的时候,万喜眉飞色舞地对几个青年伙伴讲道:

"嘿,学了这一段,咱老子才知道世界上好多人在受压迫,有好多共产党在活动哩!列宁斯大林还蹲过监狱,咱老子坐牢算什么!看人家那老季,就是季米特……特洛夫,水平还真是高咪!小马子,你说大哥说的对不对?"

小马笑眯眯地说:"对!对!万大哥变得有出息了。"

其实,学习最用功的,是小马,书本上的知识,万喜只能懂个大概。最差的要算温平,他脑子反应慢些,口舌又笨拙,下了好多的工夫,也学得了五六分真髓,却像是茶壶里煮扁食,再也倒不出一个来,常常被万喜问的一头一头冒汗。

邓天池记忆力最好。凡他读过的书,重要部分都能流水般背诵出来。"老兄"知道他这种本领后,就把最重要的书和文件转给他,让他读过后背会了,即行销毁。

过了一段时间,温平也变活泼了,他嘴上说不出来,就悄悄地做起半文不白的诗来。这事被小马知道后,立即告给万喜,万喜一愣,趁放风时间,找到温平,吆喝道:

"温平! 你也会写诗,来来来,给咱念一段!"

温平的脸"腾"地红了,他忸怩着想走,不料被万喜提住衣领,连声催促,小邓小马也围过来,小马说:"大哥,怕什么,咱们自己玩玩儿,有什么不好意思,这又不是考试!"

温平见走不了,只好掬着一盘红脸念道:

诚使生命之光如太阳之强烈照耀,
则世间之云翳雾锢亦将换作灿烂明霞。

万喜还没有听出一点味道来,温平倒说念完了,他一怔,说道:

"怎么,这也算诗? 孔夫子的蛋泡——文绉绉,这叫什么诗!"

小马反问了一句:

"那你说什么叫诗?"

万喜抬起头望着天空,好生想了一阵,拍着胸脯说:

"有了,听我的:这个鬼地方,实在不像样,惹火咱老子,掀翻这堵墙……"

他还想往下念,小马笑着止住他:

"算了算了,咱们听听邓大哥的。"

小邓倒也不推辞,略一沉吟,缓缓念道:

我们都在寻求真理
而又互不相知；
敌人硬把我们捕来，
给我们作了联系。

同住着潮湿的牢房，
同吃着霉烂的糙米，
同戴着沉重的铁镣，
同呼吸污浊的空气。

同受过残酷的刑罚，
同长了斗争的智慧，
相同的遭遇和命运，
把我们变成了同志。

敌人没有想到，
我们也没有想到——
神奇的辩证法，
创造了这个奇迹。

正好"老兄"们走了过来，小马搀着尹坚，请他也念几句，尹坚顺口念道：

面壁读马列，
破壁抗倭寇，
我自甘藜藿，
不爱衣锦绣。

徐彦紧接着也来了一首：

坐牢读马列，

出狱打鬼子，

我是共产党，

革命不怕死！

万喜一听，喜得直拍手，连声叫道："好诗好诗，这才是好诗，咱一听就懂！"

尹坚喘着气，缓缓说道：

"刚才几首诗都还可以，好在它符合实际，表述的是我们的生活、思想和抱负，是发自我们心里的话。古人说，文章合为时而作，诗歌合为事而作，文艺作品，总是要联系实际的。刚才的诗，我的太文了一些，徐彦的太直太露，把标签贴在自己的额头上，那样怕只好'捉将官里去'。三首诗里，还是小邓的要更好些。写诗，总是青年们夺魁的。我建议，把这首诗登在咱们的《Red October》上……"

"这一期就更丰富了，"徐彦说，"有老詹的《中国革命之战略与策略的研究》，有你的《列宁主义与中国革命》，老颜的《要辩证唯物主义，不要唯心主义和形而上学》，还有我的《革命斗争中左倾与右倾试析》，老古那篇《从古代社会起源看中国社会之变迁》也快写完了。这些都是理论文章，配上几首诗，就更好看了。"

尹坚两颊上，又堆起两片病态的红晕，他看着这些可爱的青年，满怀深情地说：

"学习，这是对敌斗争的一个重要组成部分和关键环节。我们哪怕只有一个人能留下来，就是一个火种，就是革命的骨干和栋梁。我们一定要把这座……黑暗的……牢狱……变成我们光明的……光明的党校！"

人们的眼睛都湿了……

37

从清早起,欧克司就督促着看守们打扫院子,打扫号筒,还抬走尿桶,仔细刷洗了一番。在号筒的过道里,墙沿下,特别是放尿桶的地方,厚厚地敷了一层石灰,尿桶里还扑碌碌地撒了一把卫生球。各个牢房的门也打开了,看守们把打扫起来的垃圾统统拾掇出去,也在地上敷一层石灰。石灰末呛得人直打喷嚏,地面却依旧是湿漉漉的,有人滑了一跤,便大骂起来:"妈的,这叫干什么呀!"看守们态度却是异常和气,只是闷着头干活,不说一句话。只有扈看守照例指手画脚地挑毛病。欧克司走过来打断他:"你这人是怎么搞的? 舌头上长了疔啦? 不动手干活儿嘛,只会穷打吵!"他走进各个屋里一看,然后站在过道里喊道:

"我说难友们哪,咱们可多包涵一点,这讲卫生的事儿哪,不光于我们好看,于你们诸位可都有好处哪,咱们大家多注意一点。"

詹英唤住了他,低低地问道:

"要来什么人了?"

"说是上海的什么盟。"欧克司低声回答,"什么人我可不知道。听说是专为看你们来的。"说罢匆匆地走了。

老詹借着解手的机会,把消息告了尹坚和林陶。并让他们告诉给大家都作准备。尹坚说：

"我的意见，人来了之后，咱们对这里的监狱当局不妨多留点余地，讲话时，主要针对国民党的要害……"

林陶补充说："如果得便，也不妨给布禄这些人加点压力。"

老詹点点头回屋去了。

不一会，布禄来到号筒查看。詹英听得他快到屋门口了，就故意拉来一条被子横枕着躺下，跷起脚来看书。布禄可从来没见过这种姿势，愣愣神，搭讪着说：

"老詹呀。请你过来。"

"什么事？"老詹不在意地站起，走到门洞口这边来。

"东西放整齐一些，"布禄用一种央求的口吻说，"坐着或是站着也都规矩一些。"

"要给你们摆架势吗？"老詹讥讽地问，"大概是有人要来参观了吧？"

"你知道了？"布禄问。

"我怎么能知道！"老詹说，"不过一看这个阵势，谁还不晓得？明摆着的事，干吗还要瞒我们？"

"没有瞒，"布禄辩解说，"我也不知道啊。"

"现在知道了吧？"老詹试试他，"什么人要来呀？"

"说是上海方面人权保障大同盟派人来看政治犯，什么名字我可说不上来，听说有个姓杨的，是个重要人物呢。"

"你可知道我们这些政治犯，也不是社会上的孤儿，总会有越来越多的人替我们说说话的……总不能任人虐待……"

"哎呀，老詹……"布禄感到沉重了，"请你把话讲清楚些。"

"这有什么不清楚的呢？"老詹说，"你不就是为了这个才来找我的吗？"

"是呀，"布禄忸怩地承认了，"咱们商量着，有什么需要改进的地方，只要在兰某的职权之内，兰某无不尽力。可是像你刚才说的什么虐待的话，兰某如何担当得起！"

"你向我个人作这样的表白，没有用处。"老詹说，"你把事情办好了，交待得过大家了,谁会去找你的岔子呢? 谁还不知道你的职权有多大? 哪些事你办得了,哪些你办不了,大家全明白,你要交代不了大家,你就一个一个去缝人家的嘴,你能缝得了吗?"

"请你说明白点,"布禄不安地说,"凭良心说,我可没有要对不起大家呀!"

"良心很难讲,"老詹说,"人总是从事实上去看良心的。"

"那请你讲事实。"

"你说你对我们还不够威风吗? 比如说,动不动就拿'再戴一副镣'来威胁我们……"

"哎呀,老詹,天理良心,我要是那种逞威风任意虐待人的人,你们那个万喜的镣不是早就戴上了吗? 为了你们大家的面子,我连人家口口声声给我做老子的话都忍受了,你说我还要怎么样?"

"你看,你看,你这不是又冒火儿了? 你把那天的事夸大了,那位青年难友,是有那么个不好听的口头语,但也并没有口口声声。就这么点子事,你还念念不忘呀? 要这样下去,我们之间还有什么可谈的?"

"会听话的人,并不一定总是听信你们的。"布禄脸一变,冷冷地反驳道。

"我告诉你,"老詹说,"真正有良心有正义感的人,一定是听信我们的,不会是听信你们的。对你们还有什么可听的呢? 你们不是早定过我们的'罪'了吗? 他要听你们的,何必要进到这里来? 你就说我们一千个不好,我们也不怕,因为事实上我们被你们压迫着。俗话说得好:穷不过讨吃,怕不过杀头。我们这些把性命都豁出来了的,还有什么害怕的! 你们可就不同:你们总不能不维护你们点面子;我们这些人当然不会凭空说人家的坏话,我们只消揭露一点真相,你们就不能不管管。老实说,社会的公愤是对着你们的,同情却在我们这边。当然,我们也知道,一些重大的责任,并不能由你来负。但是你们的上级为了逃避责任,为了减轻舆论的压力,首先就会把一些责任推到你们身上,首先就会摘你的乌纱帽,这点你可要看明白些。"

一席话把个布禄说得头低下来了，他沉吟了一阵说道：

"是呀，我这份苦差事不是好干的……请你再说一点事实好不好？"

老詹看他缓和下来了，就闲闲地说道，

"今天中午咱们吃什么？会吃得好一些吧？"

"你怎么问这？"布禄一时没有解过来。

"我是说，"老詹说，"参观的人来了，当然要好一些，参观的走了，就又该吃坏的了。"

"请你不要挖苦了，"布禄苦笑地说，"这些时的伙食不能算坏……"

"一点没有挖苦。上次那位德国女记者来参观，好了一阵子，以后就又坏了，所以我就有了经验。"

"咱们以后经常化，好不好？"布禄忽然很慷慨似的，"请你再说。"

"你只把这个经常化做到一点，那还用一一地再说吗？伙食、环境卫生、洗澡理发、下镣换镣……这些都不是你能办到的吗？"

"这我都能办到，"布禄慨然回答，但又不信似的说，"不过在你们面前，我是无论如何不会落好的。"

"没有的话，"老詹断然地说，"我们决不要求你去办职权以外的事。你办不到的，比如说释放全体政治犯，这你就办不到，你从旁多帮点忙就行。我们这些人，你不用担心，只要你肯多给我们些方便和面子的话，我们也自会体谅你的处境和困难，在必要的时候，也会给你光光面子的。你想我这说的对不对？"

"咱们大丈夫说话算话！"布禄简直像要赌咒了。

"还要看看事实。"老詹说。

布禄面带笑意，蹒跚着走开了。

十点来钟的时候，参观的人来到号筒。由一位穿西装的记者陪同着一位中等身材穿竹布长袍的人。穿长袍的，大约就是杨先生。他们两位并排走着，记者不时地指点，杨先生一面听，一面摇头，看也不看在前面向导的欧克司和稍稍跟在后面的布禄。

欧克司领着客人首先转到南号筒。各个牢屋的门，事先已经打开了。

詹英很明白布禄使的这点小诡计,他是想在客人面前表示这里相当自由,同时,如果客人问问什么的时候,老詹他们可以出来说话,免得被客人个别询问时,大家参差不齐说出不利于他的话来。

客人巡视了几个屋子,大家都在静静地望着,或者看书,或者做点别的什么,都很少说话。杨先生很热心,每到一个屋子,先要交代一下身份,然后问问这问问那,但都像考试问答一样,引不起谈兴。到了林陶屋里的时候,林陶就提议说:

"好不好把大家集在一起,让人们都谈一谈呢?"

"是呀!"杨先生恍然有悟似地赞成着,一双眼睛注视着布禄。

布禄本来想马虎过去就算,但客人既然提出来,也不好拒绝,只得含糊地点点头。

人们这时已从屋子里走出来,向着客人这边靠拢,谈话逐步活跃起来。有的诉说着被捕前后所受的迫害和诬陷,有的控诉着拘讯机关的野蛮和酷刑,有的抗议判决的无理和残酷,有的历数着监狱生活的苦痛和黑暗……杨先生专注地倾听着,不时皱着眉摇摇头,问道:

"我们替大家延请律师辩护好不好?"

"我们深深感谢杨先生的关怀和好意,"尹坚洪亮的声音响了,"但是这种办法未必能行得通。且不说我们这些穷青年人无力负担律师费,就算能够,又有哪个律师出面为我们辩护呢?就算有见义勇为之士挺身而出,在国民党整个对内对外反动政策不变的情况下,他又能做什么呢?怕只能连累他戴一顶红帽子罢了,我们也于心不忍。其实我们有什么罪呢?抗日爱国之罪;信仰自由之罪!我们希望先生们将我们的真情实况公之于社会,公之于人民群众,让社会和群众来裁决!这样,我们就不至沉冤莫白,而先生们的正义主张也得以大白于天下了!"

"我们这位难友说得对,"布禄一听声音,眼睛立即闪亮了。他正盼着詹英出来讲几句话,把人们挡回去,这时候,詹英果然说话了:

"我们大家感到最迫切的问题,是释放我们,恢复我们的自由。我们都是一些爱国青年,政府当局硬把我们关在这里本来就毫无理由。听说有个什么大赦令,但至今不对我们公布。听说'有病可以取保就医',但是请看吧——唔,她不在这边,杨先生回头可以到那边看看——我们的一位女难友,在这里生的孩子,快满一年了,还给关在这里。别的我不想再说什么了。"

听了詹英的话,杨先生立即向北号筒走去,老詹老尹几个人也陪同过来,欧克司把牢门打开,女犯走到过道里,老詹把肖艾母子介绍给客人,肖艾抱着孩子逗他说:

"叫伯伯!"

"伯伯!"那小家伙口齿不清地叫了一句,娇憨地把个小脸藏到母亲怀里。

这引得许多人都笑了。杨先生没有笑。他急忙把脸转了过去,似乎在抑制着自己的激动。过了一会,他转向布禄问道:

"这也不可以释放吗?"

"已经办了,"布禄说,"就差找个具保户了。"

"还需要什么保啊?! 这里还有应该释放和减刑的吗?"

"公事已经递上去,"布禄说,"就等批了。"

杨先生向号筒里的人一一点头招呼,又向肖艾说了几句安慰的话,转身就往外走,见那位记者正在拍摄镜头,就又说:

"大家合拍一帧可以吗?"

布禄答应了。

走的时候,杨先生眼睛红红的,对大家说:

"我们一定忘不了你们。希望在外面见。"

欧克司熟练地引导着客人往前面去了。

第二天上午,欧克司来到号筒,通知徐彦给肖艾找保。

"怎么一回事?"徐彦没头没脑地问。

"嗨,这你还要问呀? 拍拍屁股走呗。莫非你还愿意老待在这里不成?"

"那我也可以拍拍屁股走了?"

这倒把欧克司给问笑了：

"你呀，你还得慢着一点。"

"慢到什么时候呢？"老徐也开玩笑了，"你舍不得让我走？"

"我才一天也不愿意留你呢。"欧克司说。

"你看，要不问清楚，我也一起走了怎么办？这次单是肖艾一个人走？"

"你管你一个的事呗，问那么多于什么？"话这么说，他可是说他还要去通知齐远山、柳贞、张金刃、郝伦甫等六七个人。

"是不是军法处让通知的？"老詹插上来问。

"看你说的，没有上面的命令我们能办呀？"

"还有别的命令吗？"

"听说有一些人减刑了。"

"是些谁们你知道不知道？"

"我怎么能知道。"说着他就要走。

"留一步，班长，"老徐喊住他，"这个保我可是没法儿找。"老詹也帮了他一句，都不想开具保的先例。

"这有什么难的，"欧克司急了，"真没有的话，我帮你们这点忙。"他似乎觉得话说涨了一些，但也不想收回去了。

"那我就干脆拜托了你老，好不好？你想我人生地不熟，到哪儿找保人去？"老徐趁势儿说。

"尽说废话。找不到，你就待着好了。"说着他就忙着通知别人去了。

取保释放的消息，很快传开了。虽然释放的人不多，又有张金刃、郝伦甫这些人，但人们还是从中看出了一线希望，精神上觉得较为松快了。老詹"老兄"特别高兴，因为他们清楚地感觉到了力量！

徐彦自然是十分高兴的，在这迫在眉睫的别离之前，他请牢里的难友们给孩子起个名字。

这个题目，引起人们的极大兴趣。连仲子说："叫苦儿吧，苦难中的产儿。"老徐摇摇头：

"不妥，不妥。不能让他像我们这一辈人这样吃苦。"

"那就叫洪福吧,"又有人说,"洪福齐天,这个好。"

"这也有点不太现实,"老徐说,"眼看此刻就受着折磨嘛。"

有人又说了几个名字,老徐都没有首肯,这时,詹英一本正经插进来:

"依我说,正式的名字,晚些起也行,奶名就叫师儿,你们说怎么样?"

别人还没有说话,徐彦先点了一下头说:

"好,这有意思。也通俗。狮子这种动物,勇敢、沉着,生命力旺盛。战斗力强,生龙活虎之意也都包括在内了,好,就叫这个。"

"我原来的意思可不是这样,"老詹解释说,"我是说,师表的儿子当然该叫师儿:继承了父亲的传统,又给他们后辈人做模范、当表率,你看这不很好吗?"

徐彦这才恍然大悟,连连摇头哈哈大笑道:"上当了,上当了。我不管了。他的伯伯叔叔们想怎么叫,就怎么叫吧,我不管了。"一边摇头晃脑地说道:"大丈夫当以天下国家为己任,区区小儿女之事,岂可萦念于心乎?"说着就想跑开。

大家团团围住他,说他是"老封建",并且说:"别的还差不离,只有这副冬烘头脑的酸样子,是不能让儿子继承的。"

可是师儿这个名字倒传开了。最先这样叫并且叫得特别亲切的,是柳贞。

38

这几天,柳贞穿梭似的忙。她不但要料理自己的事,连别人找保的事也几乎全包了下来。难友们嘱托她的事,只要她认为办得到,都说二话不说地答应下来。她很斩绝,一时办不到的事,她也干净利落地作了答复,绝不拖泥带水。所以找她的人很多。但不管怎样忙,一抽得空,她就要抱抱师儿。

"师儿,你跟妈妈和阿姨出去好不好?"

"好,"小东西一下子扑向她,柳贞把他抱在怀里,逗他说:"要是妈妈有事走了,你跟妈妈呢,跟阿姨呢?"

小东西看看妈妈,又看看阿姨,咯咯地直笑。

柳贞扳过他的小脸蛋,一边吻一边深情地说:

"师儿,我的宝贝,我们娘儿们,我们革命家庭的人们,永远在一起。"

齐远山出狱时,紧紧地握着詹英的手,动情地说:"咱们是同一营垒中的论敌,我在外面等着你和同志们。"

詹英微笑着,拍拍齐远山的手背,祝贺他获得自由。

肖艾走的时候,来送的人很多。这个淳朴温婉的女性,和精悍泼辣的柳贞性格不同,和快嘴老徐也恰好成个对照,她很少说话,一说话就脸红,她用温婉的目光,望着这些可爱的难友,这是一个深情、内秀而且富有韧力的女性;蛛丝网虽细,水却是轻易冲不断的。

徐彦的朋友更多,不单旧同志,连新来的小万、小马这些青年,也都和他熟了。他给万喜起了个绰号叫"蒺藜刺",

小马叫"小葫芦弟弟",他一叫,大家也都叫开了。小马小万照例叫他"师表",按小马的习惯,对同志都称大哥,只在大哥上面又加个姓以示区别,对老徐却不称"老徐大哥",而叫"师表大哥",乍听了颇为新鲜别致。现在他们都来参加师表大哥的夫妻父子离亭会。

大家轮流抱着师儿,在他的嫩脸蛋上一替一个地乱吻。师儿被那些软胡须、硬胡须和茸毛毛的嘴和脸颊,刺挠得直痒痒,两只肥胖胖的小手不时地往脸上和脖子上摸摸,把大家逗得咯咯直笑。

"去,徐彦,"尹坚笑微微地说,"去和肖艾接一个吻,要分手了,没有什么不好意思!"

小万小邓这些人就去推老徐,偏偏这个平常什么事都满不在乎的人,这时候却像个新女婿一样地羞涩,任凭人们怎么推也推不过去。

"你来,老弟,"老詹抓住小马说,"你最没有封建意识,你代表咱们师表说两句话吧。"

这个纯朴无邪的少年,起先稍有些腼腆,然后大大方方地走过去,抱住肖艾的胳膊说:

"大姐,你可要好好保重,你为了咱们的孩子,为了咱们师表大哥,还为了咱们的革命,可要好好地保重自己呀!"说着那一双圆眼睛里,禁不住滚上来两颗亮晶晶的泪珠。

肖艾再也忍不住了,她把小马紧紧地抱在怀里,抽噎着说:

"弟弟,你放心吧,我们在一起相处的日子,我怎么也忘记不了。手足之情,父子之情,死生患难之情,哪一点我也忘记不了,你放心吧!"说着,她迅速地瞥了老徐一眼,老徐赶快背过了脸去。

在大人们手里玩得奔欢的师儿,看见大人们的脸忽然绷起来,"哇"的一声哭了。

牛班长走过来,惊讶地问:

"咋的了?出去嘛,应该欢喜的嘛,怎成了这样子!大家还是回避回避,让他们说说体己话。"

徐彦赶忙说:"不用不用……"

万喜抢过来说:"老徐,怎么了?平常你老拿我们这些青年穷开心,今天你认输了吧?大家看:师表大哥,呜呜呜,"他横起胳膊左右虚晃着,"师表大嫂,噗儿噗,"他两个手指虚捏一下鼻子,还向外飞个手势,"什么勇气和劲头都给你们甩掉了。这成什么话!要不我就说,我决心打一辈子光棍!"

他这些憨话把肖艾也逗得扑哧一声笑了。

肖艾和大家道了别,跟着欧克司走到了前院。师儿面朝里,见万喜向他不停地招手,便也挥着手,咯咯咯地笑个不住……

这批人走了以后,在监狱里掀起了一番波动。

波动最大的,是新来的一部分青年和原来就不坚定的人。在新来的青年里面,除了成分上的鱼龙混杂之外,大部分是纯洁热情的,但是斗争经验很少。他们习惯于监狱外面那种轰轰烈烈的斗争场面,在监狱里面感到处处碍手碍脚,甚至感到冷落与寂寞。参加过几次斗争之后,各个人的态度和倾向逐渐鲜明起来。有人产生了轻敌思想,认为斗争应该无条件地进行下去,事无大小,时无缓急,方式和态度都要一硬到底,这样敌人才会让步。也有人反过来,看见斗来斗去,并无多大显著的效果,特别是自由还远远轮不到自己头上,于是就感到厌倦和失望。这期间也有些人钻空子,撺掇着别人挑头肇事,试试敌人的软硬,自己却躲在背后,看风候,说凉话。

小邓和万喜的关系更密切了。万喜和布禄那次吵架之后,小邓找到他说:

"小万,你这种做法行不通,这样会坏事的。"

"坏什么事?"小万老大不服气,"多不过他给老子再加一副镣,两副,三副,十副!老子怕他?怎么,他杀了老子的头吗?"

"看你,动不动就扯杀头……"

"革命嘛,不豁出来杀头怎么办?"

"杀头总得要点代价吧?"

"怎么不要!一个倒下,千万个起来,还不算代价吗?"

"你说得也太容易了。况且敌人要偏偏不杀头,偏偏要活折磨我们呢?你也说——喂,快把我的头拿去吧。是吗?"

"留得头在,老子就和他作斗争。"

"对啦,活一天就和敌人干一天,革命者就该是这种气魄和态度。但是斗争也要讲求一定的方式,也要看一定的效果,你想按你的斗法斗下去,那会是什么样的效果呢?"

"给我多加几副镣,再不然把我送回军法处砍了,不就完了吗?说到哪里我也不怕他。"

"不能单从你个人方面想。你想,要不是我们卡得紧,布禄来个借口转移了主要斗争目标,那于我们有利吗?"

"布禄转移目标,责任也该由我负?"

"那你负不了。可是也不能说你完全没有责任。"说到这里,小邓想起老尹老詹他们平时对待自己的那种态度,就更为耐心地说道:

"小万,好兄弟,请你理解我的意思,我既不是要你替敌人负责任,更不是要你怕敌人,我只是说,在革命集体里面,我们不能单靠自己的勇敢,而要靠集体的勇敢。勇敢还要有智慧,好钢才能使到刀刃上。我们斗争的目标越明确,步调越一致,我们才能斗争得越有力,效果也越好。阶级事业是集体的,每个同志的疏忽和粗心大意,都会给集体带来损失,阶级弟兄又是心连着心的,每个弟兄可能遭受的挫折,也是我们集体最为关心的。十指连心呀!"

这番话从心里捅出来,万喜由不得不动情,他低了头,苦苦地思索着。这在以往是少有的。他平时跟人争辩起来,也像跟敌人打仗一样,总要拼个你死我活,谁也别想压倒他,"怎么!想征服老子吗?"他总是这样想。可是这一次,他动心了。这是阶级弟兄一片热心肠啊!饭堂上,老詹林陶这些人挺身出来救护了自己,可不是保卫了同志又保卫了集体利益的吗?你骂敌人,敌人打击你,就算咱担当得起,耽搁了集体的事呢,这你也担当得起吗？看起来,单凭一股猛劲是不行的……

这时,忽然有一个毛茸茸的手指头伸过来,打断了他的思路。万喜愣了一下,抬头一看,原来却是"吹塌天"。

"吹塌天"把个秃鼓槌似的大拇指搪到万喜面前说:

"万喜兄弟,咱们要做的是这个。可不能做了这个。"说着他又换出来一个大毛虫似的小指。

万喜感到一种憎恶:

"你是什么意思?"

"我是说咱们无产阶级要做英雄好汉,不能做稀松软蛋。"他又把大小拇指替换着伸了一次,但看见万喜那侧棱棱两道利剑似的目光,就赶快把指头收了回去。

"我算哪一个呢？你说说。"

"你呀,兄弟,虽不能算做这个,可也算不了那个。"他没敢再伸小指。

"那么你呢,你算哪一个?"

"要我呀,我早豁出来和敌人拼了。"

"饭堂上和敌人斗争不止一次了,我怎么没见你拼过一次?"

"他没寻到我头上嘛。"

"没寻到你头上你就不管了?怎么才算寻到你头上?你没在这里给关着?还到哪里去寻你?怎么大家和敌人斗的时候,你连屁也没见放一个?还他妈想在我跟前卖膏药充好汉!"

"蒺藜刺!你怎么出口伤人?你他妈嘴上没有砸一副镣也算冤枉了你。不识好歹的刺儿头小家伙。"

"刺儿头怎么样?蒺藜刺怎么样?蒺藜刺,敌人踢不倒,踏不扁!刺得敌人满身流血,捎带还刺你这吹泡泡的。我早知道,敌人没有给我多砸一副镣,你看了不称意。你冒充什么无产阶级!你不出卖无产阶级,我就算佩服你的了。我看清了你的骨头。"

"我的骨头怎么样?你说!"

"怎么样?这样儿的,"万喜用手比出一个姿势:"看清了没有?盖子硬,就是头是软的。"

"老子揍你!""吹塌天"恼了,摆出一个打架的架势。

"你来试试看。"万喜也摆出一个架势:"老子对统治阶级都不怕,倒怕个你!"

"吹塌天"又骂了一句什么,掉头就走。

小邓把这个情况向尹坚汇报了,老尹听了以后说:

"你谈的是对的。这是个好同志,就是还需要多锻炼。我们每个人都是如此。革命的勇气一定要和革命的智慧结合,勇气才能更深沉,斗争也才能更持久。还有,你告他,'辱骂和恐吓绝不是战斗。'这不是我的话,这是鲁迅的话。鲁迅的许多观点和战法是值得我们学习的。他告诉我们,要韧性地战斗,经得久,耐得住,颠扑不破。不要赤膊上阵,个人突出,让旁人称快;不要接受挑衅,踏到敌人埋伏的炸药上。像"吹塌天"这类人,用不着跟他多纠缠。像老徐只用一根针在那个内囊上轻轻地一触,那个皮球就泄气了。"

老尹说一句,小邓在心里记一句。尹坚说完后,他问:

"你说我对布禄的那些分析对吗? 小万在这点上可是很难扭过来。他非常恼火,他说:'妈的,老子有一天实现了专政,头一个就杀他的头!'"

老尹笑了笑说:

"你告诉他,他把布禄估计得太高了。布禄算得个什么! 有许多更重要的事情需要我们去做。斗倒布禄一点也不困难,但再换来一个,可能比布禄更坏,这于我们又有什么好处? 每一件事我们总得放到全局中看。下棋还得看三步嘛。"

"我再去和他讲讲。"

"不急,"老尹说,"对性急的人你自己最好不要性急。现在情况又有了新的变化……"

39

　　南京政府又猖獗起来了。"九·一八"和"一·二八"所激起的群众抗日浪潮,曾把它冲击得像一条落水狗一样狼狈不堪,奄奄一息。但是它没有被淹死,它在漩涡里打了几个滚,终于又拖泥带水地爬上岸来,伺着机会咬人,并且面目更加凶恶。它也没有白白地受这一次"洗礼",它"锻炼"了自己的游泳术和反扑的本领。在对外方面,它绝口不谈抗日,却声言要通过"外交途径"求得问题的解决,要依靠"国联调查团"来主持"公理和正义",它企图在美帝国主义、英帝国主义和日本帝国主义势力均衡的夹缝当中,求得自己的苟延残喘和一个偏安局面,以便腾出手来全力对内——"围剿"红军和镇压群众运动。它一面更多地使用暴力,一面玩弄更多的花样来迷惑人。

　　这天,草岚子监狱全体政治犯被集中起来,由布禄训话。

　　"诸位要求的事情,兰某总算给办到了,上级已经有了答复。这一次,兰某相信,许多位难友可以恢复自由了。兰某倒更希望,全体难友都得到释放,这个反省院关了门才更好。本来这是难友们最为关心切己的事情,也是兰某所日夜求之不得的事情……"

　　池座里的人疑惑不解地看着他,也有人三三两两地低声议论着。

243

万喜乐滋滋地拍着小邓的脊背说,

"妈的,真要放了咱老子的话,咱们回到唐山去好不好? 到了那里,你可以教工人们识字、唱歌、搞工会、斗资本家,你要做什么就做什么,咱都有办法。"他看见小邓一本正经地望着台上,就眨了一下眼,信口说道:"你听嘛,我告你,我还能给你介绍一个女朋友,无产阶级的。"

"快不要捣乱。你听布禄在说什么。"

布禄已经又说了一段,这时正在说:

"本来,按着规定,是每隔半年就要审查一次的,无奈这一年多以来,国难当头,党国诸公实在忙不过来,因之就给耽搁下来了。这可责怪不得兰某,诸位当中不少人记得,兰某为着大家在精神上早有个准备,还曾提倡过写反省日记,也请牧师们来讲过道,无奈兰某才识短浅,以致事与愿违,没有得到诸位的谅解和通力合作,好在现在又有了机会。希望大家休念当局宽大为怀之心,按着当局规定的格式,登个反共启事,就可以恢复自由了,只要得到当局的认可,就连刑期的长短轻重也都有酌情移量的余地。至于兰某方面,诸位放心,更不敢有任何留难之处。兰某只愿再奉告一句:诸位救国有心,就要当机立断,切不可错过了这个良机。"

"他说的是什么呀?"小万惶惑地问小邓。

"你就没有听!"小邓说,"他说我们要想恢复自由,就得登反共启事骂共产党!"

"我听他说什么国难当头,又说我们救国有心,要我们表明态度,来个反攻起事。我想莫非要向日本反攻了? 觉得又也不像。原来他是让我们骂共产党,妈的,让我骂这个昏头龟孙子一顿! 我早就憋不住了。"说着他就往起站。

小邓一把拽住他,自己直挺挺地站起来慷慨激昂地说:

"我们实在没有想到,你给了我们这样一个答复,说句不好听的话,这叫牛头不对马嘴。我们花了这样多的心血,熬了这样长的时间,吃了这么多的苦头,却换来了这样一个答复,实在不能不感到气愤和愤怒。试问这和我们没有写信之前的情况有什么差别? 这和我们写信要求的目的有什么相同之处？我们写给军法处的信本来说得明明白白:正因为国难当头,就应该化除党派私见枪口一致对外,就应该无条件地释放全体政治犯,还有比这更明白的态度吗？还要我们表明什么态度？为什么要我们反共？我们为什么要反共？共产党主张抗日救国,我们倒应该反对它吗？我们倒应该拥护投降卖国政策吗？我们不能这样侮辱自己。这是侮辱政治犯的人格,因此我坚决不干。我抗议这种无理压迫,把这种无理压迫还要说成什么宽大为怀,这叫伪善,这叫假仁假义,欺骗不了谁的。国民党当局硬要按着这一套法西斯办法做下去,它只能弄得天怨人怒,自取灭亡,我们决不放弃我们的主张和要求。附带说一句:眼见一天比一天冷,你管理员必须尽快给我们生炉子,这才是当前你最应该办的事!"

说罢,邓天池转身就走,大家也跟着站起来往外走,把布禄撂在台子上。

出了饭厅门口,林陶追上小邓,紧紧地握住他的手说:

"同志,你干得好! 来得干净,去得利落,遇着就打,打了就走! 我应该向'老兄'建议,给你记功!"

小邓憨憨地笑着说:"你看我这一头汗! 以往在这种场合,总是由你出面,今天不知怎的,心里一急,就站起来了,紧张得我心怦怦直跳……"

回到牢房,万喜紧紧地抱住小邓,直朝心竖大拇指,急得小邓一边挣扎,一边问他:

"你准备怎么办?"

"这有什么问的! 你说咱还会叛变无产阶级?"

"我不是这个意思,"小邓放低声音说,"我是说咱们怎样在群众里面进行工作。"

"这有什么难的? 就按你刚才说的那样,和他们说了就是。"

"你和谁们熟一些呢?"

"不熟怕什么! 问问他们还不成?"

"熟了,人家才和你说真心话。"

"这样吧,"万喜决然地说,"小葫芦小马,我包下,'吹塌天'我也包下。"

"'吹塌天'这类人,你最好先别管他。"

"我说包小葫芦,是说包他准行,包'吹塌天',我是说包他准塌!你说吧,还有些什么人让我包?包回来再拣,不就成啦?"

"你认识原正吗?"

"不是那个穿夹克的吗?成,算我的。"

"还有温平,你也认识吧?"

"那个老夫子样儿的,对不对?成,归我。还有没有呢?"

"先把这个搞清楚,这两个人据说也很有些特点呢。"

"你说说。"

"原正这个人,据说也是个很热情的青年,不知怎的有人说他是个热一阵,说不定是和他名字的声音有点相近吧,你听,'原正——热一阵'不是很相近吗?"

万喜跟着他念了一遍,也哈哈地笑了。

"不管怎么样,"小邓接着说,"我们这一回要在政治上稳住他。"

"无产阶级革世界的命,热一阵子还能行啊?我让他一直热。"

"温平呢,有人说是个老实疙瘩,有人又叫他唬不透,据说你和他说什么,他都是'嗯、嗯'的。这回我们必须弄清楚他的政治态度,每个人在这样的问题上,是不能含糊的。"

"我给咱唬透他。"万喜断然地说。

"你单凭唬也不行。"

"成啦成啦,"万喜打断他,"你看我的。"

放风的时候,温平端着一缸子水,慢悠悠地向墙根这边走过来。小邓向万喜努努嘴,万喜高声叫道:

"喂,姓温的,你过来!"

"嗯,"温平听得有人叫他,脚步放快了些。

"你这个家伙真怪,"万喜说,"听说不论谁和你说什么话,你都是'嗯、嗯'的,是吗?"

"嗯。"

"有人说你是个老实疙瘩,有人又叫你唬不透,你到底是个什么? 妈的,咱们要唬一唬你。"

"嗯。"温平温厚地笑笑。

"你又嗯了! 妈的,你是个浑蛋吗?"

"你才是。"温平稳悠悠地来了这么半句。

万喜却眯着眼笑了:

"你看,你不嗯了吗? 咱总让你说话了吧! 他们不会问嘛。"接着就又说:"我问你,你反共吗?"

"谁告你的?"

"这不得了? 那你不反共吧?"

"嗯。"

"妈的,又嗯了,你究竟是不反呢,还是反呢?"

"我没有告了你吗?"

"说话可得算数呀,不是嗯一声就了啦。"

"嗯。"

"你真把咱老子给嗯糊涂了,"万喜发急了,"你是怎么搞的?"

"我嗯的有哪点不对?"温平认真地问。

正在这时,小马走了过来。

"大哥,你们在谈论什么呀? 我也来听听。"

"小葫芦你来听听,"万喜抢着说,"我问他问题,他老是嗯嗯的……"

"谁说的?"温平问。

"我问你反共不反共——对不对?"

"嗯。"

"……你听他又嗯了。我问他:你反共吗?"

"我说谁告你的?"

"……我说那你是不反共吧?"

"我嗯了。"

"……我说,说话可得算话呀!"

"我又嗯了，对吗？你说不对在哪里？"

"怎么能老是嗯呀！小马你说。"

"我都听清楚了，"小马解释说，"你也问对了，你也嗯对了，不都是这一个意思吗：咱们革命青年谁还能反共呀，对不对？有这个共同的信念，咱哥儿们就不怕失掉和气了，要不你就是捏也捏不到一起。我和这位温大哥谈谈吧。你这位莽张飞干你的事儿去吧。"

万喜刚走了几步，一眼就看见了原正，他又喜气洋洋地喊住原正，待原正走到他跟前时，他却又叫起绰号来：

"'热一阵'你来了？"

"你怎么这么缺德？"

"我才不缺德哩，"万喜很自如地说，"咱们无产阶级革命要革一辈子，什么时候把全世界的资本家都打倒算完，你还能说咱缺德吗？你要是革一阵子，不革了，好革的时候你来了，困难的时候你走了，那才叫缺德呢。"

原正很惊讶万喜能说出这样的话，就不服气地反问道：

"谁能保证你革命革一辈子呢？"

"那咱们看着嘛，"万喜说，"谁在困难面前有决心，一次一次地把它打倒了，那他就是革命革一辈子；谁让困难给吓倒了，那当然就是一阵子。现在问题摆在咱们眼前。敌人说：你反共，就放你，你不反共，就继续关你。可共产党是无产阶级的先锋队，是最革命的政党呀，你反它，你算革命的呢，还是反革命的呢？杀了咱的头咱也不能干！你反了它，它也还是要胜利，那时候，你要还有一辈子，那可是就要后悔一辈子了。你是一个热人，我是一个直人，所以我告诉你这话，不要等到那时候。那可就晚了。"

原正又着实吃了一惊。他原来以为万喜不过是一个嘻嘻哈哈的调皮匠和一个没有知识的粗人，谁知道到了关节眼上，他对问题的看法竟这样分明！他是把自己的心掏出来给你看啊！他为万喜那种明确坚决的态度和那种直心对人的热心肠所感动了：

"老弟，"原正感动地说，"你谈的这些话太好了，对于我是太需要了，你一下就打中了我的病根子，我这个人就是太容易摇摆和动摇了。你说我不革命,我相信我的革命热情比谁也不低,就是赴汤蹈火我也不怕。可就是情绪偏偏总是忽高忽低,有时候简直就是一落千丈,不知道是什么东西在捣鬼。人家说这是小资产阶级的劣根性,小资产阶级的冷热病,可我有什么办法呀。我真羡慕你老弟这种人,一出生就是无产阶级,那多好呀!你不知道我这个人有多痛苦,我时常责备自己。人家叫我是热一阵,我也不甘心,可是反回来又只能责怪自己,为什么就不能一直热呀?我这个人真是没办法了!"

"怎么没有办法?"万喜先自急了,"你咬紧牙,下定决心,稳住自己。你一次这样做了,下次就好办了。谁也不是天生的革命家。钢是一次一次轧出来的,胆子是一次一次逼出来的,人也是一次一次炼出来的。别人叫一个绰号怕什么!拿行动给他看!这回你要是决定了,我就叫你'一直热'。"

"哎,你的话太使我感动了,"原正遑遑地说,"于我太有用了,我一定好好地想一想。你看着,我一定不会辜负你的热情和你对我的希望。我不能老是这样摇摇摆摆地下去。我要一直热,热到底,革命到底,人家叫叫'热一阵',这有什么关系呀?反而更好,我可以用这来时刻警惕自己,我一定这样做,一定按着你所希望于我的去做,我就是陪也要陪着你,你看着。你对我的帮助太大了,除了老徐,人家谁也没有这样地帮助过我,人们总是嘲笑我,讽刺我,甚至打击我……我真是感谢你呀,我一定去想一想……"

万喜实在有点耐不住了。

"原家兄弟,话不是这样说,这也不是你我之间的事,没什么值得感谢的。话是由咱们谈,主意总得你自己定。事情到了节骨眼儿上,你得撇开点自己,决心就容易下了……"他竭力想找出些适当的词句,看到底能不能真正说服原正。

这时,"吹塌天"摇摇摆摆地走了过来,他一看见万喜讲话的样子,就过来打哈哈:

"嗨,想不到'蒺藜刺'倒变成宣传家啦。好呀,这不比你骂人好得多了吗?火柱疙瘩开花,刺儿头上安了个喇叭。我问你,是别人安上的呢?还是自己吹出来的?"

原正一时怔住了，万喜却不慌不忙地接上来：

"'吹塌天'，你一天价吹你经得多见得广，怎么就没见过火柱疙瘩开花，刺儿头上开了个喇叭？我告你，刺儿头上开花，不是吹出来的，也不是别人安上的，是它自己长出来的。你不信，就吹一个给我看。"

"自己长出来的也好，别人安上的也好，我可知道蒺藜刺只能刺得人家脚心痒痒，刺不着人家的心肝肺。"

"蒺藜刺不是给人家抓痒痒的，手碰着它手出血，脚碰着它脚出血，十指连心嘛，心能不觉得痛？只怕你没有心肝肺，自然就刺不着你了。"

"怎么说着说着就又骂开人了？"

"这怎么算骂人？不过学学你斗油嘴罢了。来，咱们谁也不要耍油嘴。我正经八百地问你个问题，你要敢正经八百地回答我，咱老刺就算佩服你。"

"你说你说！"

"你听着：敌人现在要政治犯反共，你敢不敢站出来吹一句'我不反！'你敢不敢呢？"

"我……我不……""吹塌天"没想到万喜这样子袭上来，一时间没了词儿，"我干吗要吹呢？谁说我好吹呢？我什么时候吹过呢？告诉你，我走过的桥比你走过的路还多，我吃过的盐比你吃过的饭还多，我知道的政党比你识的字还多，我干吗要吹呢？"

"你看，"万喜高兴地说，"你连吹也不敢吹了吧？真的假不得，玩的打不得。肥皂泡泡好看，是空的，蒺藜刺扎人，心儿可是实的。反正你'吹塌天'碰到我这个蒺藜刺算你不走运，泡泡吹得再大，一碰到我，你就破了，瘪了！哈哈……"

40

第一次"审查"开始了。

这天,欧克司沉着一盘脸,闷声闷气地打开监房的门,让所有的政治犯都到饭堂去。院里过道两旁,站满了身着灰军装的看守们,他们束带持枪,满脸杀气。靠近饭堂的台阶和门口处,却另站着几个穿呢军服的马弁,双眼睨视,不时拍弄一下挎在腰间的盒子枪。

政治犯们在一连叠的催促声中,互相搀扶着,陆续艰难地走向饭堂。党团员们围绕在"老兄"周围,低声商量着对策。到了饭堂之后,党员们插花坐开,以便稳住阵脚。

欧克司检点完人之后,紧步从靠墙那个角门上了楼,不一会儿又急步走回来,一动不动地站在讲台下面。

人们悄无声息地等候着……一会儿便听到橐橐橐的皮鞋声,四个马弁分站在台子两边,又等了一会儿,便见从角门里搉出一条长长的胳膊,大概是在互相紧让。这里四个马弁一挺腰,靴跟上的马刺"喀"的一声碰得山响,随即厉声喝道:

"立正!敬礼!"

"老兄"扫了一眼池子里,见人们稳悠悠地坐着。

喊声中，三个身着戎装的军人走上台来，紧跟在屁股后面的布禄，也人模狗样地穿上了他那身褪色戎装。"大少爷"依然是长袍马褂，口里叼着烟卷，悠悠然跟在后面，屁股后头，是"小不点"。

全部人马机器，都开动起来了。

穿着高级戎装的三个人，互相推让一番。一个高挑个子，口边留两撇人丹胡子，跨前一步说道：

"敝人是军法处的高某。你们的呈文，我们看到了。政府是关心你们这些政治犯的。现在，请南京来的中央委员、中央政训处刘处长和曾副处长两位训话，大家鼓掌欢迎！"

布禄带头拍手，池子里却突然响起一片"哐里哐啦"的铁镣声，逼的大少爷也着了急，连声喊道：

"肃静！肃静！"

那个刘处长把手一挥，阴着脸说道：

"我知道，诸位都是信仰共产主义的，可眼下国难当头，我们理该精诚团结，渡过难关……诸位知道，我们就是对拿枪制造混乱的'红军'，也还是三分军事，七分政治的嘛……"

铁镣声又"哗哗"地响起来，姓曾的副处长"霍"地站起来，怒声说道：

"这也太不像话了！这个反省院怎么办的！不能再这样办下去！现在我正式宣布，一定要实行定期审查，每六个月审查一次。凡能反省悔过，愿意发表反共启事的，一律释放。没有悔悟的，我们加强训导，二次不悔悟，用重镣铐起来，要是三次还不悔悟，那就干脆——"他"啪"地拍了一下桌子，厉声喊道，"干脆枪毙！"

台底下"呼"地站起许多人来，布禄对着军法处刘某的耳朵，低声叽咕了几句，立刻转身对台下喊：

"解散！解散！牛班长，把他们押回牢房，等待审查！"

说完，拥着那几位要员率先出了角门。

詹英紧走几步，到了尹坚跟前，低声说道：

"必须揭穿他们这一套'反省审查'政策的实质，不能低估这种政策的极大的威胁性与诱惑性……我想,要鼓舞起党员的政治热情,要大力提倡保持革命的节操,我们是不是建议'老兄'提出'这样一个口号:所有共产党员,要像红军粉碎敌人'围剿'一样,粉碎敌人的法西斯审查!"

尹坚坚定地点点头说:"回到牢房之后,我再和老颜具体商量一下。"

这时扈看守走过来,"哼哼"地冷笑着,把詹英推了一把,恶声恶气地说:

"我看你这个大共党,不想要命了!"

詹英"霍"地转过身来,握紧拳头,一步逼到扈看守跟前,怒声喊道:

"你这条狗! 你兴头什么! 干脆,我们不走了! 你就在这儿枪毙了我们!"

政治犯们"呼"一下围上来,急的欧克司一把拽住扈看守,瞪着眼低声骂道:

"你小子赚几个钱! 成天惹是生非,你还嫌乱的不够,快走快走!"

人们骂骂咧咧,往牢房走去。

监狱里加强了岗哨。从中午时分起,不许三个人在一起说话,不许犯人和看守说话。厕所里派了看守。放风时,伙夫把一桶开水放到院心里,牢房通院子的门立刻被关紧。就听得牢房里有掀床板、捅墙壁的声音。人们见了面,脸上都紧绷绷的,气氛倏忽紧张起来。

当天晚上,先提审了"吹塌天"和"冷石头"潘陆等五六个人,不到一个小时,这几个人就回到牢房,看守们当着众人的面,给这几个人一律换了轻镣,并帮助他们收拾好行李,搬到"优待室"里。扈看守得意地宣布:

"奉管理员之命,这几位先生不久就要开释,管理员允许他们在外边叫饭,家属随时可以到优待室探望,这几位先生可以在号筒里自由走动……管理员说,识时务者为俊杰,诸位,你们用不着跟我姓扈的怄气,也用不着再为共产党卖命,我姓扈的……"

话未说完,从北号筒里传来一片轰狗声,南号筒也跟着嚷起来,扈看守走慢了一步,就见从各牢房的小窗户里,飞出来许多的唾沫星子……

那"冷石头"像一具僵尸一般,脸上没有任何表情,一双眼睛里闪出来幽幽的蓝光……"吹塌天"却像是断了颈骨,一颗脑袋耷拉着,急步往"优待室"走去……

第二天,扈看守在号筒里值班。他不住地吆三喝五,扰得人们心烦的不得了。还不时从牢房门口的小洞里面窥探,挑出点毛病来,就破口大骂,惹得一个急性子难友几次想和他对骂,好不容易让古易达劝住了。正在这时,温平急着要上厕所,几次叫扈看守开门,扈看守只是不理睬。温平急了,就捣着门子叫他,扈看守把眼一瞪,狠狠骂道:"妈拉个巴子,老子让你捣!"说着,走过来开了牢门,扑进牢房里,揪住温平就打。

恰好放风时间到了,各牢门一打开,詹英、徐彦、小邓、万喜、小马等一大伙子人,都拥到这间牢房门前。古易达见来了这么多人,怕把事情闹大,就赶忙上前去拉扈看守,不想那家伙对老古早已是怀恨在心,古易达一拉,倒像是火上浇油,他索性跳到床上乱踢乱打乱骂,一时闹得不可开交。惹得万喜性起,大喝一声:

"咱老子来收拾你小子!"

说着就要动手,被詹英一把拉住了,急得他在地上乱跳。

扈看守见来了这么多人,深知众怒难犯,一打滚从床上下来,躺到地上,声嘶力竭地喊起米:

"犯人打人啦!犯人打人啦……"

小邓也领着人喊起来:

"反对看守打人!"

"反对看守行凶!"

喊声越来越多,越来越高。牛班长闻声赶来,扈看守哼哼着告众人的状,牛班长"呸"地吐了他一口说道:

"就你小子不省事……"

不等他说完,布禄也赶来了,刚开口问了几句,却见平时很少露面的"大少爷"也随后摇摇摆摆地来了。扈看守一见了"大少爷",便撇开牛班长和布禄,拽住"大少爷"的长袍嚷道:

"您老可得给我做主啊……这帮子政治犯平时开会结社,班长他们睁一只眼闭一只眼,我这刚刚说了几句,犯人们就团团围住往死里打我……您老人家可得给我做主啊……"

"大少爷"把手里的半截烟一扔,对布禄喊道:

"看你们把他们管成什么样子了! 不反省悔过不说,还敢打看守,这不是要暴动是什么!"他立逼着牛班长把古易达、温平、"挨不得"、万喜四个人统统捆起来,要他立刻派人把他们押送军法处。他不顾众人的抗议,亲眼看着四个人被押走了,才狠狠地加了一句:"我马上回去给军法处写呈文,把他们统统枪毙。"然后慢悠悠地掉转头向院子走去,刚走了三两步,被詹英劈头拦住:

"既然你有这么大的权利,就把我也押走枪毙! 不然,你今天走不了!"

话刚落音,徐彦、小邓、连仲子、小马等一大群人也围了上去,一连声地喊:

"还有我!"

"还有我!"

"……"

"大少爷"气得索索发抖,气急败坏地喊道:

"你们要干什么?! 你们要干什么?! 要造反啦! 牛班长,吩咐把机枪架起来!"

"哼!"詹英冷笑一声,愤慨地说:

"你终于把这一套拿出来了! 当此抗日救国的时刻,你终于要对我们这批热血青年下毒手了! 来吧,把机枪对准我,对准我们! 让我们的鲜血给你换来红顶子,给你换来烟土! 你胆敢下令,你将成为千古罪人! 你为什么要把枪口对准我们? 因为我们主张抗日救国吗? 我奉劝你,国难当头,应该为我们的整个民族着想,为我们整个民族的生死存亡着想! 即以今天在这里的人说,就有许多先生的家在东北,我不相信他们想起自己的家乡沦于敌手能够无动于衷! 我也不相信所有在这里的人想起我们东北同胞陷于水深火热的苦海能够无动于衷! 除非他不算一个中国人,一点中国人的良心都没有! 说到我们这些政治犯,党国诸公总是敌视我们,侮辱

255

我们,难道我们不是爱国的吗?请你立刻带领我们上前线,看看我们将怎样打击日本鬼子!我们能够战死在抗日疆场,将感到无上光荣!而现在你们长期关押我们不算,还要动手打我们,还要用机关枪来扫射我们,请问,你的良心何在!你的居心是什么!请你立刻撤销你刚才的命令,把四位难友放回来!请你们立刻撤销所谓的'审查,什么一审、二审、三审,说穿了,无非就是千方百计想方设法枪毙我们,这吓得了谁?你要扫你就扫吧,我把胸膛对准你的枪口,你睁大眼看看,你的同胞们的鲜血,究竟是怎样飞溅出来的!"

说完,詹英转过身,把胸脯对住那座小楼。

所有的政治犯,都把身子转过去,挺起胸膛来,默默地仰望着一线蓝天。

"大少爷"脸上白一阵红一阵,一支接一支地抽烟,布禄苦笑着,望一眼"大少爷",然后对政治犯们说道:

"谁说要扫射你们来!押走的人,过两天要回来还不行?解散,解散,都回牢房去!"

41

古易达、万喜、温平、"挨不得"四个人被押到军法处后,敌人就把他们分别关起来,然后一一加以审问。问到古易达的时候,他就把事情发生的原因和扈看守行凶打人的实况以及他平素刁难和虐待犯人的种种劣迹,诉说了个详详细细,然后又说道:"我们白白吃了人的打,反而被人诬告说我们打了人,天下哪有这种道理! 当时也有别的看守在场,怎能凭他捏造?法官先生请你看,"他指着被扈看守撕破了的领口说,"请看,这就是我'打人'的证据! 我想他打人总不是军法处让打的吧? 那就应该责问和处罚他,而不是对我!"

法官缓了缓气说道:"你们这些事,我们知道得清清楚楚,你不用多说了。我现在只问你,是不是肯反省悔过? 如能反省悔过,你们打人的事我们可以不去追究;如不肯反省悔过,那就两罪一并严加处罚,这是个极好机会,耽误了怕你要后悔不及的。"

古易达这才恍然大悟:"原来他们要的是这个!"刚被押来时的那股激愤之情倒平静了许多。"原来不过是一个借口,一个圈套,原来是要套买我的节操的!"他越想越平静。"哼! 你们把我古易达看得太容易了吧!"回到拘留室之后,他美美地睡了一次舒心大觉。

到再一次过堂时，古易达先开口说："法官先生！那打人的事，怎么个起因，怎么个经过，到底是谁打了谁，这总该调查清楚了吧？这是有许多人亲眼看到的，不凭我说，也不能凭那看守说，这责任必须查清。我一个政治犯，政治态度被查明之后，就有权利要求我的身体受到保障，我不能白受别人的欺压与诬枉。"

　　那法官不耐烦地说："你怎么还是纠缠这个问题！我没有告诉过你吗？我们就是要问你的政治态度有没有转变，我让你好好去想想，你想了没有？"

　　"我很好地想过了，"古易达说，"我觉得我要求抗日无罪，我应该被无条件释放。"

　　"你想的倒好！你要答应转变，我们就释放你。"

　　"这条件我不能接受。最初在军法处时，我已经明确地表明过我的态度。"

　　"你们这次来，是有了新情况的。"

　　"所谓的新情况是不真实的。我要求有人来对质，确定责任。"

　　"你怎么这么个死脑筋？我重说一遍，那件事情我们不再深究了。"法官换了个劝诱的口气，"我们的条件，也够大的了，你们都正在年轻有为的时候，何苦在这里白受罪？稍受点委屈，释放出去，不是能做许多有益的事情吗？"

　　"我想，"古易达说，"一个人如果出卖了自己的灵魂，那就任何有益的事情也做不成。"

　　"你坚决不接受我们的条件吗？"法官逼着问。

　　"我已经说过两次，"古易达平静地回答："这是第三次了。"

　　"好，"那法官怫然说道，"那就等着接受后果吧。退堂！"

　　这天，天很阴暗。将近午夜时分，忽然从阴森死寂的空气中传来了嘈杂声。一个尖厉的嗓子点着古易达等四个人的名字，看守们催着他们穿衣裳。古易达高声问："这是干什么？"一个看守说："要解放你们了。"古易达边往外走边高声喊："难友们！永别了！我为要求抗日而死，是无上光荣的……"话未落音,就被推拥到院子里。四个人一站定,就有人用黑布蒙了他们的眼睛,紧紧地扎住,同时把两臂两手背剪起来,却把脚上戴着的铁镣卸开,两腋被人架着,同着橐橐的皮靴声飞快地跑了起来。跑了不知多远,也不知在什么地方,听得一个粗暴的声音喊了一声立定,紧接着就是乱哄哄的拉枪栓、上子弹、推枪栓的哗啦哗啦的响声,那个粗嗓子厉声吼道:"这是你们最后的时刻了,谁还有什么说的?"古易达高喊道:"今天我被绑架来惨遭暗害,我死也不屈服,我死之后也会有人替我说话的!"万喜也高喊道:"还说什么废话!老子为革命而死,死的光荣!共产党万岁!"那个粗嗓子没等他再说,就吼叫道:"知道你们都是些顽固不化的共党分子!预备——放!""啪啪——"枪声在寂静的夜空里异常清脆地响了。古易达只听得有一个细弱的声音颤抖着喊:"我……我……"粗嗓子紧接着喊:"那就再给你们个机会!"于是又有人架着他的两腋转身往回飞跑……大概又跑回了原地方,只觉得又给重新戴上了脚镣,拉拽着投进了黑屋子,这才把眼上蒙的黑布和手上捆的绳子都给解去了。

跑了大半夜,古易达一跌到自己的地铺上,就死一般地睡着了。及至醒来一看,黑乌乌的屋里不见半丝光线,不晓得是什么时辰,不清楚自己是在做梦,还是真的活着。摸了摸身上,头上,似乎没有短缺了什么,也没感觉着有什么伤损和疼痛。伸动一下腿脚,那铁镣便丁零嘟当地回应了两声……古易达暗自微微一笑:是活着呢!确实还活着!他坐起身来,用两手在脸上搓搓,就完全清醒和振作起来了。在吃中饭时,碰到了万喜,两个人交换了一下眼色,万喜又看了"挨不得"一眼,"挨不得"立即低了头,古易达心里明白了……

从此,却是再没有过堂,古易达被关在那间黑屋子里,无限期地被搁置了起来。

这可急坏了"老兄"。每次放风时,徐彦总要盯住欧克司问:"牛班长,扈看守打人的事,就这样不声不响地了结了吗?为什么偏偏把古易达他们押到军法处惩治?这叫什么道理!那天发生的事情,你不是亲眼看到了吗?难道他扈看守行凶打人,是'大少爷'支持的吗?要不,是你叫他打的?"

"哎呀,难友们,"欧克司急得直跺脚。"天理良心,我怎么能做那样缺德的事! 你大家没听见,我那天还骂了他吗? 你没见这几天我不叫他值班了吗? 可上司要调古易达他们走,你叫我有什么办法?"

"你说的这些话,我们都相信。"林陶说,"你是一个有良心的人。蓄意刁难和打人的是那个扈看守,你的为难处我们也知道……我们请你催催管理员,你告诉他们,这官司就是打到军法处,扈看守他也赢不了。你知道,老古不是软蛋……你要是不紧催着点,这事拖长了,连你也脱不了干系。"

"那就只好催呗!"欧克司摊一摊两手,快快地说……

终于把布禄催来了,小邓先问他;

"管理员,扈看守打人的事,你肯不肯确实说句公道话? 打人的人无事,吃了打的人反而被送到军法处枪毙,这叫什么道理?"

"谁说要去枪毙?"

"你怎么那么健忘? 不是那天训导员说的吗,你没听见? 他不让我们上厕所,挨了打也不准说话,一说话,他就把人送军法处枪毙,这明明不让我们活了嘛……看样子,他还嫌你管理的不好……"一句话触到布禄的痛处,他不由恼恨地说:"每次都把尿盆子扣到我身上! 我当管理员的,没让人跑了,没让人搞暴动,就算尽到了责任,别的事也要我管,谁给我那么大的权力! 不过话说回来,你们受审查时态度总得好些……"

"这你就说的不在理了,"徐彦说,"要说是对审查的态度不好就该枪毙,我和古易达的态度是一样的,都要求无条件放出去打日本鬼子,那应该把我们都拉出去枪毙了! 你不要把两件事混搅成一件事。我们要求'大少爷'给我们个满意的答复,不然,我们将向全社会控诉你们!"

布禄心里着实窝火:"你们倒是讲的清楚,责任分的明白,可你们说我该怎么办? 这样吧,我再揩一次屁股,和训导员说说,试着从军法处把人要回来……"

林陶和詹英交换一下眼色,决然地说:

"这可要算话,我们总得见了人才算。我们也不是盼着他们重来住你这黑牢房,我们要求的是无条件释放,要求不受虐待……"

两天之后,古易达、万喜、温平面带笑容地回来了。放风时,大家都围上去听新闻。徐彦一把拉住古易达问:"哎呀古老兄,你还活着呀?怎么没把你枪毙了?瘦了一些。别的都还全在。"古易达眯着清秀的细眼睛,回答着大家的好意,很少说话。万喜却在手舞足蹈说个不停。温平只是"嗯嗯"……

有人问:"那个'挨不得'怎么没有回来?"

"下了软蛋滚蛋了。"万喜回答。

"你就没害怕过?"

"咱老子天不怕地不怕,还怕个死!"

"你听见枪响也没害怕?"

"我听见它是向天空放的!"

"你怎么知道是向天空放的?"

"那声音在空气里是脆的,要打在脑袋上该是闷稠稠扑突一声。"

有人笑了:"你不怕在你脑袋上'扑突'一声吗?"

"真要给我那么扑突一下,我不是什么也不觉得了?还能告你们我是怕来没怕来?"大家哗哗地笑了。

不久,万喜、温平被"老兄"接收为中国共产党正式党员……

42

温平的刑期满了，根据"老兄"的指示，他写了一封信递给欧克司。

欧克司把信接过来，不经意地扫了一眼，奇怪地问：

"给家里写信，怎么不写地址？"

"这是写给兰管理员的。"

"给管理员写信干什么？"

"我的刑期满了。"

"你这人倒怪，军法处放你走，你不走，如今倒又想走了。你看看，马上就要开始第二次审查，你能走得了？"

徐彦插话说：

"牛班长，这样的大事你能管得了？你就赶紧把信递上去算了，说那么多话干什么，揽事儿呀？"

欧克司再没说话，把信带走了。

过了几天，"大少爷"来到号筒，让把温平叫出来，他慢条斯理地吸着烟，半晌才问道：

"你就叫温平？"

"嗯。"

"你这是胡扯淡嘛！这点子事你还要向军法处讲？我这就告诉你，要想出牢，就得登反共启事！你说你只是犯了'嫌疑'，嫌疑也得登！这年头，只有抓错的，没有放错的，你不要再充什么好汉，也就放你了……你放明白些，不要耽误了自己，也不要再提什么刑期不刑期，我老实告诉你，你们的刑期没有满的时候，你们要好好反省，反省好了，自然就放你走……"

"大少爷"这番话，揭开了第二次"审查"的黑幕。

这一次，"活阎罗"阎文海亲自来监狱里跑了一趟。看了牢房，又到了后院，仔细审视了围墙、岗楼、电网，不时询问几句话，回到饭堂又亲自审了几名政治犯，随后就走了。欧克司悄悄传过话来，说阎处长只注重"三分军事"，对"七分政治"不感兴趣。

这话一传开，吓坏了一些人。刚来草岚子监狱时，有一个叫陈琪的政治犯，曾经在写文章时写过愿意"幡然悔悟，重新做人"的话，他说那是欺骗敌人的。为了挽救他，"老兄"做过许多工作，第一次"审查"他算顶住了，这一次却让"活阎罗"的话吓住了，他找到詹英，急切切地说：

"老詹，你还记得'活阎罗'吗？"

"怎么能忘了？他是杀害顾亦雄同志的凶手，将来，我们要和他清算这笔血债的！"

"他是个武人，蛮不讲理，动不动就要杀人的！"

"所以，"詹英接住他的话说，"我们要坚定地守住自己的阵地，要像顾亦雄同志那样，勇敢地和他们拼斗，一分一寸也不让他们！"

陈琪只好绕个弯子说：

"老詹，请你给我说说，为什么我们必须这样死守下去呢？为什么不可以欺骗敌人一下，出去之后再好好地干呢？为什么不可以呢？"

"你这是由动摇而产生的幻想。"詹英说，"你欺骗不了敌人，是敌人在欺弄你，要借你的手和口给共产党抹黑，给共产党员的脸上唾臭，并且扼杀了你自己的政治生命。你幻想那样出去之后可以再干，干什么？他让你反共出去，他会让你出去不反共？你怎么办？他是把你从这个监狱转到国民党特务手里就是了。"

"这么说,倒是在这里反而比较安全? 这不是在逃避现实斗争吗?"

"这里进行的是最尖锐的现实斗争,不要绕弯子了,你是不是想逃避这种现实斗争?"

"我想,"陈琪躲闪不了,支吾着说,"我是想……俗话说的:不怕官,只怕管,南京来的家伙虽然凶,但他们并不直接管我们,可这里的刀把子就握在'活阎罗'的手里呀。并且以现在的形势看,这样顶下去是不行的。像吉鸿昌这样的人物都闯不过去,我们能闯得过去吗? ……好汉不吃眼前亏……君子之身可大可小……我也不是什么有名人物,登那么个启事对党也不会有多大损失的……出去之后找到党向党说明情况,党也会原谅我的……我到外面也还是要斗争的。"

"陈琪同志呀!"詹英想,也许这是最后一次称呼他"同志"了,"一个'怕'字把你的理智吞没了。你对形势的估计是错误的。一个'活阎罗'就把你吓倒了。'活阎罗'是凶,但他连尹坚和我都还没有杀了嘛,倒先把你吓成这个样子! 你把一句谚语都弄错了,什么'好汉不吃眼前亏',是'光棍不吃眼前亏'。可我们不是光棍,我们在为着崇高的理想而奋斗,这才叫真正的好汉。我们的背后有着千千万万的群众,我们不能因为自己的名气大些或小些,就可以对党不负责任或少负责任。你说你出去还要斗争,可你在现实的斗争面前却要逃走了。我们不能原谅你这种想法。党需要的是坚强的战士,决不需要临阵脱逃的逃兵。赶快回头吧,错误的想法在还只是想法的时候还来得及改,到它变为行动的时候,那就不可挽回了,就是另一条路另一种性质了,也就是敌人所谓的'转变',我们叫作变节、叛变的了。'一失足成千古恨'! 你还是再郑重地想一想,我期望你做出果敢的决定。"

陈琪低下头,再没有说话。

陈琪确实想错了。其实,由军法处组织的这次"审查",并没有他所估计的那么可怕。"活阎罗""大少爷"和布禄不过是领个衔而已,实际办事的却是两名法官。"大少爷"只偶尔来绕一圈;布禄也不想多管,有时还借故回避一下,免得政治犯牵涉他。两个法官对所谓几分军事几分政治的胡话毫无兴趣,但又不好含糊,只好在例行公事之外,加几分精明和仔细,尽可能办得"合法合理"。于是看到提审的政治犯坚决不签名,就摆摆手请他们退场。看到来者愿上钩,他们就掂掇轻重哄抬高价:原来他们制定的反共启事有三种,第一种比较一般,含混地说些"误入歧途"之类的话;第二种就十分严重,写有痛改前非等字样;第三种则非常恶毒,字里行间大骂共产党。审查过几个人以后,"老兄"就把规律摸着了:态度越坚决,越惹不来麻烦;态度稍有犹豫,他就缠住你不放,非把你整到死角不可。这经验在群众中一传播,许多人果然一去一来很顺当。那情形大体都是这样,一去,法官照例问:

"你愿意出去吗?"

"当然愿意。"

"那你在这上面签字画押。"

"我不这样出去。"

法官摆摆手就让退场。

轮到陈琪的时候,头两句话,还是那样一问一答,法官这时就让他签字。他说他先须看看启事的内容。看了一阵,迟疑地说;"我不干⋯⋯"那法官也就摆手让他退去。走了两步他却回头说:"我还得再仔细看看。"奸猾的法官已看出他在动摇,就给了他第二种启事。他惊讶了:"这不是刚看过的那个呀!""刚看过的不需要再看了,你要签,就签这张!""我不签⋯⋯"法官就又摆手让他退去。走了两步,陈琪又回头说:"我愿意签署头一次看过的那个。"那法官却拿过来第三种说:"现在你要签,只能签这个了!"陈琪怒冲冲地说,"怎么能这样一点理都不讲呢?"法官却平静地说:"你不签也由你。不过你反复无常,不签要加判刑期的。"说着又频频摆手示意他退场。这回他没动。呆立了一阵,哈腰躬背,终于在第三种启事上签了字⋯⋯

43

何谦的身体越来越坏。从入狱后,他就一直拉肚子,后来和林陶铐在一起,又患了严重的失眠症。几年的监狱生活,把一个活生生的人完全拖垮了。

经过几次斗争,何谦被安排在病号室里,放风的时候,难友们轮流去照护他。这天,他自己感觉不太好,就让正在扫地的小马去请"老兄"们来一下。

人们陆续来到病号室,围在何谦床边,心情十分沉重。何谦伸出瘦骨伶仃的手,挨个和大家握握,再握握,挣扎着说:

"同志,我谢谢你们……在监狱里,我才明白了什么是真正的革命——"

话未说完,欧克司一头闯进来,进门就说:

"何难友,我可是帮了你的忙了,这不,你在这张纸上摁个手印,明天就可以保释出去了——"

"牛班长——"詹英赶忙打断他的话。

何谦忽然睁开眼睛,挣扎着坐起来,朝欧克司说:"你拿来,拿来……"

欧克司把手里那张纸递过去,何谦抖抖索索地接住瞟了一眼,喘着气说：

"卑鄙呀！国民党心劳日拙,想出这种鬼名堂来诱骗人……老牛兄弟,你告诉他们……"

何谦停住话,把那张纸一条条地撕碎,往地上一撒,拼尽全力喊道：

"让他们的反共启事见鬼去吧!"

说完向后一仰,昏厥过去了。

欧克司一时慌了手脚,愣怔在地上,不知怎么办好,詹英催他说：

"还不快去叫管理员!"

牛班长情知是为了这件事,又情知布禄不敢下来,推托说,管理员有点不舒服,有什么话可以由他转达。

"这就是你的不对了,"林陶说,"他只有一点不舒服,他的命就那么贵重;我们的难友得了重病,还要受你们的摧残压迫;我们政治犯的生命就这样的不值钱呀?"

牛班长看见大家很气愤,一定要找布禄下来,但他又情知布禄心虚胆怯,一定会要他借口推辞,推辞不掉,布禄势必要往他身上撒火。他夹在了这两难之间,只好站在一个大家都看不见的地方,拱一拱手说道：

"我说难友们哪,都先听兄弟说一句话好不好?"见人们慢慢安静下来,他继续说,"我兄弟哪,可不是怕替大家跑腿。可你叫我跑腿哪,也得给我个理儿。能办到的呢,咱们立马照办;暂办不到的呢,我也好交代大家,大家看着办,该我去跑我就再去跑。吃兄弟这碗饭哪,可也不是容易的哪!诸位肯给兄弟留点情面,兄弟就跑起腿来也更欢实一些,兄弟不敢说会办事,可总也是尽心尽力儿地给大家办哪。"

詹英站起来说：

"既然班长你把话说到这儿啦,那我们就全靠托你啦。"说着,用眼睛征求一下大家的同意,又继续说："我们也不为别的事。就只为何谦的病情看来很严重,我们要求立即把他送到医院就医。……你先不要觉得这个不好办。你们上面有这么一条规定的,我们知道得很清楚。这应该办!并且要即刻办! 这我说得明白吗?"

"明白。"牛班长嘟囔着说。

"这是一,"詹英接着说,"其次在送他到医院之前,立即给他下了镣,你们这样地惨无人道,人病成这个样子,还给他带个镣干什么!"

"好,我去报告。"

"第三,立即派院部的医生给他来看病,并且准许我们日夜看护他,我们不能眼睁睁地看着一个患重病的难友听任不明不白地摆布死呀!这三个条件有一条达不到,那就没有法子,只能麻烦你再跑一回两回无数回,总得喊他管理员亲自来见话!牛班长,你总也算个有良心的人,你说我们这些要求有什么不合理的没有,有什么过分的地方没有?"

"没有,没有。"说着,牛班长去了。

过了一阵子,牛班长跑了回来,带着一股总算没有丢了脸的高兴神气说道:

"我说大家的要求哪,可都给办到了。医院就医的公事,正在办理。镣哪,我这就给下。院部的医生,我亲自看着接通了电话,医生说,一抽出身子就来。就是……就是……大家要看护病人哪……"他觉得不好说了。

"怎么样?不准?"

"……管理员说哪,可也不是不让大家看的意思。是说哪,大家成天也很辛苦的……"

"这有什么关系呢?我们自己不嫌嘛。"

"……再说有什么传染的哪,可就于大家都不好啦。"

"更沾不上。"老詹说,"他病成这样,还怕什么传染!看来你还得跑一回。"

"不行!"小邓喊,"再找管理员去!"

"嗨,"牛班长鼓了一下勇气说,"少不得我给咱担起来!大家要看护就看护吧,错了算我的!"

过了好半天,何谦总算醒过来了。他大口地喘着气,眼睛直瞪瞪地一转也不转,已经认不出人来,嘴里呜里呜里说着些什么,却是一个字也听不清。詹英他们走近前面,握住他的手,焦急地等着医生。何谦的呼吸很粗很短促,胸腔像是被堵塞了似的。徐彦赶忙安排看护人员,万喜急得在骂娘。

到了第二天中午,情况突然恶化,何谦倾肠刮肚吐了一大摊血,吐得满床满地都是。古易达赶快告了詹英,詹英敲着牢门愤怒地喊:

"你们的医生就这样难请呀!"

牛班长跑了来,也急火火地说:"又叫了三次,说不定就在路上了。"

说话之间,果然一个白衣白帽白口罩的人提一个小白包裹走进来,古易达把他引到病人床前。

牛班长穿梭似的跑着,一会儿让看守拿石灰和硼酸水来收拾屋子,一会儿跑上楼去报告布禄,一会儿又让各牢屋出来几个人看看。不一会儿,医生摇摇头,从屋里退出来,把牛班长引向一边去。

詹英他们围在何谦身边,大声地呼唤他。何谦似乎看见了自己的难友,眼睛睁了一下,随后眼皮合住了……

牛班长这时已经领着几个人扛进一口薄皮杨木棺材来,将死者入了殓。南号筒有十多个难友在后面静静地跟着,送到后院门口,看着棺材由那个小门送出去了。

回到号筒的时候,牛班长凄然地说:

"都先回去吧,不要难过了,就快吃饭了。"

林陶愤然说道:

"午间这个饭我们不吃了,我们吃不下去!"

中午,全牢的政治犯谁也没去吃饭。牛班长和看守来劝说了几回,人们只默默地盯着他们。

下午放风的时候,林陶让牛班长找布禄来。

牛班长一看情势,马上就去了。

布禄也没有延迟,他来了。当他走进院子的时候,林陶庄重地喊:

"静默三分钟!"

所有的政治犯都朝着小黑门半低了头。刚才还在哗哗地响着的铁镣声,这时一点也不响了,有的人低声抽泣着……

布禄被这个气氛震慑住了。他也兀立在那里把头垂下来。

静默解除之后，大家逐渐地聚拢了来，离布禄最近的尹坚，拄着拐杖说：

"管理员，你还来看我们?! 我们的生命一点没有保障，病了不让就医，伙食是一天好三天坏，人快死了还得戴着脚镣，你们还逼着'审查'，这不，把人逼死了……你等着我们都出了这个小黑门，你就有功了……"

布禄情知在这种情况下该怎么说话。他先摇了摇头说了一句："兰某之心，唯天可表哪。"然后就诉说他这几天确是带病撑挡，又说万没想到何难友死得这样快，然后又说凡是大家提出的问题只要他兰某办得到的，无不尽力地在办，然后又问寒嘘暖地问了问几个人的身体近来怎么样，"兰某只恨职卑位低，心余力绌，满足不了大家的要求，可总不敢对大家不尽心……这样吧，关于审查的事，我呈报一下，暂时就不要再搞了……"

44

这一年的冬天似乎特别冷……

红军长征的消息一传进监狱里来,"大少爷"就向政治犯们训话说:

"你们的靠山没有了,希望也没有了,我劝你们规规矩矩服刑,要想出去,就在我们写好的反共启事上捺个手印……谁再要领头闹事,就莫要怪我们不客气……"

很快,监狱里的伙食标准变得越来越低,饭食越来越糟……已经在牢狱里度过了四五个年头的囚犯们,差不多都患着三种病:肠胃炎、关节炎、夜盲症。有的还患有神经衰弱和肺结核。眼看到了十二月,"大少爷"不让给牢房里生火炉。体质弱的,像尹坚他们,生了一身的冻疮,刺痛难忍,常常在深夜里大喊大叫;体质稍好一些的,走路也是摇摇晃晃……

"老兄"根据难友们的要求,迅速布置了一场战斗。

这天开饭时,南号筒的政治犯们互相搀扶,挺着胸脯走进饭厅。饭还没有提出来,林陶高声喊道:

"牛班长,找管理员说话,不管他来不来,我们今天有事要讲的。"牛班长看着气势不对,马上走去报告,布禄也马上来了。林陶没等他走上台就讲开了:

"管理员！我们政治犯的多次要求，总是得不到解决。我们实在活不下去了，这，你也听厌了，看厌了，我也不再多讲。我只宣布，从今天起，我们绝食！我们的要求是：一、政治犯一律下镣；二、改善伙食，每天一米一面，每餐一菜一汤；三、打开牢房门，难友们可在各监房自由走动；四、延长放风时间，每日三次，每次一小时；五、订四份报纸，可以从外边买进书刊来学习；六、每个牢房生一个火炉取暖。不答应这些要求，我们决不复食！"说完，他拿起碗筷"吧"的一声往饭桌上一扣，大家就呼隆隆地站起来往饭厅门外走去。

北号筒参加绝食的人们也都把吃饭的碗筷推到门外。

万喜、原正、小马、温平这时已调在一间屋子里，绝食前，生活管理委员会给每个参加绝食的难友分了两颗鸡蛋，把碗筷一推，万喜下命令："快！快喝你们的鸡蛋！"温平迷惑地说："不是绝食吗？怎么又——""傻家伙，叫你喝你就喝嘛！活下来算你赚了，死了算供了你。"说着，都把鸡蛋敲个口咕嘟嘟喝了下去。万喜把几人的蛋皮收在手里捏碎，掀起床角一块板缝扔进去。小马这时喊了一声："大哥们，列宁墓前再见。"四人就上床盖起被子躺了下去。

别的牢房里也都静了下来，整座监狱里死一般的沉寂。

布禄带着牛班长来到号筒，在这个屋门前看看，又到那个屋门前看看，急得团团转。他用沙哑的嗓音诉苦说："难友们！兰某近来并没有开罪于大家呀。怎么我连一句话还没有来得及说，大家就走了呢？都坐起来，咱们商量商量不好吗？"

谁也没理他。他在号筒来回转悠了一阵，又说了许多话，还是没人理，急得他连声吩咐牛班长："告诉伙房，把饭食办得再好些！"牛班长"是"的答应一声，陪送他到号筒口，由他闷着头走了。

晚饭时分，牛班长让看守把饭桶抬进号筒："难友们，现蒸出的机器面馒头呢，趁热乎吃点吧！"见没人理他，只好又让抬来了水。水一放下，许多人出来了，万喜他们也出来盛水。万喜对温平说："温壶！给你那'壶'里多灌些。"温平笑着"嗯"了一声。接着回去再睡。

第二天一清早，原正悄声地说："老万，怪哩！你说我尽梦些什么？油条、烙饼、锅贴、蒸饺、水饺、香肠、面包、老豆腐……颠三倒四也不知是在哪里，反正尽是吃的，连那些从没吃过叫不来名儿的吃喝也都梦见哩。你说怪不怪？你做梦没有？"

"我他妈没你的运气好。我正梦着一群狗在追我。有一条恶狗看着就扑上身来了，我正在抬动手脚，猛一惊，醒了。"

"我什么也没有梦见，甜乎乎睡了一觉。"小马说。

"温壶，你呢？"

"我听你的话多喝了一缸水，整夜梦见总是贴着水面儿在飞。现在肚子里还咕噜噜地响呢。"

四个人都笑了。

正在这时，抬来了早饭。牛班长边走边喊："咱们伙房特意给大家炸了油条哩，难友们好歹吃些吧！"

万喜悄声说："小原，应了你的梦了，来点不？""不！""说实话！"不等原正回答，小马接过去说："别听他说鬼话，他逗你哩。你让他去吃，看他去不？"小万嘿嘿地笑了。

午饭晚饭都按时送来。每次饭时牛班长和布禄都来劝一次。晚饭时分，"小不点儿"陪着"大少爷"来了。"小不点儿"不知嘀咕了句什么，只听得"大少爷"悠悠然地说："急什么！省点伙食费不好？是他们自己不吃嘛，又不是我们不让他们吃。总是不饿哟，饿慌了他就要吃了。"烟味儿飘了一阵，又飘着走了。

饭一天比一天好。饭桶一抬进号筒，远远就有一股肉香味朝着鼻子冲来。"面片儿汤哩，"牛班长照例喊着，"有稀有干的，难友们吃喝点吧，身子要紧哩。"没有见布禄来。"大少爷"倒是飘来一次，强烈的烟臭味掺和着饭菜的香味，变成了说不来的一种邪味儿……

第四天的早饭午饭照例没有动。到开晚饭时，便见从一间牢屋的接探口方孔里伸出来一只皮条似的手臂，有人低声呻吟着："牛班长……我不行了……我要吃饭。"牛班长闻声赶来问："是真的吃？万不能吃一顿又躺

273

下……""不,不,我复食,我复食了……"

万喜欠起身高声骂道:"贼骨头! 软骨头! 贱骨头!"温平重重地"嗯"了一声。原正狠狠地"呸"了两口;听着对门牢屋也在"呸"了,小马怒冲冲地说:"没骨头的家伙! 让他吃那唾沫星子去吧。"

牛班长给那人开了门,那人操起碗筷,独个儿蹲下就吃。

第五天醒来,万喜对大家说:"我教你们个法儿。你们看——先把手展开……再握住……放到嘴边……别张嘴……嘴巴牙齿只顾动。你们试试! 这样穷吃挺管事儿哩!""嗯,灵着哩!"这时饭来了,小马就说:"咱们来个大会餐吧。"几个人就互相看着动作起来,万喜有时还故意出个怪相引得大家发笑。

到了第六天,出来打水喝的人明显减少了。晚饭时分,几个戴着口罩的看守兵,蹑手蹑脚抬进来两副担架,不多一会儿又抬着人走了。

……谁呢? 是病了呢,还是死了呢? ……

人们怀着沉甸甸的心情又熬过了一夜。

第七天整整睡了一昼夜谁也没动。牛班长不时地让看守们把水端进牢房,有的人摇摇头,有的人连眼也没睁。

第八天中午饭后,牛班长嚷着进来了:"可好了哪,难友们,军法处派长官来解决问题了。请各屋推一位难友去谈话。"

各牢房很快推选出代表,詹英、林陶陆续挺挣着走出牢房。万喜下了床摇晃着身子待要走,小马说:"还是让我去吧,你去——""担心我冒火? 别怕,咱们的人多着呢。我这回学李逵,做哑道童。放心好啦。"

牛班长领着十位代表进了医务室。中间摆着一张铺有白台布的桌子,周围整齐地放着十多个坐凳。他请大家就座,又往茶碗里倒了白开水,然后就去请人。

来的人只有一个。就是前次陪南京委员来过的那个高处长。他没带随从,连"大少爷"布禄等人都没让参加,只留牛班长一人立着伺候。进来之后,和大家逐个地略一点头,就先说了些表示歉意和慰问意思的话,接着就劝告复食,说:"哪条要求都是可以商酌解决的嘛,但必须先复食!"

林陶扶着桌子站起来:"到底哪条能答应,哪条不能答应?"

"有的马上就能办到,有的经过商议都可酌情解决。"

"哪一条你马上就能办?"

"哪一条也须复食后才能确定。"

"假如我们复食后你们都不算了呢?"

"我高某以人格担保,绝不敢对不起大家。"

詹英接过来说:"你是说,你担保一定给解决问题,所有要求的问题也都可以尽快地求得解决,只是此刻还不能明确地作具体的答复。是这样的意思吗?"

"是这样的意思。"

"那你为什么不肯明确地作具体问题的答复呢? 哪怕先说几条也算。"

"不能! 军法处没给予我这个权力。"

"那你来的任务是什么呢?"

"听听诸位对复食问题的决定。"

"那我们也不能决定。我们也没有这个权力。你知道,这是事关几十位政治犯命运的大事,我们也必须商量之后才能作决定。请你让他们打开牢门,我们大家商议一下。这你总能办到吧?"

"……这当然可以。"

双方约定,晚间见话。

到了下午,又有四位难友晕过去了。军法处也害怕了,速速督催姓高的处长答应一些要求。不到晚饭时分,高处长就传下话来,请政治犯们先复食,吃过饭后逐一解决问题。"老兄"立即碰头,再三衡量利弊,又立即和大家进行了商讨,决定复食,由詹英宣布。

詹英走到过道里以沉稳的语调,郑重地说:"难友们! 我们为了求得生存,整整七天七夜没有吃饭。现在,军法处答应给我们解决问题,为了继续跟他们斗争,现在我宣布:全体复食。"

号筒里顿时活跃来起。牛班长大声吆喊:"快让伙房准备饭。……天老爷哪,你们都是些有学问的人,饿倒了你们,我们怎么向上面交代?"

不大一会儿,抬来两桶热气腾腾的牛奶,两大筐面包、香肠、灌肠、大头菜切片。"难友们先吃喝点软和的,"牛班长说,"尽管吃,吃完了还有。"看守们给递来碗筷,帮着打饭送饭。

吃饭中间,牛班长先把尹坚和徐彦的镣卸下来,又给一些身体弱的人把大镣换成小镣。答应第二天还要给一些人换镣……

南北号筒中间的过道里,看守们抬来一个大火炉,忙着安上烟筒,不一会儿,火焰熊熊地燃烧起来。

第二天放风时候,南北号筒的门一齐打开,放风时间延长为一小时。过道里又安了两个大火炉,牛班长亲自送来《国民日报》和《益世报》,并通知人们,谁想买书,开出单子来,他立即派看守们去采购……

45

青年们体力恢复得快,这些时又不断地买进来一批新书,人们读书兴趣蛮高,精神倏然振作起来。昨夜落了一场雪,清早出来一看,白皑皑一片银世界,大雪填平了波浪形铁皮屋顶,高高电网的几层铁丝上都镶了一道厚厚的银边,那株柳树更是垂珠缀玉,分外袅娜。空气异常清新,人们直想一口气把它全吸进胸腔里,好慢慢地享受。

万喜俯身掬了一捧雪就往口里咽,见温平出来,他亲热地上前打招呼:"温壶兄弟,"说着就把手里一个雪球按到温平后颈上,"温乎也?不温乎?"

温平笑着挣脱了万喜,也抓起雪球向他打来,两个人正自高兴,只见看守突然押来两个戴着重镣的犯人。一个年纪还轻,脸色红润,神气颇活泼,见了万喜,微微笑着点点头。另一个年纪大些,个头略矮,身体肥重,脸上有一股沉郁之气。

万喜一愣,赶忙去找徐彦他们。

没过几天,人们就发现这是两个特殊犯人。那个年轻的,谈锋颇健,开口陈胜吴广,闭口黄巢李自成:"……诸位难友,我不隐蔽自己的看法,这些都不是大人物吗?他们最后都不是失败了吗?我们这些人算什么?悠悠一生,随着大势也就是了……"

胖子却是欢喜谈时事,说红军在这里失败了,在那里也失败了,形势很不好。又说他受过多少次苦刑,终于醒悟过来,决定洗手不干了,"识时务者为俊杰呀!"他说。

他们经常被提审,一去半天,回来时也不见身上有什么伤痕……

一天,牛班长抱着一摞书招呼:

"詹英,来看看你的这几本书对不对? 书店说是有几种不同的本子呢? 要不对了,咱再去换。"詹英随他走到墙角,牛班长低声说:"可要注意呀,新来的两个犯人都是宪兵三团派来的特务。宪兵三团现在活动可凶呢……南京那个吴仁维又回来了,是宪三团的团副。昨晚就是他提的那两个犯人。你们千万要小心在意呀。"然后高声说:"你看这些都对吗?"詹英把书合起来,大声说:"都对,都对。谢谢你,牛班长。"

中午一放风,詹英立即向"老兄"谈了牛班长传来的消息。"老兄"立时作了布置:估计"最后的审判"随时可能出现,要求大家严密注意。要坚定立场不为敌人所屈;要充分预备口供;要互设疑问与敌人抗辩。 日常行动要有纪律,不给敌人以挑衅口实,除了公开送进、买进、盖有"准看"印章的书籍以外,其他译著和《红十月》①等一律销毁;不用写过字的纸作手纸;晚间不要高声说话……

一天夜里,人们都已经睡熟了,忽然听得外面在喊:"詹英……詹英……"声音在静夜里特别瘆人,许多人坐起来。詹英慢慢穿着衣服,问传人的看守:"是不是要拉出去枪毙了?"那看守答:"是吴法官请谈话。"詹英气愤地说:"既是谈话,要这么高声大叫的做什么?!"

詹英被押到饭堂,见靠近大火炉的一边摆了一张桌子,桌子后面坐着一个人,身边站着两个宪兵。借着昏暗阴沉的灯光,詹英抬头一看,见那人果然是吴仁维。

吴仁维指着凳子请詹英在他对面坐下,满脸堆笑地说道:"咱们是老朋友了,现在我要帮助你找个出路。你也给兄弟帮个忙,兄弟好向上司交代。"

---

①《红十月》为顺直省委机关刊物。

"我听不懂你说的话。"詹英冷冷地回答。

吴仁维一愣,露出冷冰冰一副灰脸说道:"既然你不给我留点情面,我也就实话告诉你,你们这里有共产党的秘密组织,你就是支部书记,组织犯人抵制'反省',对抗'审查',还搞绝食闹监,拒不悔过自新,都是你领着干的。现在只要你肯承认这些,我可以保证免你一死。"

詹英浑身的血都涌上来了,他拍案而起,指着吴仁维说道:"你这是无端造谣生事! 既然你什么都知道了,那还问我做什么? 我是政治犯,已被军法处判了徒刑,你无权再问我。有话白天明说,夜里鬼鬼祟祟干什么!"说着把衣袖一拂,转身就走。

第二天早晨,詹英向"老兄"简略地说了昨晚的经过,然后说:"看来敌人的'最后审判'就要开始了,昨晚是个拙劣的序幕。要提醒同志们保持高度的警惕性,特别是要保守组织秘密。别的什么抵制'反省''审查'以至绝食等等,我们都可公开地大谈我们的理由,只有组织问题不能给敌人留半点可钻的空子。"

"最后的审判"果然来临了……

早饭一过,通往监筒的甬路上排下十多个看守兵。不多一会,从楼洞过道里走出七八个宪兵分两边站着,接着就有三个人由布禄和"大少爷"陪着,进到楼过道右手的医务室。三个人一进去,布禄和"大少爷"就退到饭堂里。不一会儿就听见传呼:"詹英——詹英——"

詹英迈着沉稳的步子,从监筒走进"医务室"。只见一字儿摆了三张桌子,当中间的一个,戴一顶水獭绒帽,穿一领长袍,身后围着一件狐皮大衣,料来是首席主事人。右手是个穿呢戎装的军人,左手便是吴仁维。

詹英昂然挺立,没等发问,就向着中间的那个人说:

"我就叫詹英。我不清楚今天是审查还是要宣判。如果是要宣判,我请这一位——是委员还是法官或是检察官(他手指着吴仁维)——当堂宣布我的新罪名。我是政治犯,我的一切言行都明明白白,明来明去,我不能容忍别人在背后横加侮蔑和扣黑锅。昨天深夜,这位先生却把我从睡梦中唤醒,在饭堂里软一手硬一手对我诱供逼供。这叫什么勾当? 谁给他这种权力？他到底要干什么？军法处明明判了我徒刑,他总嫌不够,他到底要把我陷害到什么地步？请他明说!"

室内顿时一点声音也没有。吴仁维刚想嗫嚅几句,水獭帽把手一拦:"慢!"随即眉头微蹙,斜睨着吴仁维问道:

"有这样的事吗?"吴仁维低了头,一声不吭。水獭帽显然有所不满地说:"不能这么搞嘛!吴先生,你先去看看别的难友对这次审查的态度。"吴仁维站起来,灰溜溜地走了出去。

詹英继续追问水獭帽:"从前对我的无理判处到底还算不算数?还是要另给我妄加罪名?"

"平静些,詹先生,先请坐下。"水獭帽徐徐站起,指使旁边一个人端过椅子来请詹英:坐!詹英便坦然地坐下。水獭帽踱着步,徐言慢语地说:"我们从南京来,很佩服诸位先生们,但也要把话摆明白,现在是需要先生们自己选择一条路的时候了。这里不属于法律范围,用不着什么调查证据就可以定罪的。要知道,我们杀掉你是很容易的。"

"我也可以告诉你,我来这里时就没有准备活着出去。"詹英两眼盯住对方说。

"但我们并不杀你,你知道为什么吗?"

"能猜着一些:杀掉我一个,会有更多的人起来抗议,于你们不利。"

"不完全是这样。许多的抗议我们并不予以理睬。"

"这倒是真的。日本人打进来,你们似乎也不予理睬——"

水獭帽一怔,避开话锋说:"我们不杀你,是因为对你还有希望。"

"希望我站到你们一边替你们说话?这办不到!我是中国人,我绝不侮辱民族的祖先。炎黄子孙是有骨气的。"

水獭帽另换了一种很惋惜的口气说道:"人生一世,草木一秋,不趁年轻时候及时行乐,却要待在这里自讨苦吃,难道共产主义就是让人一辈子做苦行僧的吗?"

"笑话,"詹英冷笑道,"难道是共产党把我送到这里,让我做苦行僧的吗?"

"只要你声明放弃共产主义,那么不但马上释放你,我还保你去南京做官。"

"做什么官? 及时行乐的官? 文恬武嬉的官? 不抵抗的官? 受万人唾骂的官? 别的人去做吧,我不羡慕那个,那里不但没有共产主义,就连衮衮诸公说的礼义廉耻也没有!"

"你真的一点不爱惜你的生命?"

"谁说我不爱惜! 我很珍爱我的生命,但决不愿意像狗一样活着! 我可以走了吗?"

水獭帽恭敬地点点头:"是的。我们还想请尹先生来谈谈。"

詹英走进监筒时,尹坚迎面出来了,两人目光一遇而过。

尹坚进到"医务室",水獭帽很客气地招呼他坐下,然后说:"我们从南京来,很想和尹先生谈谈。我们对你们很佩服,你们把这里办成共产主义学校了。我们要探讨一下这件事。"

"先生这话过奖了,我历来没从事过教育事业,"尹坚说,"我现在的兴趣完全在于探讨抗日救国上面,因为这是每个有良心的中国人所不能不关心的最紧迫的大事。"

"我们都知道,"水獭帽说,"尹先生在俄国待过很久,或许脾气有点像俄国人,不完全像中国人了吧?"

"我是中国人,日本人打进来了,我主张抗日,这就是证明。那不讲抗日只讲镇压同胞的,我不知道他们是哪国人。"

"共产主义迷了你们的心窍,"水獭帽说,"你们口讲抗日,实际只想共人家的产。"

"这话讲不通,先生,"尹坚说,"中国都要亡了,我去共谁的产? 我到哪里去共产? 共日本人的? 共俄国人的? 还是共你先生的?"

"不谈这个了。"水獭帽换了个题目说,"尹先生你该知道,你们的红军被打得走投无路,四分五裂,你总得承认,我们的力量比你们大得多吧?"

"我被关在这里,不晓得外面的事。"尹坚冷冷一笑,"只是先生你尽夸你们的力量,但力量用到了哪里,你为什么不说呢? 你们把力量用在打内战上,这究竟便利了谁?"

"没有的事!"水獭帽说,"我们先安内,后攘外,这是委员长英明的决策。"

"事实的逻辑往往胜过口头的逻辑。"尹坚说,"你们口头上都不敢提'抗日'二字,你们究竟有什么力量!"

水獭帽觉得又败了一阵,不得不再次变换话题:"老实说,我也是在苏联留过学的,对尹先生早就佩服,很想和尹先生一起共事,不过看来是很困难了。"

"这有什么难的?"尹坚说,"把我们这些政治犯无条件释放,咱们一起开赴抗日前线,这不是最好最理想的共事吗?"

水獭帽苦笑着摇摇头:"我最后一次挽救你,我还可以告诉你,我们的国策是决定了的。"

"我最后一次回答你,"尹坚说,"我的主张也是决定了的。"

"你的命运很不妙,除非你改变主意。"

"我清楚,你们的前景更糟糕,除非改变你们的荒谬主张。"

水獭帽摇摇头说:"那么只好告别了。我们可以最后握一次手吗?"

"没有必要,"尹坚说,"到你自己改变了主意的时候,向你伸出来的手会是很多的。"他昂然站起来。

他出了"医务室",听得饭堂那边大声嚷嚷。

"这么说,你连什么马克思、牛克思都不知道?"

"我没有你学问大,大概你知道牛克思。"

"放肆! 枪毙了你。"

"我早准备好了,知道你们会来这一手。"

"也不能那么便宜你,偏让你不死不活。"

"你们现在不就是这么干的? 那又怎样!"只见原正边嚷边从饭堂里走出来。

46

从近来的报纸上看,中央红军自转入贵州之后,在战略战术上明显地发生了重大的变化,摆脱了长征初期被动挨打的局面,而能迂回往复,运用自如,出敌不意地打胜仗。红军曾一度占领了遵义,举行了重要的会议,调动了国民党军在长江沿岸集结重兵防止红军北上,红军却先迂回到西南,突然又回师袭取了娄山关,打垮国民党许多追击部队再夺遵义。报纸上惊呼红军声东击西变化莫测的战法实在厉害……这些从字面夹缝里透漏出的胜利消息,紧紧地牵系和激动着监牢里政治犯们的赤心。

监狱里的气氛却骤然紧张起来。这一天,看守把尹坚、詹英、徐彦、林陶、古易达、邓天池、颜季仁、万喜等十二人突然押起来,加上重镣,集中到南号筒一号二号牢房,不许到外面放风,不准到食堂吃饭,不准和任何人接触……牛班长悄悄告诉人们,说吴仁维告了反省院的状,南京已批示下来,先枪毙一批要犯。如今公事在军法处压着,一旦批到反省院,就要提人了……

最后的时刻到来了!

约在六月间的一个凌晨,汽车尖厉的喇叭声,惊醒了草岚子监狱里的所有政治犯,不只是政治犯,凡是在宪兵司令部或军法处待过的犯人,都晓得这是要枪毙人了,人们都默默地竖起耳朵谛听,准备和自己的难友诀别……

一会儿便听见传呼:"准备……准备……""拿上铺盖……拿上铺盖……""快一点儿……"不一阵子,便看见宪三团派进牢里来的那两个特务各挟着一卷铺盖出了大门……汽车喀隆隆地开走了。

人们一时倒愣住了。

又过了一会儿,牛班长带着一个看守兵到了南号筒。看守从一、二号牢屋起依次开牢门,牛班长拿着钥匙给人们卸下重镣。

徐彦打趣地说:"你老又给我们'开恩'来了。"

"看你说的,"老牛不好意思地说,"干我们这份苦差事,上边叫怎么办就怎么办呗,我们愿意啊?"

詹英问:"那两个人是到军法处去了?""军法处管得了他们啊?"老牛闷声闷气地回答。"那哪儿去了?""宪三团把他们接走了呗。""怎么不让他们这里'工作'了呢?""宪三团也待不住了,要滚蛋了。"

林陶说:"还这样'优待'我们吗? 让我们和大家一起放风去吧?"

到了放风的后院,大家都围住一号二号的同志们问长问短。一会儿报纸来了,人们这才明白了所以——

原来国民党政府亲日分子何应钦与驻华北日军司令梅津签订了卖国的《何梅协定》。协定中规定取消河北省和平津两市的国民党党部,撤销北平军分会政训处,撤退驻河北的东北军、中央军、宪兵第三团等等。宪三团吴仁维带了爪牙仓皇撤退,十二位共产党员这才幸免于难……

哦,灾难深重的祖国呀!

"老兄"立即着手恢复了工作。要求大家密切注视时局的变化。

多少叩击心弦的担忧、兴奋、期待、希望与胜利的喜悦呀——

红军东击……西进……牵着敌人的鼻子,使得它晕头转向,忽然又把它远远地甩开而挥师北上了……

红军把敌人拖得又疲又乏,打乱了它的整个战略部署而自己却到达川北进行休整……

刘伯承将军同少数民族的土司头人结拜为兄弟,红军受到热烈欢迎,又被护送着出境了……

红军过了金沙江……

红军飞夺泸定桥……

红军翻越川西大雪山,进入了荒无人烟的草地……然后继续北上,冲破了天险腊子口……终于到达陕北吴起镇,同刘志丹领导的陕北红军胜利会师了……

铁一般严酷的斗争现实,神话般的传奇故事,通过中外各种进步书刊,像暴风似的震撼着全世界……

北平也正酝酿着风暴……日军的坦克在街道上横冲直撞,日军的轰炸机在上空低飞盘旋,日军的警宪日夜在街头巡逻,汉奸在日帝的庇护下公开地结队游行……中国人终于忍无可忍,"一二·九"运动爆发了……

哦,那浩浩荡荡的队伍!那鲜艳的抗日旗帜!那震耳欲聋的口号声,那振奋人心的浩然正气呀!

不久,中共中央在陕北瓦窑堡召开的政治局会议的消息和文件也秘密地传进草岚子监狱。在接到毛泽东同志写的《论反对日本帝国主义的策略》报告之后,"老兄"联系几年来一些有过争论的问题,如对于上海抗战、对福建人民政府和张家口抗日同盟军的看法,取得了一致的意见。对于早在入狱之前,在顺直省委、河北省委内部围绕着党的六届四中全会的政治路线和组织路线的争论,作了一次检查和总结,认为监狱支部虽经过数次改选,但每届"老兄"都能团结各方面的力量,坚持和执行了党的正确路线。鉴于当前形势,"老兄"决定发动一次争取无条件释放的斗争。

在此期间,布禄、"大少爷"和"小不点儿"都随着东北军撤走了。监狱里除了牛班长和一些看守之外,所有的官儿全换了。新来的管理员是一个高个儿东北人。他那拼命抽烟的劲头和面黄肌瘦的模样儿很像"大少爷",但"大少爷"很少出面见人,他却常跑到号筒里和政治犯攀谈。他让政治犯们早晨在前院里练行"八段锦",说是为了锻炼他们的身体,但却不肯给人们下镣,哪怕换个轻镣也不行。他不忌讳谈抗日,并说愿意为释放政治犯出力,条件是需要一笔钱打通关节……

几天之后,这家伙就露出了本来面目。

他先把詹英提去,叫他在一张纸上按手印。詹英一看,却是他们拟好的《反共启事》。詹英把桌子一拍,"霍"地站起来就走,那家伙却不让他回牢房,把他关到了另一间牢房里,并在那份《反共启事》上按了个假手印,拿到饭堂桌子上,又提审下一个人。第二个被叫去的人,一看是《反共启事》,也拒绝按手印。那个管理员就说:"詹英都按了,你为什么不按?"被提审的人说:"谁愿意按谁按,我不按。"于是这个人也被关到另一间牢房,然后再叫第三个人去……

这种卑鄙的勾当,激怒了全体政治犯……一场激烈的斗争,眼看就要席卷这座罪恶的监狱……

狱中斗争情况,很快传到狱外。新组建的中共北方局,彻夜研究了全力营救草岚子监狱全体共产党员和爱国青年的措施,并报告党中央,报告称:"……我们在白区除开保存了党的旗帜而外,其他的东西是很少保存下来的,党的组织是一般没有保存下来,仅仅在河北还保存了一个省委组织,若干城市与农村中的地方组织和数十个中下级干部……"

形势是紧迫的……北平很可能被日军占领,如果不能把这批同志及时营救出来,他们就会全部被日本人杀害……

党中央很快批准了北方局的报告,营救活动开始了……

在党的营救下,这些经过长期斗争考验的坚强同志,很快出狱了。一九三六年夏季,当日寇的铁蹄践踏华北大地、全国抗日救亡的烈火熊熊燃烧起来时,他们又以新的姿态,投入了战斗的洪流。

"三晋百部长篇小说文库"书目